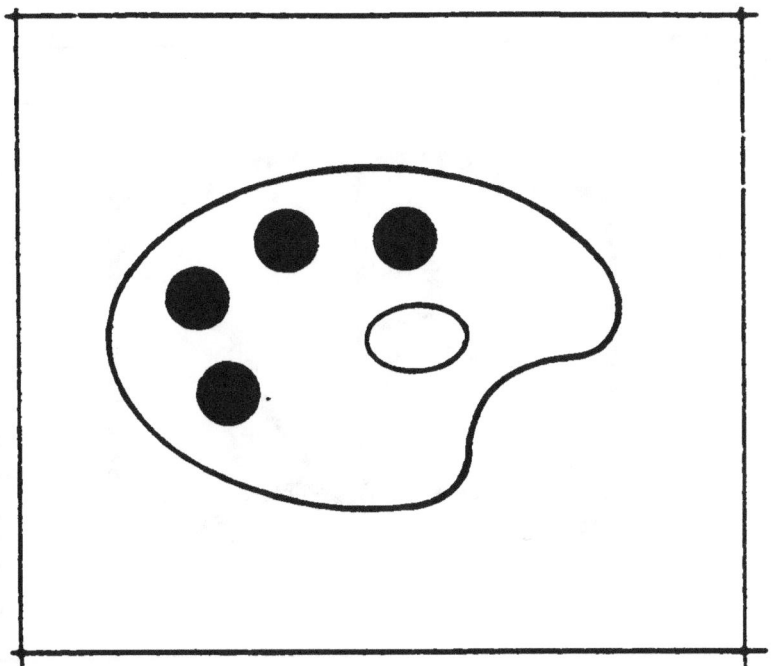

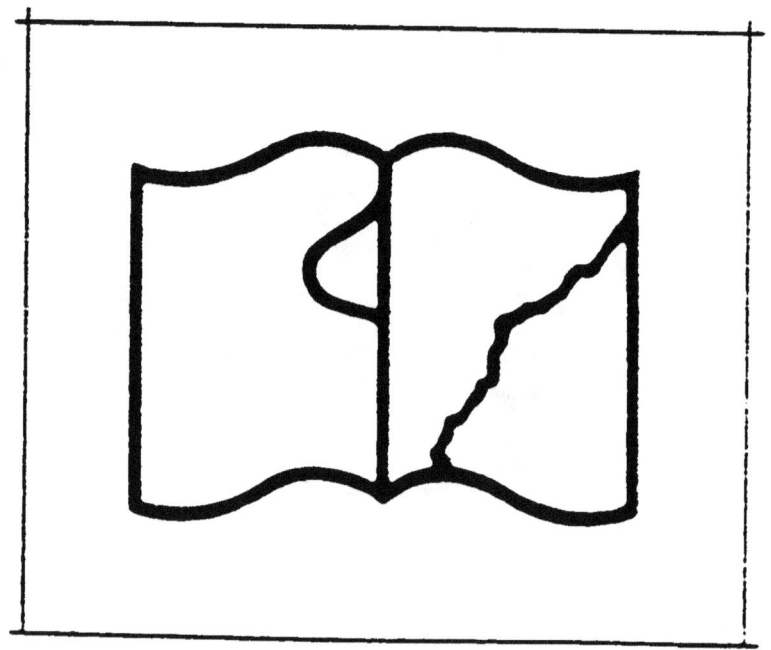

CAUSERIES

ET

NOUVELLES CAUSERIES

1re SÉRIE GRAND IN-8o.

J. N. BOUILLY

CAUSERIES

ET

NOUVELLES CAUSERIES

ÉDITION REVUE

LIMOGES

EUGÈNE ARDANT ET Cⁱᵉ, ÉDITEURS.

CAUSERIES

ET

NOUVELLES CAUSERIES

———◆———

L'HOSPITALITÉ.

———

Parmi les devoirs que nous imposent Dieu et les hommes, l'hospitalité fut dans tous les temps et chez toutes les nations celui qu'on remplit avec le plus d'empressement et de fidélité. « Fais pour les autres ce que tu voudrais qu'il te fût fait! » nous dit un des plus beaux dogmes de la morale. « Aide-moi! je t'aiderai quelque jour, » semble nous dire la personne que nous recueillons sous notre toit, que nous admettons à notre table, à notre foyer.

Ces vérités, qu'on ne saurait graver de trop bonne heure dans la mémoire des enfants, seront prouvées par le récit que je vais faire à mes jeunes lecteurs d'une anecdote que j'ai recueillie dans un village des environs de Paris.

Le château de R*** venait d'être vendu par un banquier très-renommé, que des spéculations de Bourse avaient ruiné de fond en comble. On ne voit que trop souvent, hélas! de ces victimes d'une insatiable ambition. L'acquéreur de cette belle terre était un ancien manufacturier retiré du commerce, septuagénaire, veuf et sans enfants. Habitué toute sa vie à faire du bien, il projetait d'en répandre de nouveau; mais, voulant s'assurer qu'il placerait utilement ses bienfaits, il résolut de mettre à l'épreuve les divers habitants du village où l'on ne connaissait ni ses traits ni sa personne. Il arriva donc le soir dans sa nouvelle propriété; et dès le lendemain matin, sous les habits d'un honnête indigent, accompagné d'un gros chien de ferme, son gardien fidèle, un bâton noueux à la main et sa belle tête chauve couverte d'une vieille casquette, il parcourt plusieurs habitations, où il se présente comme un ancien ouvrier de manufacture, sans parents, hors d'état de travailler, et n'ayant plus pour ressource que l'attachement de son chien et la commisération des personnes charitables qui daigneraient l'assister.

On se doute aisément qu'il fut plus ou moins bien accueilli de ceux qu'il éprouva. Rudoyé par les uns, humilié par les autres, quelquefois même soupçonné d'être un malfaiteur, quoique sa figure vénérable dût écarter un pareil soupçon, il fit la cruelle expérience que ce ne sont pas toujours les heureux du siècle qui savent le mieux compatir au malheur. Aussi, lorsqu'il rentrait au château, vers dix heures, il inscrivait sur un registre les noms de tous ceux qu'il avait visités, et prenait une note exacte des diverses réceptions qu'on lui avait faites.

Un jour qu'il achevait sa ronde d'indigent, selon son usage, il aperçoit à la grille d'une belle habitation deux jeunes personnes escortées d'une vieille gouvernante : elles étaient parfaitement vêtues, âgées de douze à treize ans ; elles marchandaient d'élégantes ombrelles que leur présentait un colporteur, et qu'elles payèrent chacune vingt francs renfermés dans une riche bourse contenant leurs économies. Le soi-disant pauvre vieillard les aborde avec confiance, espérant obtenir quelques secours de ces belles opulentes. Quelle est sa surprise d'entendre l'aînée des deux sœurs lui dire avec un regard de mépris et une insultante dureté : « Est-ce qu'on demande ainsi, sans être connu ? Passez, passez votre chemin ! — On n'en finirait pas, ajouta la cadette, s'il fallait donner à tous ces gens-là. » Le faux indigent se retira sans rien répondre ; et, s'informant dans le voisinage du nom des deux impitoyables, il apprit qu'elles étaient les seules enfants d'un grand spéculateur de terrains, nommé Chardel, élevées par une mère éblouie de son opulence, et dont l'égoïsme ne pouvait être comparé qu'à sa vanité.

Quelque temps après, c'était la matinée d'une belle journée du mois de juin ; le malin vieillard, parcourant les environs du village, aperçoit une humble habitation, espèce de chaumière isolée dont la porte était fermée. Sept heures venaient de sonner au clocher de la paroisse, il ne pouvait concevoir comment cette demeure n'était pas ouverte ; et sa première pensée fut qu'elle était inhabitée. Il s'assied donc sur un bloc de pierre placé tout près de l'entrée, pose auprès de lui son gros bâton, caresse d'une main son chien Fidèle ; de l'autre il ôte sa vieille casquette, découvre son front septuagénaire ; et, cédant à cette douce fraîcheur du matin qui jette dans tous les sens un baume délectable, il s'endort profondément.

Il reposait depuis quelques instants, lorsque tout-à-coup s'ouvre la porte de l'habitation, d'où sortent deux petites villageoises de neuf à dix ans, qui, voyant le vieillard endormi, craignent de troubler son sommeil, et tiennent à voix basse la conversation suivante : « Dis donc, Georgette, as-tu peur ? — Du tout, ma sœur : il a une si bonne figure ! — Et c' gros chien qui fait le guet auprès d' lui? — I' garde son maître ; c'est tout simple. — S'il allait sauter sur nous? — Oh! qu' non : ces bons animaux-là, Lise, aiment trop l'z enfants, pour leur faire aucun mal. — Et si l' vieillard se réveille, qu' ferons-nous? — Nous l' ferons entrer dans not' demeure. — Et si c'était un malfaiteur ! — Pas possible : il a l' sommeil trop doux. — Maman nous grondera ; ça c'est sûr. — Eh non ; elle nous recommande si souvent d'être bonnes pour les pauvres gens ! — Il est vrai : quoique ça je n' suis pas trop rassurée. — Et moi, j' gagerais que c'est un brave homme. i' s' réveille : nous allons bien voir. »

Le vieillard en effet ouvre les yeux ; et soudain apercevant les deux sœurs dont les regards sont attachés sur lui, il leur dit : « C'est vous, je le vois, qui habitez cette demeure ? — Nous-mêmes, mon bon monsieur, lui répond Georgette : qu'y a-t-il pour vot' service ? — Hélas! mes bonnes petites, je ne suis pas un monsieur, mais un pauvre vieil indigent réduit à réclamer l'assistance des âmes charitables. — Dame ! nous n'avons point d'argent à vous donner, reprend la jeune fille. Not' mère, qu'est sage-femme, a passé toute la nuit hors de la maison ; elle a la clef du coffre. Mais ça ne nous empêche pas d' vous offrir d' quoi vous donner quéqu' forces, ajouta Lise, enhardie par le son de voix si touchant de l'inconnu. — Ce n'est pas de refus, mes petits anges ; car je sens déjà que la faim me tourmente. — J' vous offrirais bien l' bras, continue Lise ; mais j'ai trop grand' peur que vot' gros chien n' me morde : i' n' f'rait d' moi qu'une bouchée. — Lui ! c'est le plus excellent animal !... regardez! il comprend déjà que vous daignez m'accorder l'hospitalité, et le voilà qui vous caresse. » Le chien, en effet, léchait la main de Georgette, qui avait osé la lui poser sur la tête, et venait se frotter contre Lise avec toute l'expres-ion de la reconnaissance.

L'inconnu, à peine introduit dans la chaumière, est placé par les jeunes filles dans un grand fauteuil de bois. « C'était celui d' not' grand-père, dit Georgette; et vrai, j' croyons le r'voir en vous. — I' m'a souvent prise là, dans ses bras, dit Lise, et fait de bien douces caresses. — Eh bien! venez dans les miens! répond le vieillard, et je tâcherai que l'illusion soit complète. — Je n' demand'rais pas mieux, mon brave homme; mais j' crains toujours qu' vot' gros chien n' me morde. » En ce moment même la pauvre bête vint lui lécher les mains, et la jeune fille, enhardie par cet admirable instinct de l'animal, lui rend caresse pour caresse. « Tenez, bon homme, reprend Georgette, avalez-moi c' verre de vin; c'est du pays; i' gratte un peu l' gosier, mais ça rafraîchit. — A mon tour, ajoute Lise, j' vous offre un reste de gâteau d' froment qu' ma mère m'a donné hier au soir pour mon déjeuner de c' matin, avec un morceau d' fromage salé; c' qui vous excite l'appétit, dame, faut voir! — Et vous, chère enfant, avec quoi déjeunerez-vous? — Est-ce qu'il n'y a pas du pain dans la huche, donc? un peu sec, mais c'est égal. — V'là encore, reprend Georgette, deux grosses pommes d' l'année dernière, que j' conservais précieusement : je n' saurais en faire un meilleur usage. — J' voudrions, reprend Lise aussitôt, avoir d'aut' bonnes choses à vous offrir; mais c'est tout c' que nous avons. » Et làdessus les deux sœurs prennent chacune une main du vieillard, qu'elles pressent sur leur cœur avec une expression ravissante. Enfin, tout ce qui peut donner une juste idée de la plus généreuse hospitalité fut employé par Lise et Georgette pour convaincre l'inconnu de tout le bonheur qu'elles éprouvaient à le recevoir; et son chien ne fut pas moins festoyé... Mais déjà le soleil étant au tiers de sa course, le vieillard annonça qu'il allait continuer sa route. « Nulle part, leur dit-il, je ne serai accueilli mieux que chez vous... et je vous promets d'en conserver long-temps le souvenir... Comment se nomme votre mère? — Ma-dame Chopin, veuve depuis cinq ans. — Ne m'avez-vous pas dit qu'elle était sage-femme? — Sans doute, et bien connue dans l' canton. — Adieu, mes bonnes petites... mes anges tutélaires! nous nous reverrons... j'ose l'espérer. En attendant, soyez tou-jours bonnes, hospitalières, et le ciel vous en récompensera. — Vous nous promettez, dit Georgette, de r'venir nous voir, vous asseoir dans le fauteuil de not' grand-père? — Et de nous ram'ner vot' bon chien, dont je n'ai plus peur? ajoute Lise en le cares-sant de nouveau; comment l'appelez-vous? — Fidèle : n'est-ce pas qu'il est bien nommé?... Au revoir donc, mes jeunes amies! ce sera plus tôt peut-être que vous ne pensez. » A ces mots, il s'éloigne en retournant de temps en temps la tête du côté des deux sœurs, et leur exprimant du geste les vœux qu'il faisait pour leur bonheur.

Quelque temps après eut lieu la fête patronale du village. On annonça que monsieur Germont, nouveau propriétaire du châ-teau, voulant payer sa bienvenue dans le pays, donnait dans son parc un bal à tous les habitants du canton; et qu'au grand banquet servi dans l'orangerie, il serait fait un présent à toutes les jeunes filles, sans distinction. Ces bruits, accrédités par les gens du château, qui parlaient sans cesse de l'opulence et des traits de générosité de leur maître, excitèrent l'intérêt et la cu-riosité de toutes les classes des habitants; il n'y eut pas une seule famille qui ne s'empressât de se rendre à un semblable ap-pel. La soirée était ravissante, et des groupes nombreux entou-raient, en dansant, un orchestre bien composé et placé au centre d'une brillante illumination. Monsieur Germont, parfaitement vêtu, sa tête chauve couverte d'une titus ondoyante, n'offrait pas la moindre ressemblance avec le vieil indigent qu'on rencontrait souvent le matin, parcourant le village et ses environs. Mêlé dans les groupes, il examinait à son aise les divers personnages inscrits sur son registre, avec les notes fidèles des diverses réceptions qu'il avait eues. Il remarqua la famille Chardel, dont les deux demoiselles, étalant, à l'instar de leur mère, une toilette très-recherchée, dédaignaient de se mêler à la danse avec les jeunes villageoises qui en faisaient le charme et l'ornement. Il aperçut aussi, dans un petit coin sombre, la modeste madame Chopin, assise, avec ses deux filles, sur un tertre de gazon, et n'osant pas leur permettre de se livrer à la danse. Georgette et Lise étaient simplement vêtues, mais avec une extrême propreté; et sous leur bonnet rond on remarquait les figures les plus expressives. Le maître du château feignit de ne pas les connaître; mais, les recommandant particulièrement à plusieurs jeunes gens de sa société, il eut la jouissance de les voir participer aux plaisirs de la fête, ce qui causait à leur mère une joie inexprimable, et surtout une surprise étrange de ce que plusieurs messieurs daignaient être les cavaliers de ses filles, dont l'âge, la mise et la condition ne pouvaient attirer sur elles un regard favorable.

Enfin, le banquet est annoncé dans l'orangerie, où une table en fer à cheval contenait environ deux cents couverts. Chacun s'empresse d'aller y prendre place; mais la timide madame Chopin n'osait pas s'y présenter avec ses enfants, lorsque les mêmes cavaliers qui les avaient fait danser viennent leur donner la main, ainsi qu'à leur mère, et les conduisent toutes les trois au haut de la table, auprès de monsieur Germont. Elles en rougissaient de confusion, et ne pouvaient concevoir ce qui leur attirait un pareil honneur. A la droite du vénérable Germont s'était placée la bril'ante madame Chardel, escortée de ses deux demoiselles, étalant la plus riche parure, et se gourmant comme la reine de la fête. Jamais banquet ne fut plus joyeux et mieux ordonné. Le plaisir, causé par ce mélange de tous les rangs, brillait sur la figure de chaque convive. Un toast général fut porté au maître du château ; il y répondit avec cette vive émotion de l'homme de bien, et en même temps avec cette modestie d'un sage que n'éblouit point l'éclat de la fortune. « A vous, excellente femme ! dit-il à la timide madame Chopin, et à vos deux charmantes filles ! » Elles se regardent toutes les trois, et ne savent ce qui peut leur attirer une distinction aussi flatteuse, lorsque le gros chien, qu'on avait laissé sortir de sa niche, rôdant autour des nombreux convives, et flairant chacun d'eux, vint caresser Georgette, qui le reconnaît et dit à Lise : « C'est Fidèle ! c'est l' chien du pauvre vieillard. — Faut croire, lui répond sa sœur, que l' cher homme est r'venu, comme i' nous l'avait promis, et qu'il s'est mêlé dans la foule. — Oh ! qu' j'aurais d' plaisir à le r'voir ! reprend Georgette. — Et moi, donc ! ajoute Lise. — Je n' suis pas moins empressée que vous, mes enfants, dit madame Chopin, de l' connaître et d' lui donner l'hospitalité. Sitôt qu'on se lèv'ra de table, nous l' chercherons dans l' parc, et l'emmènerons coucher chez nous. » Monsieur Germont entendait cet entretien, et jouissait en secret de leur méprise. Le festin terminé, on passe dans les salons où se trouvaient étalées les diverses offrandes annoncées pour les jeunes filles. Chacune d'elles les convoitait des yeux ; et mesdemoiselles Chardel avaient déjà remarqué un coffret de satin rose, orné de fleurs admirablement brodées, et qui leur paraissait contenir le cadeau qu'on leur destinait. Enfin, la distribution va commencer : monsieur Germont reparaît. Mais ce n'est plus l'opulent propriétaire du château ; c'est le vieil indigent dont il a repris l'humble costume, et sa tête chauve est dans toute sa nudité. Chaque habitant du village le reconnaît; Georgette et Lise poussent un cri de joie, en s'écriant : « C'est lui! » Les brillantes demoiselles Chardel baissent les yeux, en répétant avec confusion : « Oui, c'est bien lui. »

Le pauvre vieillard annonce alors que monsieur Germont l'a chargé de faire aux jeunes filles du village une offrande qui donnât à chacune d'elles la récompense des secours qu'il en avait reçus. Celle-ci, qui lui avait donné quelques pièces de monnaie, les retrouve dans une bourse de soie, avec une longue chaîne de cou et des boucles d'oreilles en or. Celle-là, qui s'était privée d'excellents fruits pour les lui offrir, et dont les fiançailles allaient avoir lieu, reçoit en échange un riche habillement de mariée. Cette autre, qui l'avait recueilli par un violent orage, et s'était fait un devoir de sécher elle-même ses habits à son modeste foyer, trouvait un juste de soie bleue, avec la jupe et un tablier de mousseline brodée, enveloppés dans la souquenille que portait ce jour-là le pauvre vieillard. En un mot, le moindre service fut généreusement acquitté, surtout envers ceux qui n'avaient pu donner que sur leur nécessaire. Arrive le tour de mesdemoiselles Chardel, qui lorgnaient toujours avec avidité le beau coffret de satin rose; mais elles ne reçoivent qu'une feuille de papier, roulée sous un ruban noir : la curiosité les excite à l'ouvrir; et leur confusion est extrême, lorsqu'elles lisent les mêmes mots qu'elles avaient adressés au pauvre septuagénaire : « *Passez, passez votre chemin! On n'en finirait pas, s'il fallait donner à tous ces gens-là.* » Les deux sœurs pâlissent de dépit et de honte : leur mère prend l'écrit qu'elle lit à son tour, et se retire avec ses filles, qui, sans doute, profitèrent de la leçon.

« A vous! dit alors le faux indigent aux deux sœurs Chopin.

A vous, qui m'avez comblé de tout ce que l'hospitalité peut inspirer de plus touchant! Ce ne furent ni l'éducation, ni l'usage
du monde, excellentes créatures, qui vous portèrent à m'accueil-
lir avec tant de gentillesse et de bonté : c'était ce noble élan des
cœurs compatissants... recevez-en donc le juste salaire. » Il leur
remet, à ces mots, le brillant coffret de satin rose contenant des
parures analogues à leur condition, et pour chacune d'elles un
rouleau de pièces d'or, puis il ajoute : « Vous trouviez que je
ressemblais à votre grand-père, lorsque j'étais assis entre vous
deux, dans son fauteuil; eh bien! c'était Dieu qui vous inspirait;
car, dès ce moment, je vous regarde comme mes enfants. Vous
habiterez au château, ainsi que votre digne mère, qui exercera
gratis, dans le village, son utile profession. Vous serez élevées
sous mes yeux; et, après moi, vous jouirez d'une portion de ma
fortune. Viens, ma Georgette! viens, ma Lise!... Je veux que
tous les matins vous veniez à moi dans le grand fauteuil de bois
qui sera placé dans ma chambre; et je vous devrai, bonnes petites, la consolation des infirmités de ma vieillesse, et le bonheur
du reste de ma vie. »

Il serait difficile de peindre l'étonnement et l'ivresse des deux
sœurs et de leur mère : prosternées toutes les trois aux pieds de
l'honorable vieillard, elles le couvraient de larmes de joie. Tous
les assistants, partageant leur bonheur, invoquaient le ciel pour
la conservation des jours du maître du château; et l'on vit, dans
ce moment, le chien Fidèle s'approcher de Lise et de Georgette,
et se coucher à leurs pieds avec un doux regard qui semblait
leur dire que, lui aussi, il voulait les récompenser d'avoir si bien
rempli les devoirs de l'hospitalité.

LES TROIS PETITES MÈRES

ou

L'ENFANT PERDU

Après avoir dépeint le mépris pour les indigents et la coupable indifférence à remplir les devoirs sacrés de l'hospitalité, que montrent quelquefois les jeunes personnes éblouies par l'éclat de l'opulence, il est juste de retracer ici les traits de dévouement et de bonté qu'on découvre souvent dans cette classe de la société qui se contente d'une honorable aisance, et transmet à ses enfants les principes de morale et d'humanité, en leur faisant chaque jour le récit fidèle du bonheur qu'on éprouve à les pratiquer.

Trois jeunes amies d'environ neuf à dix ans habitaient la même rue dans Paris, savoir Clotilde Grandval, fille d'un homme de lettres très-connu; Germaine Valcour, dont le père était célèbre professeur de musique, et Stéphanie Melleville, de qui la mère, veuve et sans fortune, s'était composé, par ses peintures sur émail, une honnête existence. Il ne se passait pas un seul jour sans que les trois inséparables se montrassent en public.

Toutefois chacune d'elles avait un caractère différent. Clotilde était vive, enthousiaste de la réputation de son père, et s'imaginait que rien dans le monde ne pouvait être au-dessus d'un homme de lettres. Germaine était posée, réfléchie, et cachait, sous les dehors les plus doux, les plus modestes, le bonheur

qu'elle éprouvait d'appartenir à la classe des artistes. Quant à
Stéphanie, c'était la plus charmante folle, exprimant, sans réflé-
chir, tout ce qui lui venait à la pensée, entreprenant tout, et ne
sachant rien faire; idolâtrant sa mère et l'interrompant sans
cesse dans son travail; riant de tout le monde, sans s'occuper
de tout ce qu'on pouvait dire d'elle-même : en un mot, un enfant
gâté, mais que son bon cœur et ses heureuses saillies faisaient
aimer de tous ceux qui savaient l'apprécier.

Un soir des brûlantes journées du mois d'août, les trois jeunes
amies, parcourant avec leurs mères une des sombres allées du
jardin des Tuileries, s'étaient mêlées parmi plusieurs jeunes personnes de leur âge, qui se livraient à de petits jeux. La réunion
était bruyante, ainsi qu'on peut le croire, et mille éclats de rire
accompagnaient la vivacité des mouvements de cette jeunesse
folâtre. Plusieurs petites filles d'un âge plus tendre, et sous la
surveillance de leurs bonnes, faisaient cercle autour de ces groupes joyeux, et leurs regards exprimaient le désir d'être plus
grandes, pour se montrer ainsi dans l'arène. La nuit approchait,
ses jeux avaient cessé, et chaque jeune personne allait rejoindre
les parents, lorsqu'une charmante petite fille, âgée de trois ans
à peine, et fort bien vêtue, tirant doucement par sa robe Clotilde
Granval, lui dit avec la plus naïve familiarité : « Veux-tu m'em-
mener ?... ma bonne m'a perdue. — Oh ! qu'elle est jolie ! s'écrie
étourdiment Stéphanie Melleville. — Comment te nommes-tu ?
lui demande Germaine Valcour. — Je m'appelle Lili. — Et
ton papa ? — Papa !... j'en ai pas... — Et ta maman ? — J'en ai
pas. — Et où demeures-tu ? reprend Clotilde. — Par là... tout là-
bas... par là, répond l'enfant, désignant tour à tour les deux ex-
trémités des Tuileries. — Et ta bonne, comment s'appelle-t-elle ?
— Javotte. — Est-elle jeune ? est-elle vieille ? — Ne sais pas,

moi. — Et tu ne pleures pas de ne plus la voir? — Oh! non : el'
m'a battue. — Serait-ce un enfant qu'on aurait égaré à dessein?
dit Germaine. — En ce cas, je l'adopte, dit à son tour Stéphanie, toujours prête à faire une bonne action, comme une étourderie. — Un moment, dit Clotilde : c'est à moi que l'enfant s'est
adressée la première, et je soutiendrai mes droits. — Il me semble qu'avant tout, reprend Germaine, il faut consulter uos mères. — C'est juste, répondent les deux autres. Les voilà donc
qui conduisent l'enfant aux trois dames assises sur un banc, et
racontent leur étrange aventure. « Puisque cette charmante petite s'est adressée à toi, dit madame Granval, tu dois répondre à
ton cœur, et t'en charger. — Ce ne sera pas pour longtemps, dit
madame Valcour : nous donnerons le signalement, le nom de
cette enfant à la police. et ses parents ne tarderont sûrement
pas à venir la réclamer. — Mais elle n'a plus, à l'entendre, ni
père ni mère, répond Germaine; et tout fait croire que c'est une
petite orpheline dont on a voulu se débarrasser. — Tant mieux!
dit Stéphanie : nous l'élèverons... si toutefois nos mères veulent
bien le permettre. » Les trois dames répondirent qu'il était impossible d'abandonner cette enfant, et il fut convenu que Lili,
jusqu'à ce qu'elle fût réclamée, recevrait l'hospitalité chez celle
des trois jeunes personnes qu'elle choisirait. « Laquelle veux-tu
pour ta petite maman? lui demande Clotilde. — Toi, lui répond
l'enfant en lui baisant la main... Et puis toi, ajoute-t-elle en se
.etant dans les bras de Germaine. Et puis toi! dit-elle encore en
se jetant au cou de Stéphanie. — Eh bien! dit à son tour madame Melleville, elle aura trois mères pour une ; et, si personne
ne la réclame, elle passera quatre mois par année chez chacune
d'elles : Clotilde l'instruira dans les lettres, Germaine dans la
musique, et Stéphanie dans la peinture. — Oh! ce sera char-

mant! s'écrie cette dernière en sautant de joie; nous en ferons une personne accomplie. » On emmène à ces mots Lili entourée de ses trois petites mères, qu'elle regarde avec une expression qui semble annoncer qu'elle les aimera toutes également, et qu'elle sera digne d'une aussi généreuse, d'une aussi touchante adoption.

Ce fut d'abord dans la maison de Granval que Lili fut conduite; et Clotilde, pendant les quatre premiers mois qui s'écoulèrent, parvint à la faire lire. Monsieur Granval s'occupait beaucoup d'instruction; il était l'inventeur d'une méthode abrégée qui fit faire à l'enfant de rapides progrès. On conçoit avec quel zèle et quelle assiduité Clotilde lui donnait les mêmes leçons qu'elle avait reçues de son père : d'écolière, devenue institutrice, elle prenait, sans s'en apercevoir, un aplomb de caractère et une justesse d'idées qui la rendaient chaque jour plus charmante. Germaine et Stéphanie venaient tous les soirs visiter leur enfant adoptif; et les trois petites mères sentirent que les liens d'amitié qui les unissaient se resserraient encore par cette association de bienfaisance. Plus de poupées, plus de joujoux : tout était pour Lili, qui devenait la poupée vivante qu'on préférait à toutes les autres.

Les quatre premiers mois s'étant écoulés sans qu'aucune réclamation de l'enfant fût faite par la police, à laquelle on avait donné tous les renseignements nécessaires, Lili passa dans la maison Valcour. Elle y trouva les mêmes soins, la même tendresse dont l'avait comblée la famille Granval. Germaine, heureuse de remplir à son tour les devoirs de petite mère, initia l'enfant aux préliminaires de la musique, pour laquelle on remarqua qu'elle avait de si rares dispositions, qu'au bout du temps prescrit, elle savait déjà solfier une romance. Enfin, étant passée, au bout des quatre autres mois, dans le riche atelier de madame Melleville, elle y puisa, guidée par la mère et la fille, les principes du dessin. Stéphanie, voulant contribuer également à l'éducation de l'enfant, se livra elle-même au travail, et mit la petite orpheline en état de copier au crayon le profil d'une figure.

L'année s'écoula de la sorte : point de réclamation. « Plus de doute, dit madame Granval, que cette petite fille n'ait été perdue avec intention. C'est à nous à réparer envers elle les rigueurs du sort, en lui donnant trois familles qui ne l'abandonneront jamais. » A ces mots, Lili, dont les facultés intellectuelles se développaient comme par enchantement, et qui entrait dans sa cinquième année, venait se jeter dans les bras de madame Granval, qu'elle appelait sa bonne-maman. Elle donnait le même nom à mesdames Valcour et Melleville, qui sentaient chaque jour s'accroître leur tendresse pour cette charmante orpheline. Elle revint donc recommencer l'année chez sa petite mère Clotilde, où elle continua ses études d'instruction, et parvint à lire très-couramment, à connaître les préliminaires de la religion, les éléments de l'histoire, à orner en un mot sa jeune mémoire de tout ce qui compose une éducation distinguée. Monsieur Granval lui-même prenait plaisir à développer l'intelligence de Lili, à jeter dans son âme tout ce qui doit faire la femme de bien. Clotilde, en aidant son père à donner ces précieuses leçons, perfectionnait elle-même son instruction ; car rien ne grave mieux dans notre pensée les nobles sentiments qui nous animent, que de les transmettre aux autres.

Les quatre mois révolus, Lili revint chez sa seconde petite mère, et Germaine redoubla de zèle afin de contribuer pour sa part à l'éducation de l'enfant adoptif ; elle lui fit faire de nouveaux progrès dans le bel art où son père s'était rendu célèbre. Monsieur Valcour, à l'exemple de monsieur Granval, prodigua ses soins à la jeune orpheline, dont il posa lui-même sur le piano les petites mains ; et au bout de quatre mois, Germaine eut la jouissance de voir son élève exécuter des gammes sur tous les tons. Stéphanie, sous les yeux de sa mère, n'obtint pas moins de succès, et fit faire de tels progrès à sa chère petite, qu'on la vit bientôt copier fidèlement une tête, et commencer même à dessiner d'après la bosse.

Mais ce qui perfectionnait plus encore Lili dans ses études, et lui faisait unir les charmes de l'esprit et les qualités du cœur au savoir et aux talents, c'étaient ces joyeux entretiens, ces épanchements d'attachement et de franchise qu'avaient entre elles ses trois petites mères. Chaque soir elles se réunissaient chez celle qui possédait l'enfant chéri ; et là, tout ce qui peut instruire et charmer était employé par les trois inséparables, dont Lili retenait une heureuse saillie, imitait une pose à la fois gracieuse et modeste, apprenait le secret de plaire sans prétention, d'inspirer de l'attachement et de commander l'estime. Ce fut sous ces heureux auspices et d'après ces précieux modèles, que l'orpheline, parvenue à l'âge de douze ans, devint la plus parfaite créature.

On la remarquait dans les réunions de gens de lettres et d'artistes, où la présentaient ses trois petites mères, devenues alors des demoiselles de dix-neuf à vingt ans.

Cependant les trois jeunes filles vont se marier. Il est expressément convenu, entre les futurs époux, que Lili continuera d'aller passer, tour à tour, quatre mois dans chaque nouveau ménage. Ses trois petites mères espèrent pouvoir contribuer à lui former une dot... Enfin, le jour est fixé pour la signature des trois contrats, et c'est chez monsieur et madame Granval que la réunion doit avoir lieu.

Déjà le notaire était arrivé pour remplir ses fonctions; les témoins des trois couples, leurs parents et leurs amis formaient un cercle assez nombreux; et Lili, placée derrière ses *trois petites mères*, faisait au ciel des vœux pour leur bonheur, lorsque la vieille bonne de la maison Granval, entrant furtivement, annonce qu'un étranger, décoré de plusieurs ordres, et à noires moustaches, fait demander d'être introduit sur-le-champ. Les trois fiancées se regardent; et, par un mouvement involontaire, l'orpheline éprouve un saisissement qu'on remarque. Paraît tout-à-coup un officier de marine, âgé d'environ cinquante ans, et dont la figure martiale semble être altérée par la vive émotion qu'il éprouve. « N'est-ce pas vous, Monsieur, dit-il à monsieur Granval, qui daignâtes, il y a dix ans environ, recueillir chez vous un enfant perdu dans le jardin des Tuileries? — Ce sont, Monsieur, les trois fiancées que voici, qui, tour à tour, ont servi de mère à l'enfant dont vous parlez. — Cet enfant appartient à d'honorables parents qui n'ont pas pu le réclamer plus tôt. » A ces mots, sa voix s'altère, ses yeux se mouillent de larmes; puis il ajoute avec cette franchise militaire qui ne sait rien dissimuler : « Ne soyez point surpris du trouble inexprimable qui s'empare de moi... je suis son père. — Mon père! s'écrie Lili d'une voix pénétrante, et se précipitant dans ses bras. — Mon Amélie!... Oh! je crois revoir ta mère. » La jeune fille veut parler; elle n'en a pas la force; contempler son père de la tête aux pieds, poser sa main sur son cœur, et retomber éperdue sur son sein, voilà tout ce qu'elle peut faire. « Je suis le comte de Rosmore, reprend-il non sans peine. Ma femme perdit la vie en la donnant à son enfant... Forcé, peu de temps après, de rejoindre mon bord pour l'île de Ceylan, dans les grandes Indes, et n'ayant que des parents éloignés à cent cinquante lieues de Paris, je confiai ma fille à sa nourrice, excellente femme du village de Nanterre, et lui laissai trois mille francs en or pour subvenir aux besoins de l'enfant, pendant deux ans environ que devait durer mon voyage. Huit mois après mon départ, la nourrice mourut, après avoir confié son dépôt à sa sœur, à laquelle elle remit la moitié de la somme qu'elle avait reçue : celle-ci, après avoir dissipé l'argent, craignant sans doute d'être chargée d'un enfant qui lui deviendrait à charge, le couvrit de ses plus beaux vêtements, afin d'exciter plus d'intérêt en sa faveur... Et vous savez tout le reste. Tourmentée par ses remords, cette femme s'est éloignée de Paris, en déposant toutefois, chez un notaire, sa déclaration, qui ne laisse aucun doute sur l'identité... Voici les pièces en règle que j'ai l'honneur de vous présenter. » Le notaire les examine, et déclare que tout se réunit pour prouver, jusqu'à l'évidence, que la jeune fille est bien mademoiselle Amélie, fille légitime du comte de Rosmore, capitaine de vaisseau, et de dame Amélie-Dorothée de Saint-Vallier, son épouse. « Après avoir séjourné près d'une année dans l'île de Ceylan, reprend le capitaine, je m'embarquai de nouveau pour la Géorgie, où j'avais reçu mission d'aller civiliser une nouvelle peuplade, lorsque, fait prisonnier par des hordes de sauvages, je fus retenu en captivité pendant cinq ans, et réduit au plus horrible esclavage... Enfin, recouvrant ma liberté par un hasard inespéré, je suis revenu à Colombo, patrie de ma femme, y recueillir la succession de son oncle maternel, l'un des plus riches habitants de cette colonie; et j'ai l'inexprimable bonheur de retrouver ma fille digne de sa noble origine, et de lui rapporter une légitime d'environ quinze cent mille francs en bons sur le Trésor, et contenus dans ce portefeuille. » Il le remet aussitôt à sa chère Amélie, qui, s'élançant vers le notaire, le prie de stipuler aux contrats de mariage de ses bienfaitrices une dot de cent mille francs pour chacune d'elles, en leur disant : « J'aurai beau saisir toutes les occasions de vous prouver ma reconnaissance, jamais, non, jamais je ne pourrai m'acquitter envers vous. »

Les trois mariages furent célébrés peu de jours après à l'église de l'Assomption, où cette anecdote intéressante avait attiré un grand concours de monde. Ces unions ne pouvaient qu'être heureuses, étant si bien assorties, et se trouvant tout-à-coup dans une grande aisance par le généreux acquittement de la dette de l'*enfant perdu*. Mademoiselle de Rosmore pria son père d'acheter un hôtel dans le même quartier qu'habitaient les trois jeunes dames; et il ne se passait pas un seul jour sans qu'elle allât les visiter. Elle exigea qu'elles continuassent à lui donner le simple nom de *Lili*, sous lequel, pendant dix ans entiers, elle avait reçu, dans leurs honorables familles, ce qui valait mieux qu'un beau nom et une grande opulence : c'est-à-dire les qualités du cœur, des talents, et de nobles exemples à suivre.

Lancée dans le grand monde, environnée d'hommages, elle n'oublia jamais qu'elle avait été dix ans orpheline; et sa plus vive jouissance, dans les brillantes réunions qu'elle formait à son hôtel, était d'y recevoir Clotilde, Germaine et Stéphanie, de les présenter aux dames du plus haut rang, et de répéter avec ivresse : « Qui n'aimerait pas *les trois petites mères?* »

L'INSURRECTION

Rien de plus imprudent et de plus dangereux que de faire sans cesse retentir aux oreilles des enfants les grands mots d'indépendance et de liberté. Astreints à la subordination des écoles, forcés de donner à l'étude indispensable du premier âge un temps qu'ils aimeraient bien mieux employer à jouer ensemble, ils trouvent quelquefois leur chaîne pesante ; et, souvent égarés par des propos séditieux qu'ils écoutent, ils ne regardent plus leur existence que comme un véritable esclavage ; ils se mutinent, se révoltent, et portent quelquefois le délire et l'audace jusqu'à s'armer contre ceux à qui sont confiés leurs premiers penchants et les préliminaires de leur éducation.

J'en ai recueilli la preuve l'été dernier dans la vallée de Montmorency, que j'habitais ; et la scène que je vais raconter à mes jeunes lecteurs les fera tout à la fois rire aux éclats, et gémir de pitié. Dans un des villages les plus populeux de cette belle vallée est établi un enseignement public qui, tout en donnant aux enfants de ce village et des hameaux voisins une instruction facile et nécessaire, les sauve de ces réunions tumultueuses où, livrés à eux-mêmes, les jeunes villageois de huit à dix ans prennent souvent de fâcheuses impressions, de ces habitudes grossières et dévergondées qui gâtent l'esprit, corrompent le cœur, et dont la funeste impression ne s'efface jamais.

Aussi, toutes les autorités veillent-elles sans relâche au maintien de ces précieux établissements, dont les résultats sont si favorables à la religion, aux mœurs et à l'ordre public... Mais plusieurs jeunes *mutins*, trouvant qu'on les retenait trop longtemps à l'école, et qu'ils n'avaient plus la même liberté d'errer çà et là, de se livrer à toutes les folies qui leur passaient par la tête, résolurent de s'insurger. « N'est-il pas humiliant, disaient les uns, d'être forcé d'obéir à son semblable, d'être aux ordres d'un *moniteur* qui fait agir et parler selon son caprice, marcher, arrêter, et mettre à genoux selon sa volonté? — Comment, lorsqu'on a du cœur, disaient les autres, peut-on se laisser parquer comme de vils troupeaux, se laisser endormir par des balivernes qui ne font qu'attenter aux droits de l'homme libre et du citoyen français? — Secouons un pareil joug! s'écriaient-ils tous ensemble. A bas l'école mutuelle! A bas tous les tyrans de la jeunesse! Vive la liberté! »

Ils formèrent donc en secret un enrôlement où vinrent s'inscrire plusieurs élèves pour reconquérir leur indépendance. A la tête de cet enrôlement était Gaspard Chardin, fils d'un pépiniériste, habitant un des hameaux des environs, et qui, bien qu'il fût doué d'une imagination vive, d'une rare intelligence, avait été plusieurs fois puni dans l'école, comme paresseux et perturbateur. Il était âgé d'environ douze ans, et joignait à la figure la plus expressive une taille élevée, une voix forte et sonore. Il fut donc proclamé capitaine-porte-étendard de l'escouade révolutionnaire qui se forma dans le hameau qu'il habitait, et qui devait se réunir aux autres escouades, composant, avec les écoliers du village, un bataillon de trente à quarante braves tous résolus à se présenter chez le maire, ancien magistrat, honoré de la confiance et de l'estime de tous ses administrés.

Là, Gaspard Chardin, orateur de la troupe, devait lui faire cette déclaration, qu'il avait rédigée avec les principaux insur-

gés, et conçue à peu près en ces termes : « Nous, citoyens fran
çais et ci-devant élèves de l'enseignement public, voulant reconquérir la liberté qu'on nous a ravie, déclarons aux autorités
compétentes que nous n'entendons plus sacrifier à des études qui
nous ennuient un temps utile à la patrie, et qu'elle nous dit
d'employer aux exercices du corps et aux précieuses fonctions
de citoyen. En conséquence, les ci-devant élèves réunis sous les
armes, requièrent que, sans désemparer, on ferme les portes de
l'école, repaire du despotisme; et que le chef de cette ridicule et
puérile institution ait à s'éloigner sur-le-champ du lieu de sa résidence, sous peine d'être fait prisonnier et de se voir traité avec
toute la rigueur due à l'ennemi de la jeunesse, au corrupteur des
principes de l'égalité. »

La consigne était que le mardi suivant, jour où se tenait au
village l'assemblée municipale, chaque escouade de tous les hameaux voisins partirait à sept heures sonnantes, et qu'elles se
réuniraient sur la place au moment de l'entrée à l'école, afin de
produire un effet subit, imposant, et de faire connaître aux offi-
ciers municipaux à quels lurons ils avaient affaire. Le capitaine
Gaspard parut à l'appel le premier, une plume de coq sur sa casquette, un foulard tricolore en ceinture, et portant un étendard
composé d'une perche de saule, et d'un tablier de taffetas gorge
de pigeon, qu'il avait trouvé dans l'armoire de sa mère. Il fut
bientôt accosté par Georges Landon, muni d'un tambour que
lui avait donné son père, à la dernière fête de Montmorency,
et sur lequel il battait le rappel avec un aplomb très-remarquable, étant le neveu d'un ancien tambour-major de la garde impériale.

A ce rappel, arrivèrent aussitôt cinq ou six insurgés, plus ou
moins bien affublés de casques de papier et de vieilles épées

rouillées; on remarquait surtout Julien Maigret, âgé de neuf à dix ans, que sa malice et son audace avaient fait élire sapeur de l'escouade, et qui, pour se faire un costume analogue, avait pris dans la boutique de son père, menuisier, un hachereau qu'il portait sur l'épaule; et pour se faire un tablier, il s'était procuré une jupe de sa sœur aînée, qui, couverte de sa veste, formait une espèce d'amazone qu'il était impossible de regarder sans rire. Le rappel étant terminé, le capitaine-porte-étendard (car en pareil cas on peut cumuler les grades), le capitaine Gaspard, fait la revue de sa troupe, qui aussitôt se met en marche tambour battant.

En parcourant le chemin qui conduit au chef-lieu, les insurgés aperçoivent, assis à l'entrée de son humble demeure et fumant sa pipe, le vénérable capitaine Vorme, officier de cavalerie réformé, vieillard très-honoré dans le pays, et s'amusant à commander l'exercice aux jeunes garçons du voisinage. A l'aspect de cette vieille jambe de bois, de cette tête martiale couverte de cheveux blancs, l'escouade fait halte et lui rend les honneurs militaires. « Où allez-vous donc comme cela, mes petits amis? » leur demande l'ancien capitaine. La bonne madame Vorme, qui tricotait auprès de son mari, ne peut s'empêcher d'éclater de rire, en voyant le sapeur Julien Maigret, et désire également savoir quel est le but de cet étrange rassemblement. « Nous allons à la conquête de la liberté, répond gravement Gaspard en portant respectueusement la main à sa casquette. — Je ne suis plus étonné d'une aussi belle tenue, » reprend le vieillard en souriant.

Gaspard, qui s'exprimait avec chaleur et facilité, explique alors au vieux militaire le mécontentement des élèves, et la ferme résolution qu'ils ont prise de briser des fers indignes des enfants de la grande nation. Il tire alors de dessous sa veste l'énergique proclamation dont il est le principal rédacteur; et tandis que le capitaine Vorme la parcourt des yeux avec une surprise qui se peint sur sa figure vénérable, une partie de l'escouade, déjà fatiguée du chemin qu'elle a parcouru, s'assied à terre sur les talons, et attend l'approbation que va donner le capitaine à leur héroïque entreprise. « Il ne tiendrait qu'à vous, ajoute Gaspard au capitaine tandis qu'il achève de lire, il ne tiendrait qu'à vous de donner à notre expédition toute l'importance qu'elle mérite, et d'en assurer le succès. — Comment cela? répond le vieux brave en lui remettant sa proclamation. — Ce serait de nous accorder l'honneur de marcher à notre tête, et d'accepter le titre de notre général. — J'aimerais mieux, triple escadron! me casser l'autre jambe et en porter deux de bois le reste de ma vie, plutôt que de participer à une révolte et de commander à des perturbateurs de l'ordre public... Savez-vous, mes petits gaillards, à quoi vous vous exposez, en faisant une pareille équipée? A vous faire mettre pendant quinze jours entre quatre murs, au pain et à l'eau. »

A ces mots, la troupe vévolutionnaire se regarde et paraît s'intimider. Il n'y a que Gaspard qui, s'appuyant sur le bâton de son étendard, et regardant fixement le capitaine Vorme, ne se laisse pas troubler, et se dispose à lui faire une vigoureuse réplique; mais il est désarmé par le ton paternel que prend aussitôt ce digne vieillard qui leur fait sentir combien leur projet est insensé, ridicule, et contraire à cette véritable liberté dont ils se disent les défenseurs. « Vous prétendez, ajoute-t-il, faire la loi à l'autorité municipale : mais il suffirait de trois gardes champêtres pour vous mettre en déroute ! Vous voulez détruire votre école : sans l'instruction, mes chers enfants, que seriez-vous un jour? des brutes ne pouvant prendre part aux droits sacrés du citoyen ; des êtres grossiers qui s'abandonnent machinalement à toutes leurs passions, et deviennent le fléau de leurs familles, que bien souvent ils déshonorent... Sans l'instruction, mes amis, comment diriger sa maison, conserver son bien, se mettre à l'abri des fripons, mener une vie honorable et se préparer une heureuse vieillesse?... Prenez exemple sur moi, mes enfants ; né comme vous de simples agriculteurs, et conscrit il y a quarante-cinq ans, je fusse resté simple soldat et serais maintenant aux Invalides ; mais instruit de bonne heure par les soins du digne pasteur de mon village, on m'a vu parcourir successivement tous les grades militaires, et mériter une honorable retraite... Disposez-vous donc, mes chers petits, à vous procurer le même sort. Livrez-vous à l'instruction que l'État vous offre si généreusement, et ne répondez point à ses bienfaits par l'ingratitude, le dévergondage et la sédition !

— Tout cela me paraît juste, et vous nous ouvrez les yeux, réplique le chef des insurgés ; mais il n'y a plus à reculer, tous nos camarades nous attendent ; et si je ne me trouvais pas à leur tête pour lire au maire notre proclamation, je passerais pour un lâche, pour un traître ; et plutôt cent fois la mort ! — Eh bien ! dit le capitaine Vorme, il me vient une idée qui peut tout concilier : vous m'avez proposé d'être votre chef, j'accepte. Attendez un seul instant. » Il rentre chez lui prendre son chapeau militaire, sa canne, son épée, et revient aussitôt, d'un ton martial, faire reprendre les armes à l'escouade, qu'il conduit tambour battant sur la place du village. Là déjà se trouvaient rassemblés une trentaine de révolutionnaires, ne sachant à quoi attribuer le retard de Gaspard Chardin, qui devait porter la parole ; mais à l'aspect du capitaine Vorme commandant l'escouade, tous les cœurs s'épanouissent, les casquettes volent en l'air, et mille cris répètent : « Vive notre général ! »

Le maire, qui se trouvait à l'entrée de l'école avec le chef de l'institution, et qui déjà commençait à comprendre le sujet de ce rassemblement séditieux, ne peut concevoir qu'un ancien officier de l'armée impériale puisse donner l'exemple de l'insurrection. Le vieux capitaine s'amuse de la méprise; il fait, aux yeux du magistrat et d'un grand nombre d'habitants du village, une sévère inspection de sa troupe; puis, se plaçant en face, il s'écrie avec cet accent d'un militaire expérimenté : « Garde à vous!... Bataillon! portez... armes!... présentez... armes! » Son commandement est ponctuellement exécuté. « Maintenant, belle jeunesse, reprend-il en souriant, répétez ces paroles d'honneur, la main posée sur la poitrine et les yeux attachés sur le maire : « *Nous reconnaissons notre erreur .. et nous vous prions de l'oublier.* » Il se fait un moment de silence; plusieurs esprits forts sont indécis sur le parti qu'ils doivent prendre, lorsque leur porte-étendard, lorsque Gaspard Chardin lui-même, qu'avait frappé l'allocution paternelle du vieillard, s'écrie à son tour : « Notre général a raison, camarades, et nous lui devons respect, obéissance; répétons tous ensemble : *Oui, nous reconnaissons notre erreur... et nous vous prions de l'oublier.* »

A peine la troupe a-t-elle prononcé ces mots, que le maire et le capitaine Vorme tombent dans les bras l'un de l'autre, font avancer l'orateur, qui déchire sa proclamation, et le comblent de caresses. Les élèves soumis à la discipline et qui n'avaient pas voulu s'insurger, sortent de l'école et viennent se mêler à leurs camarades, dont ils se gardent bien de se moquer, et auxquels ils ne font, pas plus que leur chef, le moindre reproche. La joie brille sur tous les visages, la réunion est franche, complète; et le général des insurgés déclare qu'il n'a jamais fait de capitulation qui lui fût plus chère et plus utile à l'ordre public.

LA LOTERIE

A moi, jeunes filles de tous les rangs, qui trouvez un grand charme aux exercices de piété!... A moi, mères tendres, qui vous plaisez à diriger les nobles penchants de vos enfants!... A moi, dames charitables, qui, même au faîte des grandeurs, occupez tous vos loisirs à travailler pour l'indigence!... A moi, pauvres et intéressantes orphelines, qui retrouvez, dans l'asile préparé par la bienfaisance, une famille, un appui tutélaire, un honnête avenir, un refuge contre les piéges, contre les misères de la séduction!... Oh! venez toutes m'entourer! Veuillez me prêter une oreille attentive, et j'ose vous assurer que vous serez touchées du fait historique dont je fus l'heureux témoin, et du récit fidèle que je vais en faire.

Depuis quelque temps, les dames de charité des principales paroisses de Paris forment chaque année, sous les auspices de leur pasteur, une loterie composée des ouvrages les plus curieux et les plus attrayants, dont font offrande les personnes qu'animent les nobles élans de la charité. Le produit de cette vente, qui presque toujours s'élève à une somme assez forte, est consacré aux frais d'un établissement admirable où l'on recueille les orphelines de huit à quatorze ans, auxquelles il ne reste sur la terre que la commisération publique. On les instruit dans la religion, on les forme au travail; et, lorsqu'elles sont parvenues à l'âge où il faut prendre un état, on les place avantageusement, et l'on assure ainsi leur destinée. Rien de plus touchant, et en même temps de plus rassurant pour les mœurs, que ι aspect da ce nombreux troupeau de jeunes vierges très-proprement vêtues, d'une tenue modeste, se donnant le bras deux par deux, et se montrant tour à tour, soit dans les promenades les moins fréquentées, soit à l'égiise, où elles répètent souvent, avec un ensemble parfait, des chants pour le bonheur et la conservation de tous ceux qui contribuent, par leurs dons et leur crédit, au soutien de leur précieux établissement.

Arriva donc l'époque où l'on renouvelle annuellement la loterie des jeunes orphelines, et pour laquelle on place un très-grand nombre de billets. Jamais les offrandes n'avaient été plus riches, plus abondantes. On y remarquait des tableaux d'un mérite renommé; des aquarelles, des peintures sur porcelaine, d'un assez grand prix. Là c'étaient les plus riches broderies composant des mantilles, des écharpes du dernier goût; ici, des sultans de soie ornés de fleurs admirablement nuancées, propres à serrer et à parfumer des gants, des mouchoirs. Enfin, tout ce qui peut servir à la toilette, à la parure des femmes; tout ce qui compose ces petits meubles de luxe et d'élégance, si recherchés, si bien appréciés dans le grand monde, était étalé, assorti avec autant de goût que d'adresse, pour charmer la vue, et pour inspirer le désir de contribuer à une bonne œuvre.

Parmi les nombreux souscripteurs à cette loterie si renommée, étaient mesdemoiselles Dorville, âgées de dix à douze ans, petites-filles d'un pair de France, le comte d'Angremont, longtemps célèbre dans la magistrature. Privées de leur père, maréchal de camp, elles n'avaient jamais eu pour institutrice que leur mère, dame d'un mérite éminent, et qui faisait consister l'éducation moins dans le brillant éclat de talents souvent éphémères, que dans les solides qualités du cœur. Ce n'était point pour être citées dans le monde, que cette excellente mère élevait ses filles : c'était afin qu'elles fussent un jour comme elle, femmes de bien.

Ces dames avaient placé, dans les cercles qu'elles fréquentaient, un grand nombre de billets de la loterie des pauvres orphelines, et s'en étaient réservé pour elles quelques-unes, qui semblaient leur offrir les plus heureuses chances. Elles-mêmes avaient envoyé plusieurs objets du travail de leurs mains. Madame Dorville, dont le talent à la broderie égalait la patience, avait offert un voile de tulle anglais, enrichi des fleurs les plus parfaitement brodées ; Laure, sa fille aînée, avait fourni un divan de satin rose, orné d'une couronne d'humbles violettes, au milieu de laquelle on lisait cette ingénieuse devise : *Pauvres petites!* Heureuse allusion aux jeunes filles en faveur desquelles on voulait inspirer de l'intérêt. Caroline, sa sœur, avait fait don d'un sachet de satin bleu de ciel, contenant une douzaine de mouchoirs de batiste, garnis d'une jolie valenciennes, et portant chacun dans un coin ces mots parfaitement brodés : *Ne les oubliez pas!* C'était encore une adroite recommandation adressée aux personnes qui feraient usage de ces mouchoirs.

Tous ces dons furent remarqués à l'étalage qui eut lieu pendant trois jours à la maison pastorale, et les noms des donatrices furent prononcés avec respect et reconnaissance. Mais ce qui excitait le plus l'envie et la curiosité parmi tous les lots qu'on avait réunis, c'était une très-riche bourse de quête en velours cramoisi, ornée du double chiffre de l'auguste main qui l'avait faite, et offrant au-dessous cette inscription : *Les pauvres orphelines.* On reconnut là cette inépuisable bonté, cette pieuse et modeste vertu de la donatrice; et chacun disait déjà tout haut :

« Il faut que la personne à qui ce lot précieux écherra fasse une quête dans toute l'assemblée en faveur des jeunes filles si dignement recommandées. »

3

Enfin arriva le jour du tirage de cette loterie solennellement annoncée au presbytère de Saint-Roch. La réunion avait lieu dans une salle assez vaste pour contenir environ cinq cents spectateurs, qui tous étaient porteurs de billets tant pour eux que pour un grand nombre de personnes absentes. C'était le vénérable curé qui dirigeait ce tirage si impatiemment attendu; et chaque numéro était pris dans l'urne placée sur une table élevée, par la plus jeune des pauvres orphelines. qui, les yeux bandés, tirait d'une main tremblante le chiffre indiquant à chaque spectateur le lot que lui décernait l'aveugle fortune.

Madame Dorville et ses deux filles étaient placées près de la table, avec le comte d'Angremont, porteur de vingt billets qu'il avait pris : un d'eux lui fit adjuger un lot qui le ravit et surtout excita les applaudissements de l'assemblée ; c'était un très-beau vase de porcelaine offrant le portrait, frappant de ressemblance, du célèbre *Lamoignon de Malesherbes.* Madame Dorville obtint une très-belle copie, à l'huile, de la Vierge de Gérard ; et Caroline, sa fille cadette, le même voile de tulle anglais qu'avait brodé sa mère, et dont elle déclara qu'elle ferait son principal ornement, le jour de sa première communion, qui devait avoir lieu quelques mois après. Quant à Laure, aucun de ses numéros n'était sorti ; et comme il n'en restait qu'un très-petit nombre dans l'urne, elle se résignait à ne rien obtenir, lorsque tout-à-coup, par un effet du hasard, ou plutôt de la céleste justice, elle devient propriétaire de cette belle bourse de quêteuse, ouvrage d'une main si propice aux infortunés, et dont l'inscription en lettres d'or portant *les pauvres orphelines,* fit dire à tous les assistants : « Une quête! une quête pour l'établissement!... Laure, émue à la fois de pudeur et de joie, délie les cordons de la bourse, et, conduite par son vénérable aïeul, presque octogénaire, mais retrouvant en ce moment toute la vigueur du bel âge, elle fait la première quête dans ce lot qui lui devenait si cher. Elle recueillit des nombreux assistants une somme d'environ deux mille francs, qu'elle eut la jouissance d'aller, avec sa famille, et sous les auspices du pasteur, remettre elle-même à ses jeunes protégées ; et elle en reçut mille actions de grâces qui pénétrèrent jusqu'au fond de son noble cœur.

Oh ! combien elle fut ravie de l'ordre admirable qui régnait dans cette pieuse institution ! Combien elle fut touchée du tendre attachement que se portaient entre elles ces intéressantes orphelines, sauvées du néant, et se retrouvant en famille par la plus ingénieuse bienfaisance ! Le vieux comte d'Angremont, madame Dorville et Caroline éprouvèrent une aussi vive impression, et se promirent bien de contribuer aux loteries qu'on faisait, chaque année, pour cet honorable asile de la religion, du travail et des mœurs.

Laure entendait encore retentir à ses oreilles les remercîments des pauvres filles ; elle sentait encore ses mains pressées dans celles de ces jeunes vierges, et que plusieurs même avaient mouillées des larmes de la reconnaissance. La bourse féconde, qu'elle avait remplie dix fois dans la quête, devenait pour elle un monument qu'elle se proposait bien de faire servir au profit de ces intéressantes orphelines. Un jour que les deux sœurs s'amusaient à faire un choix, pour quelques petites filles du voisinage, parmi les joujoux dont elles avaient été comblées dans leur enfance, et qu'elles avaient relégués dans une armoire, leurs regards s'arrêtent sur une grande poupée de trois pieds et demi de haut, très-richement habillée, et dont, au moyen d'un ressort qu'on tirait avec adresse, les grands yeux bleus remuaient et la bouche s'entr'ouvrait en découvrant les plus belles dents. C'était un cadeau que leur avait fait leur honorable grand-père. L'aspect de cette ingénieuse mécanique produisit entre elles deux l'entretien suivant :

« Dis donc, Caroline, j'ai envie d'attacher ma bourse de quête sur cette poupée. — A quoi bon? — Il me vient une idée : c'est une folie peut-être; mais elle me frappe trop vivement pour que je balance à t'en faire part. — Explique-toi, ma sœur. — Si nous habillions cette brillante mécanique en pauvre orpheline? — Quel serait ton dessein? — Nous déposerions dans ses deux jolies mains d'émail cette bourse si profitable, et, plaçant ensuite cette charmante figure dans le grand salon de réception, sur une console, les jours de soirées où se réunissent ici de hauts personnages et des personnes opulentes, nous ferions jouer le ressort; et la poupée remuant les yeux et entr'ouvrant la bouche, semblerait prononcer ces mots, brodés sur la bourse : *Les pauvres orphelines !* Je serais bien trompée si nous ne faisions pas quelques bonnes recettes, que nous aurions le bonheur d'aller offrir à leur établissement... Qu'en dis-tu? — L'idée est charmante; mais il faut la tenir secrète, afin que la surprise nous produise une quête encore plus profitable. — Tu as raison... Ainsi donc, dès demain matin, dans notre chambre, nous commencerons le nouveau costume de la poupée : j'ai bien examiné celui des jeunes orphelines, il faut le faire absolument semblable. — Nous trouverons facilement dans les chiffons de maman tout ce qu'il nous faut; ainsi, demain matin, dès six heures, nous serons à l'ouvrage. — On n'entre chez nous qu'à sept; nous aurons donc le temps nécessaire pour préparer notre travail. — Et puis, grâce aux soins de maman, nous savons joliment manier l'aiguille. — Dans sept ou huit matinées, notre pauvre orpheline sera prête. — Oh! l'excellente idée qui t'est venue là! —

J'en augure un plein succès. — Moi de même. — Embrassons-
nous ! » Ce pacte fut scellé par les plus tendres caresses ; et, dès
le lendemain, le nouveau costume de la poupée fut commencé.

On lui fit une robe de mérinos gris de lin, froncée par le haut
jusqu'au col. On mit dessus une collerette de toile blanche tout
unie, et à large ourlet; on serra sa taille d'une ceinture de cuir
noir verni attachée avec une simple boucle d'acier; on la coiffa
d'une petite capote de paille naturelle, et bordée d'un velours
noir attaché sous le menton ; on la chaussa avec une paire de
bas de coton bleu, et on lui fit faire une petite paire de souliers
à semelles épaisses, avec des pointes au talon, le tout absolument semblable au costume de l'établissement : on porta même
la scrupuleuse attention jusqu'à lui placer sous le bras un petit
paroissien relié en basane puce, et à lui attacher au cou une
chaîne de métal, à laquelle était suspendu un cœur argenté portant ces mots : « Dieu nous protége ! »

La brillante poupée une fois travestie en pauvre orpheline, on
attendit une occasion favorable pour la faire paraître : elle ne
tarda pas à se présenter. La fête de la naissance du comte d'Angremont attira chez lui un grand concours des plus hautes nota-
bilités dans la pairie et la magistrature. Il est de ces renommées
établies par le mérite personnel, qui rivalisent bien souvent avec
les prérogatives de la naissance. Les salons de l'hôtel du comte
étaient remplis; et chaque invité remarquait sur une console
une espèce de figure fort élevée, couverte d'une draperie verte.
Laure et Caroline se tenaient de chaque côté; le vénérable d'Angremont lui-même s'approche avec curiosité. fait à ses petites-
filles plusieurs questions auxquelles toutes les deux ne répondent qu'en souriant, et font tomber tout-à-coup la draperie qui
découvre la figure emblématique d'une pauvre orpheline. Le

comte, lisant l'inscription brodée sur la bourse, raconte l'effet prodigieux qu'elle avait déjà produit, et se fait un devoir d'y déposer le premier une double pièce d'or. Aussitôt, le ressort qu'on tire avec adresse fait remuer les beaux yeux bleus et les lèvres de l'orpheline, qui semble remercier de ce qu'on fait pour ses jeunes compagnes. Cette pantomime produit l'hilarité générale, excite le plus vif intérêt; chacun s'empresse de déposer son offrande : un grand nombre de pièces d'or tombent dans la bourse bienfaisante, comme une rosée salutaire; et cette quête ingénieuse et d'un genre tout-à-fait neuf, surpasse encore celle qu'on avait faite dans la maison pastorale de Saint-Roch.

Avec quel empressement et quelle ivresse madame Dorville et ses deux demoiselles allèrent, dès le lendemain, porter à l'établissement des orphelines ce qu'elles avaient eu le bonheur de recueillir! « C'est à ma sœur que vous en êtes redevables, leur disait Caroline, et je n'ai fait que la seconder. » Là-dessus mille bénédictions de ces intéressantes créatures retentissaient autour de leur jeune protectrice; et toutes répétaient ce chant mélodieux, pénétrant, qu'elles avaient coutume d'adresser à Dieu, pour le bonheur et la conservation de leurs bienfaiteurs. Oh! combien ces accents de la candeur et de la reconnaissance émurent madame et mesdemoiselles Dorville! Elles reconnurent qu'il est de ces moments où la charité chrétienne reçoit une récompense fort au-dessus de ce qu'elle a pu faire. « Ah! disaient en sortant les deux filles à leur mère, nous venons d'éprouver le plus doux moment de notre vie! — Puissiez-vous le renouveler souvent, chères petites! N'oubliez jamais que le plus bel attribut de l'opulence est d'entendre bénir son nom par les heureux qu'elle a faits. »

On conçoit aisément que Laure et Caroline firent faire plus

d'une quête à la poupée, devenue, pour ainsi dire, la providence des pauvres orphelines. Il ne se passait pas de mois que l'établissement ne reçût un nouveau secours, qui souvent y répandit l'aisance et la prospérité, étant presque toujours accompagné des dons particuliers qu'envoyaient des personnes honorables, dont la première offrande avait été déposée dans la bourse chez le comte d'Angremont. C'était en effet une espèce d'engagement pris; et l'on s'habitue si facilement à la jouissance de faire du bien!... Tous ces dons réunis procurèrent à madame Dorville un bien doux prix de leurs soins; ce fut le droit qu'on leur décerna de placer chaque année, dans l'établissement, une orpheline de leur choix, qui participerait à ses bienfaits.

Madame Dorville voulut laisser à Laure et à Caroline cet honorable privilége; et ce fut encore la poupée mécanique dont on employa l'heureuse assistance, pour arriver à faire ce choix important. On déposait dans la bourse les noms des jeunes filles du quartier qui se trouvaient sans parents, sans ressources... Et l'on n'en manquait pas... Alors, au moyen du ressort, on faisait porter la main de la quêteuse à cette bourse inépuisable; et le premier nom qui s'attachait aux doigts de la poupée orpheline désignait sa nouvelle camarade. Laure et Caroline portaient aussitôt la mécanique à l'établissement, et par le mouvement expressif de ses yeux et de sa bouche, elle semblait confirmer le choix qu'elle avait fait. Paraissait alors la nouvelle élue, qui bénissait le nom de madame Dorville et des deux anges dont elle était escortée. On adressait ensuite mille remercîments à la poupée, qui les recevait avec un gracieux mouvement de tête, et à laquelle, d'une voix unanime, on donnait le nom de Laure : nom devenu si cher à l'établissement; nom que chaque élève ne prononçait qu'avec l'expression la plus touchante. Tous les regards se portaient sur la véritable Laure : elle s'entendait nommer dans le chœur religieux que répétaient ensemble les élèves de la charité, qui la vouaient à la récompense, à la bénédiction du ciel... Et ce qu'elle éprouvait ne saurait être décrit.

Mais tous ces hommages, tous ces honneurs, dont souvent rougissait Laure, n'étaient rien, comparés à la scène ravissante que je voudrais retracer avec les couleurs qu'elle mérite et la vive émotion qu'elle fit éprouver à tous les assistants. Madame Dorville et ses filles suivaient avec exactitude les exercices qu'on célébrait à Saint-Roch, et principalement ceux des grandes fêtes. Elles aimaient à s'y confondre parmi les fidèles qui s'y réunissaient, comme les agneaux d'une vaste bergerie s'y rassemblent pêle-mêle à la voix et sous la garde du pasteur. Toutefois Laure et Caroline avaient une prédilection marquée pour les siéges qui se trouvaient auprès de ceux qu'occupait ordinairement le nombreux troupeau des pauvres orphelines, dont chacun louait la bonne tenue et la propreté des vêtements. Il était rare que les deux sœurs ne reçussent pas, soit en entrant soit en sortant de l'église, un salut respectueux, un coup d'œil reconnaissant. Plus d'une fois même, dans la foule, elles avaient senti leurs mains pressées, couvertes d'un baiser rapide, expressif; Laure, surtout, était saluée comme une patronne.

C'était le 15 du mois d'août, fête de l'Assomption, célébrée principalement par les jeunes vierges de tous les rangs de l'ordre social : il faisait une chaleur accablante : et l'annonce d'un prédicateur justement renommé avait attiré de nombreux auditeurs. Madame Dorville et ses filles étaient placées, selon leur usage, au milieu de la nef; et derrière elles se trouvaient, sur deux rangs, les pauvres orphelines qui prêtaient à l'orateur de la chaire une attention d'autant plus soutenue, qu'il prêchait sur la charité. Oh ! que de regards expressifs ces intéressantes jeunes filles attachaient sur Laure et sur Caroline ! Tout ce que disait le prédicateur pénétrait dans leurs âmes ; et les pieux exemples qu'il citait de la charité chrétienne les intéressaient si vivement ! Mais s'il eût su ce que les deux sœurs avaient fait pour elle ! S'il eût vu cette bourse qu'avait tant de fois remplie la plus ingénieuse bienfaisance ! Enfin le sermon terminé, le pasteur entonne le cantique d'actions de grâces, et se dispose à répandre sur son nombreux troupeau la bénédiction du ciel... lorsque tout-à-coup on entend du fond de la nef ces cris perçants : « Au secours !... Ma fille se meurt !... Ma sœur est morte !... » C'était Laure Dorville qui, suffoquée par la chaleur, et vivement émue de l'éloquente exhortation qu'elle venait d'entendre, était frappée d'un coup de sang. L'altération de ses traits, une couleur violette répandue sur sa figure, et la perte totale de l'usage de ses sens, tout se réunissait pour faire craindre une atteinte dangereuse. Déjà les pauvres orphelines l'ont entourée ; les plus grandes la portent sur leurs bras, à travers la foule, en s'écriant : « C'est notre bienfaitrice ; c'est notre ange tutélaire !... Place ! place !... Dieu nous fera la grâce de la sauver. » Elles la transportent dans une ancienne sacristie, tandis que leurs jeunes camarades se répandent de tous côtés, cherchant un homme de l'art qui puisse venir lui donner de prompts secours. Un jeune chirurgien amené par elles se présente auprès de Laure Dorville toujours sans connaissance, et dont les convulsions semblent annoncer un pressant danger ; il la saigne aussitôt à la veine jugulaire dans les bras de sa mère et de sa sœur, dont le saisissement est inexprimable, et qui ne peuvent proférer une seule parole. Toutes les jeunes filles, ainsi que leurs institutrices, forment un cercle autour de ce groupe si touchant ; l'espoir, la crainte, l'espérance, la

douleur et la confiance en Dieu, tout est peint sur leurs visages ;
le plus grand silence ajoute encore à ce que cette scène offre
d'intérêt et de stupeur. « Le sang coule en abondance, dit le
chirurgien : elle est sauvée!..... » Oh! quelle renaissance de joie
sur toutes les figures! Madame Dorville et Caroline, les mains
tendues vers le ciel, et les yeux noyés de douces larmes, adres-
sent à Dieu de ferventes prières; et déjà toutes les orphelines, un
genou en terre, répètent, mais à demi-voix, leur pieux cantique,
d'une expression si ravissante, qu'on eût dit le concert des anges remerciant Dieu d'un nouveau bienfait.

Ce fut au milieu de cet admirable tableau, ce fut aux accents
délicieux de ces vierges prosternées, que leur bien-aimée Laure
reprit ses sens et revint à la vie. Il lui sembla d'abord qu'elle
avait quitté la vie quelques instants, pour monter au séjour céleste. Mais bientôt, se voyant enlacée dans les bras de sa mère
et de sa sœur, entourée de ses nombreuses protégées, qui bai-
saient avec l'ivresse de la joie ses mains, ses vêtements, les longues tresses de ses cheveux, elle recouvre tout-à-fait sa raison,
apprend le danger qu'elle a couru, le zèle et le pieux empressement qu'ont mis les orphelines à la secourir, et reçoit un généreux acquittement de tout ce qu'elle a fait pour elles... En ce moment s'avance un médecin très-renommé, qu'on avait été chercher à la hâte. Il annonce que l'attaque était mortelle, félicite le
jeune chirurgien sur le moyen prompt, efficace, qu'il vient d'employer, et déclare qu'un quart d'heure plus tard, la jeune personne eût expiré.

« Ainsi donc, s'écrie aussitôt madame Dorville en pressant
sur son sein maternel les orphelines, qui s'étaient fait un devoir
d'emporter sur leurs bras l'agonisante, c'est à votre zèle admirable, c'est à votre empressement si religieux et si tendre, que

ma fille doit la vie, et moi le charme de la mienne! » Puis, s'adressant aux nombreux assistants qu'avait attirés cette scène attendrissante, elle ajouta : « Jeunes filles de tous les rangs qui nous entourez, n'oubliez jamais que c'est la charité qui sauva les jours de Laure Dorville : et chaque fois que vous trouverez l'occasion de l'exercer, oh! saisissez-la comme la source du bonheur le plus vrai, le plus inaltérable que vous puissiez éprouver sur la terre! »

LES JEUNES PENSIONNAIRES

S'il est un lien social tout à la fois légitime et durable, c'est celui qui unit entre elles les élèves d'une même institution. Cette mise en commun des premiers mouvements de l'âme, cette émulation mutuellement excitée, ces secours de tous les instants prodigués et rendus, cet irrésistible attrait d'un premier attachement, en un mot, cette aurore de l'existence qui influe si puissamment sur le reste de la vie... tout ne se réunit-il pas pour attacher entre elles de jeunes amies de pension, pour les enlacer comme le sont les rameaux de plusieurs rosiers élevés les uns près des autres et cultivés dans la même pépinière?

Clorinde de Mirecourt, fille unique d'un homme de qualité, jouissant d'une grande fortune, avait été confiée à l'âge de dix ans aux soins de madame de Courville, veuve d'un officier mort au champ d'honneur, et qui dirigeait avec autant de mérite que de désintéressement une des maisons d'institution les plus renommées de la capitale. Le père de Clorinde, homme d'esprit et de bien, avait remarqué dans sa fille une fierté souvent portée jusqu'à l'égoïsme, et qu'il avait inutilement essayé de dompter. La jeune personne, élevée dans le sein de l'opulence, entourée de nombreux serviteurs à ses ordres, et malheureusement privée de sa mère, la plus parfaite des femmes, communiquant sans cesse avec des gens titrés, opulents, avait pris un ton et des habitudes qui chaque jour alarmaient son père. Il crut donc ne pouvoir mieux les rompre qu'en plaçant Clorinde dans la maison de madame de Courville, où l'égalité des droits, la confusion des rangs, et ce titre d'élève qui commande obéissance et subordination, dompteraient par degrés la jeune orgueilleuse.

Tout en effet répondit aux vœux de cet excellent père, et surtout au sacrifice qu'il avait fait en se séparant de sa fille, son unique consolation, son espoir le plus cher. Clorinde, si vaine et si despote dans la maison paternelle, où elle désire rentrer promptement, fut d'une admirable soumission envers sa digne institutrice, et d'une affabilité ravissante avec toutes ses compagnes. Il semblait même qu'elle préférât celles qui se trouvaient le moins favorisées de la fortune.

Parmi celles-ci se faisait remarquer Apollina Floquet, fille d'un professeur d'humanités au lycée Charlemagne. Veuf et sexagénaire, il avait fait de même les plus grands sacrifices pour perfectionner sa chère Apollina dans une éducation qui devait être son unique richesse. Il voyait de jour en jour ses vœux s'accomplir. Cette charmante élève, à peine âgée de douze ans, réunissait à une instruction solide plusieurs talents d'agrément. Elle faisait surtout des progrès étonnants en musique, et déchiffrait à la première vue les partitions des plus grands maîtres. Chaque année, au concours général de l'institution, elle remportait le prix de piano ainsi que celui de langue française. Les leçons particulières que lui donnait son excellent père avaient développé ses dispositions naturelles ; et c'était principalement dans ses narrations qu'Apollina réunissait tous les suffrages. On y remarquait des idées neuves, des expressions choisies et un fonds de gaieté inépuisable. « *Le style, c'est le caractère,* » a dit un écrivain célèbre. Aussi, de toutes les élèves de la pension de Courville, il n'en était aucune qui pût rivaliser avec Apollina en heureuses saillies, en récits amusants ou gracieuses folies.

Elle joignait à tous ces avantages des manières pleines de grâce. En un mot. on ne pouvait la voir sans la remarquer, l'entendre sans rire, et la connaître sans l'aimer.

Clorinde, comme on le présume aisément, se prit pour elle d'un vif attachement, qui d'abord flatta sa vanité, mais qui bientôt s'affaiblit par l'humiliation de se voir éclipsée à chaque instant, de recevoir sans cesse d'elle des leçons d'égalité et de camaraderie, que l'orgueilleuse hypocrite feignait de recevoir avec plaisir, mais dont son incurable fierté souffrait en silence. Il est de ces funestes défauts qui s'enracinent dans une âme neuve encore, et dont on ne peut les extirper que par de fortes secousses et des leçons réitérées. C'était ce que la justice divine préparait à la superbe Clorinde, et ce que je me fais un devoir de raconter à celles de mes jeunes lectrices que pourraient aveugler les vaines prérogatives de l'opulence.

L'époque des vacances arriva ; Clorinde, toute fière d'avoir remporté dans le concours un second prix de broderie, et un accessit de chant, accompagna son père dans une très-belle habitation qu'il venait d'acheter à Saint-Gratien, vis-à-vis de Montmorency. Apollina, couverte de couronnes, parmi lesquelles était le prix d'honneur de narration française, suivit modestement son père dans l'humble appartement qu'il occupait rue du Foin Saint-Jacques. Mais cette résidence manquait d'air et de soleil ; elle eût fini par altérer la santé de la jeune fille, habituée au grand jour et au feuillage frais des jardins de sa pension. Elle proposa donc à son père de louer un petit pied-à-terre dans un village aux environs de Paris, où lui-même il pourrait respirer l'air des champs, dont il avait grand besoin. Le hasard les conduisit à Montmorency, qu'on leur avait indiqué comme offrant aux habitants de Paris des logements à tous prix. Le vénérable monsieur Floquet et sa fille y louèrent en effet, dans un petit chalet solitaire conduisant à la forêt, deux chambres fort proprement meublées, plus une troisième en mansarde, pour leur vieille et fidèle gouvernante qui avait élevé Apollina, et pour laquelle ses soins égalaient sa tendresse.

Voilà donc l'humble petit ménage parfaitement établi dans sa jolie solitude, où le père et la fille savouraient à longs traits le bonheur de se retrouver ensemble. Apollina se fortifiait chaque jour dans son instruction, sous les auspices de l'auteur de ses jours ; et, sur un très-bon piano que lui avait prêté madame de Courville, qui la chérissait comme son enfant, elle exerçait son talent déjà très-remarquable, et parvenait à déchiffrer, à la première vue, la musique la plus savante.

Un soir qu'elle exécutait un admirable morceau, passe sous sa croisée, ouverte en ce moment, une brillante cavalcade composée de monsieur de Mirecourt, de Clorinde, en élégante amazone, et de plusieurs dames et cavaliers de leur société. Le talent remarquable de l'inconnue les arrête ; ils prêtent tous une oreille attentive à l'exécutante, qui, s'entendant applaudir dans le chemin, regarde à la fenêtre, aperçoit Clorinde, et s'écrie avec cette

joyeuse familiarité de jeunes pensionnaires qui se retrouvent :
« Comment, c'est toi?... Oh! que je suis aise de te revoir! » Elle
descend aussitôt avec la rapidité de l'éclair, et se dispose, dans
sa joie, à embrasser sa jeune camarade... Mais celle-ci, à l'aspect
de cette jeune fille médiocrement vêtue, les cheveux relevés avec
un peigne de corne, rougit, se gourme, et ne répond à cet élan
de l'amitié que par ces mots à peine articulés : « Enchantée, ma
chère... d'avoir le plaisir de vous rencontrer. — Vous! réplique
aussitôt Apollina, avec le plus malin sourire... Mille pardons!
ma belle demoiselle!... Je vous prenais pour une de mes amies
de pension; mais je m'aperçois que je me suis trompée. » Elle
salue à ces mots toute la cavalcade avec la plus gracieuse aisance,
et rentre chez elle en fermant la porte au nez de l'insolente qui
venait de profaner à ce point le lien le plus honorable.

« Quelle est donc cette jeune personne? demanda à sa fille
monsieur de Mirecourt. — C'est une des élèves de madame de
Courville, reprend Clorinde avec le plus grand trouble... mais je
la connais à peine... Nous n'étions pas dans la même classe. —
Elle n'en est pas moins ta camarade, reprend sévèrement monsieur de Mirecourt, et méritait un autre accueil. — C'est une fort
belle personne, dit une dame de la cavalcade. — Elle paraît avoir
de l'esprit, ajoute une autre. — Elle-même, reprend alors Clorinde avec adresse, ne me croyait pas si bien escortée; aussi
s'est-elle empressée de rentrer chez elle, pour cacher le désordre
de sa toilette. » Ce motif parut vraisemblable à tout le monde,
excepté à monsieur de Mirecourt : il reconnut avec peine que sa
fille n'était pas encore guérie de cette vanité qui tôt ou tard nui-
rait à son bonheur.

Mais le hasard ménageait à l'orgueilleuse une leçon beaucoup
plus forte, et qui devait lui porter un coup terrible; car plus la

vanité croit s'élever en se livrant à sa chimère, plus elle éprouve d'humiliations et s'abaisse quand elle est démasquée. Tantôt haut, tantôt bas : telle est la position que prennent dans le monde les insensés qu'aveugle un ridicule amour-propre. Heureux ceux qui suivent la ligne que leur trace la Providence, la parcourent tout franchement, et par cela même ne s'abaissent jamais!

Arriva la fête de Montmorency qui, ordinairement, attire un grand concours de monde. Monsieur de Mirecourt, voulant donner à sa fille une leçon qu'il méditait depuis quelque temps, lui demanda quelles étaient celles de ses camarades de pension, restées chez madame de Courville, qu'elle désirait inviter avec elle à venir passer une journée à Saint-Gratien. Clorinde, ne soupçonnant pas l'intention de son père, lui désigna les jeunes pensionnaires dont le rang et la fortune pouvaient rivaliser avec elle; et cette invitation fut faite ainsi qu'il avait été convenu. « Est-ce que tu n'inviteras pas aussi ta jeune camarade que nous rencontrâmes l'autre jour? lui dit son père en l'observant bien. — Qui? la petite Floquet!... Elle n'aime pas le grand monde. — Elle réunit cependant tout ce qu'il faut pour y paraître avec avantage... Il faut absolument que tu l'invites... Je me charge d'en faire autant à son père... Tu ajouteras à ton invitation l'annonce qu'à l'heure qui leur conviendra, tu leur enverras la calèche. — Oh! je vous assure, papa, qu'elle va très-bien à pied. — Mais son père est sexagénaire, m'as-tu dit; et d'ailleurs la chaleur est trop forte... Allons, fais ce que je te dis. »

Clorinde fut forcée d'obéir à son père; mais son invitation portait toujours ce *vous* dont Apollina s'était trouvée blessée; aussi, le domestique, porteur des deux lettres, revint-il une heure après avec les réponses de monsieur Floquet et de sa fille. Celle du père à monsieur de Mirecourt exprimait les regrets qu'il éprouvait de ne pouvoir répondre à son honorable invitation ; quant à celle d'Apollina, elle était conçue en ces termes :

« Comment avez-vous pu, superbe Clorinde, abaisser vos regards jusqu'à moi ? Vous habitez un vaste château ; moi l'humble portion d'une chaumière... Chaque soir, en brillante amazone, vous parcourez, sur un superbe coursier, la belle vallée de Montmorency ; moi, je n'y parais qu'une seule fois par semaine, et mon palefroi n'est qu'un petit âne... Croyez-moi, restons chacune où le destin nous a placées... Je ne vais point chez les *vous* : je ne fréquente que les *toi*... Je n'en suis pas moins, belle Clorinde, avec tout le respect et toute la soumission d'une vassale à sa noble châtelaine,

» Votre dévouée

» APOLLINA. »

La lecture de ce billet fit rougir Clorinde de dépit et de confusion. Elle y vit clairement qu'on s'amusait à ses dépens ; et son père, lui prenant l'écrit des mains et le parcourant avec intérêt, lui dit : « Tu n'en as bien que ce que tu mérites... Cette jeune personne a tout-à-fait raison de dire qu'il est entre vous deux une grande distance. » Il s'éloigne à ces mots, en jetant un regard de pitié sur Clorinde, qu'il laisse confuse, humiliée et livrée à ses réflexions.

Arrive enfin le jour où madame de Courville se rend au château de monsieur de Mirecourt, avec plusieurs de ses pensionnaires restées auprès d'elle pendant les vacances, et que cette aimable institutrice cherchait à distraire, par mille plaisirs, de l'éloignement de leur famille. Parmi ces personnes se trouvaient des filles d'ambassadeurs, de lieutenants généraux et de sei-

gneurs étrangers. Clorinde, comme on le présume, avait eu soin
de désigner les jeunes demoiselles qui pouvaient le plus flatter
sa vanité ; aussi leur fit-elle un accueil aussi gracieux qu'empressé. Le *vous* dont on avait humilié la pauvre Apollina n'était
plus employé; mais ce *toi* si doux à prononcer, ce *toi* qui prouve
cette égalité d'usage entre pensionnaires, était répété avec
ivresse. On était fière de tutoyer, devant plusieurs personnes
qu'avait réunies chez lui monsieur de Mirecourt, de jeunes demoiselles appartenant aux plus nobles familles.

Après un dîner somptueux, dont Clorinde fit les honneurs
avec un empressement et une aisance qui annonçaient tout le
plaisir qu'elle éprouvait, monsieur de Mirecourt proposa d'aller
voir le bal de Montmorency, établi sous une antique et belle châtaigneraie qui couvre de ses rameaux épais des danseurs de tous
les rangs; sous ces arbres sont établis les jeux destinés à l'amusement et aux exercices des joyeux villageois. Tableau ravissant! mélange heureux de tout ce qui compose la population!...
Plusieurs voitures sont préparées pour transporter les convives
au rendez-vous si renommé parmi les habitants de tous les environs. Il fut convenu qu'on reviendrait vers neuf heures à Saint-
Gratien faire de la musique, où les élèves de madame de Cour-
ville devaient faire briller leur talent.

Mais, au moment de monter en voiture, l'orgueilleuse Clorinde, qui craignait de rencontrer au bal de Montmorency Apollina, dont la présence l'eût embarrassée, prétexta une légère in-
disposition, et surtout sa surveillance nécessaire aux préparatifs
du concert, afin de rester au château. Monsieur de Mirecourt,
devinant sans peine le motif secret de sa fille, lui préparait une
dernière épreuve sur laquelle il fondait l'espoir de la corriger.
Il conduisit tout son monde à la danse champêtre; à peine ma-

dame de Courville en avait-elle parcouru les sites les plus riants avec ses élèves, qui ne pouvaient se rassasier de ce ravissant spectacle, qu'elle est aperçue par la jeune Floquet, accompagnée de son père. Celle-ci, poussant un cri de joie, vient se jeter dans les bras de sa mère adoptive, et presse aussitôt dans les siens ses jeunes compagnes, dont elle reçoit l'accueil le plus touchant; c'est ce qu'attendait avec impatience monsieur de Mirecourt. Apollina s'empresse d'annoncer qu'elle habite la moitié d'un petit chalet à peu de distance du lieu de la fête, et qu'il est impossible que ses jeunes amies ne lui accordent pas l'inexprimable plaisir de les y recevoir. Le bon monsieur Floquet joint ses instances à celles de sa fille; et monsieur de Mirecourt, toujours son projet en tête, donne le bras à madame de Courville, qui, ainsi que ses élèves, suivent Apollina.

On arrive à l'humble demeure, remarquable seulement par une extrême propreté, et surtout par une riche collection de fleurs, que depuis quelque temps la jeune solitaire s'occupait à peindre; car, se destinant à l'honorable profession d'institutrice, elle cherchait à réunir tous les talents qui lui seraient profitables. Oh! quelle joie, quel bonheur elle éprouvait de recevoir dans sa modeste retraite sa bonne amie et ses élèves! « Il en manque une, dit alors monsieur de Mirecourt avec une expression très-remarquable; mais la manière dont elle vous accueillit l'autre jour ne lui permettait pas, Mademoiselle, de se présenter aujourd'hui devant vous. » Apollina, qui avait remarqué l'absence de Clorinde, baisse les yeux ainsi que son père, et tous les deux gardent le silence. Alors monsieur de Mirecourt raconte lui-même, avec un noble effort, la scène étrange de la cavalcade, et supplie ces dames de le seconder dans son entreprise, qui pourra peut-être faire sur sa fille une impression salutaire. Il

est donc arrêté que monsieur de Mirecourt et madame de Courville se rendront seuls au château, où sans doute sont déjà réunies les personnes les plus distinguées, et que les jeunes camarades d'Apollina resteront auprès d'elle et de son père, jusqu'à
ce que l'épreuve tentée sur Clorinde ait produit son effet.

Voilà donc le joyeux troupeau qui se livre dans l'humble chalet à tous les plaisirs, à tous les épanchements de la plus franche
amitié. Monsieur Floquet, partageant l'ivresse de sa fille, fit préparer à l'improviste une collation qui n'offrait ni l'abondance ni
la riche argenterie du grand dîner de Saint-Gratien; mais des
fruits fraîchement cueillis dans des paniers garnis d'un vert
feuillage, du laitage sortant de l'étable, des petits gâtea. ᷄ et
des croquignoles. Ce qui faisait surtout l'ornement de ce petit
repas champêtre, c'était cet abandon de jeunes cœurs, habitués
à s'épancher entre eux, c'était cette gaieté naïve et toujours de
bon ton que madame de Courville savait maintenir avec soin
dans son troupeau.

Oh! que de mots heureux, de rires francs et d'affectueux épanchements dans cette ravissante réunion! Jamais Apollina n'avait
été plus folle, plus aimable, plus expansive; jamais ses jeunes
camarades n'avaient su mieux apprécier toutes les qualités de
son esprit et de son cœur.

Que faisait pendant ce temps-là la superbe Clorinde? Surprise
de voir arriver seuls au château madame de Courville et son
père, elle éprouve la confusion la plus accablante, lorsqu'elle
apprend que ses camarades, instruites de l'humiliation qu'elle
avait fait éprouver à leur chère Apollina, étaient restées auprès
d'elle pour la lui faire oublier. « Je n'ai pu m'opposer, dit madame de Courville, à cet élan d'amitié si naturel et si touchant;
et je n'aurais jamais pu croire qu'une de mes élèves se fût ou-

bliée à ce point. — Mais on nous attend dans le grand salon pour le concert, dit monsieur de Mirecourt ; allons rejoindre nos nombreux invités. — Le concert ne peut avoir lieu sans mes jeunes amies, répond Clorinde avec confusion, et retenant avec peine les larmes qui mouillent ses yeux. — En ce cas, il faut y renoncer, reprend le père avec austérité ; car les camarades de mademoiselle Floquet ne la quitteront pas ; et vous avez mis cette personne dans l'impossibilité de se présenter chez moi. — Il n'y aurait qu'un seul moyen qu'on pourrait tenter, reprend à son tour madame de Courville, mais dont je ne garantirais pas le succès. — Je suis prête à tout faire, bonne amie, pour réparer ma faute ; disposez de moi ! répond la jeune élève, paraissant faire un sérieux retour sur elle-même. — Si c'est véritablement le repentir qui vous guide, ma chère, et non le désir d'exécuter votre concert, je m'offre à vous conduire chez la jeune Floquet. Elle est vivement blessée, je ne puis vous le dissimuler : elle a le droit de l'être... — Mais son cœur est si bon, si généreux... et je serai si repentante, que peut-être je pourrai la fléchir... Partons ! »

Au moment où l'heureuse Apollina s'épanchait si délicieusement avec ses jeunes compagnes, elle entend une voiture s'arrêter devant sa demeure, et bientôt s'offre à ses regards madame de Courville accompagnée de Clorinde de Mirecourt, dont le regard fier et la tenue prétentieuse avaient fait place à l'extérieur le plus modeste, au ton même le plus suppliant. A son aspect toutes les jeunes personnes expriment par leur froideur et leur immobilité que la superbe a perdu ses droits à leur estime, à leur attachement ; lorsque celle-ci d'une voix altérée, et s'avançant toute tremblante vers Apollina, lui adresse ces mots : « Je viens réparer envers *vous* une faute... qui, je puis *vous* l'assurer, pesait en secret sur mon cœur... Apollina garde un morne silence... « Ah! si *vous* connaissiez bien toute la sincérité de mon repentir, *vous* en auriez compassion... » Même silence, même apparence d'impassibilité... Apollina, *vous* dont la bonté fut toujours si franche, ne me répondrez-*vous* rien? — Je ne connais point les *vous*, laisse échapper Apollina. — Eh bien! s'écrie Clorinde, avec une expression vive et pénétrante, je m'adresse donc à *toi*... — A la bonne heure, et je reconnais ma camarade! » réplique aussitôt la jeune Floquet, tendant les bras à Clorinde, qui s'y précipite; et toutes les deux sont confondues dans les plus tendres enlacements. « Combien je fus coupable, chère amie!... — Pas un mot de plus! répond vivement Apollina, lui mettant la main sur la bouche : cela ne servirait qu'à nous faire rougir toutes les deux. N'altérons pas la joie que nous éprouvons, *toi* de réparer une erreur, moi de retrouver une amie. — Je n'attendais pas moins de vous deux, dit à son tour madame de Courville, et je suis chargée par monsieur de Mirecourt, dont la tendresse paternelle a tout dirigé, de vous conduire à son château, confirmer cette heureuse réconciliation. — Ma parure est bien simple, répond Apollina, pour oser paraître dans un cercle aussi brillant; mais, si la première parure est un visage riant, ce que j'éprouve en ce moment me fait espérer que je tiendrai ma place parmi les dames du grand ton. — Tu leur prouveras, chère amie, que les *vassales* comme toi valent bien les *châtelaines*. — Mon billet t'a piquée; eh bien! tant mieux! c'était mon intention. — Dis plutôt qu'il m'a ouvert les yeux. Va, je te dois plus que je ne saurais l'exprimer. »

Monsieur Floquet, ravi de ce que la leçon avait si bien profité, conduit madame de Courville à l'une des trois voitures qui les attendaient au bas du chalet : ils y font placer avec eux Clorinde et Apollina ; leurs jeunes camarades remplissent les deux autres voitures ; et vingt minutes après, le cortége fit son entrée triomphale au château de monsieur de Mirecourt, où celui-ci attendait avec impatience le résultat de sa dernière épreuve. On conçoit toute la joie qu'il ressentit à la vue de Clorinde et d'Apollina se tenant par la main. Il presse aussitôt sa fille sur son sein, la couvre de baisers paternels en lui disant : « Tu m'as rendu ta mère... » Puis, se tournant vers la bonne Apollina, dont il baise la main avec une vive émotion, il ajoute : « Vous voyez tout ce que je vous dois. »

On passe dans le grand salon, où déjà s'était réunie une société nombreuse et brillante. Apollina se met au piano pour répondre à l'empressement qu'on avait de l'entendre. Elle ravit, elle étonne en exécutant une sonate de Listz avec la verve et la grâce qu'exige cette admirable composition. Elle accompagne ensuite plusieurs personnes qui chantent les plus beaux morceaux de l'école italienne, et reçoit d'unanimes félicitations sur son talent très-remarquable à tenir la partition. Mais ce qui produit le plus bel effet, et comme chant naturel et comme heureuse application, c'est un duo que l'ingénieuse Apollina propose à Clorinde de chanter avec elle et que souvent elles avaient exécuté ensemble à la pension. Les regards attendris des deux exécutantes, et la manière dont elles se jetèrent dans les bras l'une de l'autre en achevant ce duo, produisirent sur tous les auditeurs une impression profonde dont ceux qui n'étaient pas dans le secret cherchèrent en vain à interpréter la cause. Apollina reçut d'eux toutes les plus touchantes félicitations et les plus tendres caresses.

Mais sa digne institutrice, voulant prouver que les talents de son élève ne se bornaient pas à la musique, l'invite à déclamer quelques morceaux de poésie à son choix. Apollina récite la *Chute des feuilles*, de Millevoye, et la *Pauvre fille*, de Soumet. Elle mouille tous les yeux, pénètre tous les cœurs : c'est à qui l'entourera, lui prodiguera d'honorables suffrages ; elle est traitée en un mot comme la reine de la fête. Au moment où elle se retirait avec son père dans un coin du salon, pour se soustraire à ces enivrantes félicitations dont rougissait sa modestie, Clorinde, qui l'accompagnait, lui dit avec une grande franchise de cœur, en lui rappelant son ingénieux billet : « C'est toi, ma chère amie, qui deviens la *noble châtelaine*, et je ne suis plus que l'*humble vassale*... Ah! tu viens de me prouver ce qui jamais ne s'effacera de mon souvenir : c'est que le rang et l'opulence ne sont rien, lorsqu'on les compare à la puissance des nobles qualités de l'âme et au prestige des talents. »

LA CITERNE DE SAINTE-CLAIRE

ou

IL N'EST QU'HEUR ET MALHEUR

Il est rare que la franchise du cœur et la droiture du caractère n'obtiennent pas tôt ou tard la récompense qu'elles méritent. La faute avouée sincèrement et avec repentir peut bien exposer à quelque punition passagère ; mais le mensonge qui cherche à cacher cette même faute, l'horrible mensonge, outre le secret tourment de l'âme qu'il procure, expose souvent à un double châtiment, c'est-à-dire au mépris, dont l'empreinte est difficile à s'effacer. Puisse le récit que je vais faire proûver aux adolescents qui m'écoutent que, dans toutes les circonstances de la vie, il faut être vrai, sans jamais s'inquiéter de tout ce qui peut en arriver!

Un ancien maréchal des logis de la garde impériale, réduit à sa solde de retraite, s'était retiré dans un village de la Beauce, sa patrie, avec sa femme et ses deux enfants. Tomi, âgé de douze ans, beau petit gaillard, espiègle, étourdi, mais tenant de son père pour la brusque franchise ; et Nisa, sa sœur cadette, âgée de dix ans, d'une figure ravissante, aux manières gracieuses, à la parole douce, expressive, en un mot la digne élève de sa mère, ancienne femme de chambre d'une dame du plus haut rang, et qui, par son attachement pour son mari, l'avait suivi à l'armée en qualité de cantinière.

Jérôme Estival était d'une figure imposante, caractérisée ; taille de cinq pieds six pouces, démarche déterminée : le son terrible de sa voix et ses épaisses moustaches semblaient annoncer un homme colère et féroce ; mais c'était le meilleur époux et le plus tendre père, pourvu toutefois qu'on ne le contrariât point, et qu'on obéît sur l'heure à tout ce qu'il lui plaisait de commander. Habitué si longtemps à la discipline militaire, il croyait toujours être à la caserne ou sous la tente ; et le moindre ordre, selon lui, devait être exécuté sur-le-champ.

Tomi et Nisa étaient donc habitués, auprès de leur père, à lui obéir comme de jeunes conscrits. Son excellente femme elle-même s'occupait sans relâche à le prévenir en toute chose, afin de lui éviter ces mouvements de brusquerie et d'impatience dont il n'était pas le maître.

Le hameau qu'habitait cette estimable famille était riant et fertile ; mais il fallait aller chercher à une certaine distance l'eau d'une citerne publique ; ce qui n'est que trop fréquent dans la Beauce, où les sources sont rares. Il y avait bien, tout près du village, un étang assez vaste où venaient se désaltérer les animaux de toutes les fermes des environs ; mais cette eau, surtout pendant la belle saison, devenait vaseuse et nuisible à la santé. Estival ne s'en inquiétait point pour lui, mais il n'entendait point que sa femme et ses enfants fissent d'autre usage que de l'eau de la citerne, qu'on appelait Sainte-Claire, par analogie, sans doute, à la limpidité, à la salubrité de ses eaux.

Notre vieux brave allait donc chaque matin, avec deux grands vases suspendus à un cerceau, chercher à la citerne tant renommée la provision de sa famille ; mais voulant par degrés habituer son fils aux fatigues de la vie, il l'avait muni d'une cruche de grès proportionnée à ses forces, dans laquelle Tomi allait souvent chercher le soir ce qui manquait à la consommation de la journée. Le petit espiègle aimait assez cet emploi, parce que, chemin faisant, il rencontrait quelques enfants du voisinage, avec lesquels il se livrait aux jeux de son âge ; parfois il oubliait le temps qui s'écoulait si vite au milieu de ses camarades : ce qui l'obligeait souvent à doubler sa marche sous le poids de sa cruche remplie, et le faisait arriver couvert de sueur à l'habitation, où sa mère lui prodiguait les plus tendres soins et murmurait tout bas de ce que son père l'exposait à une fatigue au-dessus de ses forces.

Tomi ne pouvait s'empêcher d'être touché de la bonté de sa mère, et cent fois il fut tenté de la rassurer en lui confiant qu'il s'amusait en route avec les enfants qui venaient comme lui puiser de l'eau à Sainte-Claire ; mais l'austérité de son père le retenait dans cet aveu. Si c'eût été un mensonge, il ne se fût jamais décidé à le commettre ; mais une simple dissimulation était bien permise en pareil cas.

Nisa s'offrit un jour pour accompagner son frère, et porter tour à tour avec lui la cruche remplie d'eau. « Ce n'est pas là un ouvrage de femme ! dit Estival avec sa voix de tonnerre... Je n' te félicite pas moins, ma petite, de ton offre, qui dénote un bon cœur. » A ces mots il la prend dans ses bras — Je remercie de même ma petite sœur, ajoute Tomi, l'embrassant à son tour, mais j'irai bien seul à la citerne. Le lecteur devine sans peine que le petit gaillard avait ses raisons pour cela.

Un soir qu'il était parti plus tôt qu'à l'ordinaire, c'était dans les grands jours du mois de juillet, sa mère et sa sœur, voyant le soleil au moment de disparaître sous l'horizon, furent surprises de ne pas le voir de retour : c'était la première fois qu'il avait tant tardé. Estival était absent : sans cela il eût été lui-même au-devant de son fils. Nisa, partageant l'inquiétude de sa mère, prend sa course, regardant de tous côtés si elle rencontrera son frère ; elle l'aperçoit de loin assis auprès de la citerne Sainte-Claire, immobile, abattu. La pauvre petite respire à peine, et s'imagine que Tomi se sera blessé ; elle court près de lui haletante, et le trouve dans un chagrin profond d'avoir cassé sa cruche, en jouant avec ses camarades.

Si la maudite cruche n'eût eu qu'une échancrure, Tomi l'eût emportée presque pleine, et ses parents ne s'en fussent point aperçus ; mais elle était trouée au bas, ce qui ne permettait pas qu'elle pût contenir une seule goutte d'eau. « Oh ! combien papa va t' gronder ! lui dit Nisa ; une cruche toute neuve, et qu'il avait achetée pour toi ! — Si j' n'étais que grondé, j' prendrais aisément mon parti... mais c'est qu' je s'rai battu ; et not' père touche quéqu'fois plus fort qu'i' n' se l'imagine. — Il est vrai que quand i' s' met en colère... Heureusement ça n' lui arrive pas souvent... J' crains bien qu' pour cette fois tu n'en sois pas quitte à bon marché. — C'est justement pour ça qu' je n' veux pas rentrer chez nous. — Et que d'viendras-tu? — Je n'en sais rien. — Et not' bonne mère qui nous aime tant, elle en mourrait de chagrin. — Oh! c'est bien vrai. — Et puis papa t' cherche-rait, finirait par te trouver; et dame, alors... — J' s'rais rossé doublement : ça c'est sûr... »

— « Ecoute, Tomi! I' m' vient une idée... Oh! l'excellente idée! — Laquelle? — Tu diras qu' c'est moi qu'ai cassé la cru-che... Ma mère me grondera, ça c'est juste; mais papa n'os'ra pas me frapper : il a trop grand'peur de m' faire du mal; et par ainsi j' t'éviterai d'êt' battu... Viens, petit frère! v'là la nuit; n' perdons pas un instant!... Eh bien! tu n' me réponds pas? à quoi songes-tu donc? — Non, non; j'aime encore mieux êt' battu que d' mentir, j'aurais ça sur le cœur, vois-tu; et quand on a fait un' faute, eh ben! il faut avoir assez d' courage pour en supporter l' châtiment. — Méchant! qui ne veut pas que j' sois grondée à sa place... ça m'aurait fait tant d' plaisir! Eh ben! quand not' père m' donn'rait une ou deux petites taloches, c'est bientôt passé. — Et moi je ne m'en consolerais d' ma vie : ma sœur battue pour prix d' sa générosité! — Ça fait ben moins d' mal que lorsqu'on est coupable. — Ma bonne petit' Nisa punie d'une faute qu' j'au-rais commise! Oh! c'est un' lâcheté, un' bassesse indigne du fils d'un vieux brave... Plutôt cent fois êt' rossé... Suis-moi, ma bonne petite sœur! — Eh bien! écoute, mon frère : quand papa lèvera la main sur toi, j' m'élanc'rai entre vous deux, et j'amor-tirai les coups. »

Cet entretien, si naïf et si touchant, ce délicieux combat de l'honneur naissant et de la bonté naturelle venaient d'être en tendus de la veuve d'un riche fermier du voisinage, femme de trente ans environ, et qui s'était rendue à la citerne pour y puiser de l'eau dans deux cruches de grès qu'elle portait de même, à l'aide d'un cerceau formant contre-poids. Cachée derrière une épaisse palissade, elle avait prêté, non sans émotion, une oreille attentive à tout ce qu'avaient dit le frère et la sœur. Elle les aborda au moment où ils regagnaient leur demeure, les embrassa l'un après l'autre, et elle leur dit : « Le ciel m'envoie à vot' secours. Une d' mes cruches, vous le voyez, est toute neuve comme la vôtre, et à peu près de la même grandeur; remplissez-la, et la reportez à vos parents; ils ne s'apercevront de rien, et la faute de Tomi sera réparée sans taloche et surtout sans mensonge. — Merci bien, madame Frémont! reprit Nisa; dans le fait, vous n' craignez pas, vous, qu' vot' mère vous gronde, ou qu' vot' père vous batte.

— Voyez ce que c'est, dit Tomi, tout en remplissant sa cruche à la citerne; voyez c' que c'est que de n' jamais mentir : Dieu tôt ou tard nous en donne la récompense. — Promets-moi, cher enfant, de ne jamais oublier ces paroles-là. — J' m'en souviendrai toute ma vie, ainsi de c' que vous avez fait pour nous. — Et la cruche cassée, reprend Nisa, qu'allons-nous en faire? — Elle m'appartient, dit la fermière avec une expression remarquable; et je ne la troquerais pas contre le vase le plus précieux. — Vous nous promettez bien, reprend Tomi, de n'en rien dire à mon père? — Soyez aussi discrets qu' moi, chers petits, et vous n'aurez point à vous en repentir. » S'emparant alors de la cruche ainsi que du morceau cassé qui se trouve encore sur la pierre, elle l'emporte avec l'autre cruche remplie, en faisant des signes d'adieu au frère et à la sœur, qui répètent en s'en allant : « La digne femme !... quel service el' nous rend !... »

Plusieurs mois s'écoulèrent; un hiver rigoureux succéda tout-à-coup aux beaux jours de l'automne. Estival, dont la pension de retraite venait d'être réduite, avait de la peine à soutenir sa famille. Aussi, quoiqu'à l'âge de plus de cinquante ans, il entreprit le pénible métier de fagoteur; et, comme les bois sont rares dans la Beauce, si ce n'est quelques remises de chasse appartenant aux grands propriétaires, le vieux brave partait dès l'aube du jour et ne revenait qu'à la nuit rejoindre sa femme et ses enfants. Dans les beaux jours il aurait un travail moins rude; la coupe des foins et la moisson lui procureraient des journées plus lucratives; mais, en attendant, il fallait subvenir aux besoins de son ménage...

Un soir qu'il s'entretenait avec son excellente femme des moyens d'achever la saison rigoureuse, et qu'ils croyaient ne pas être entendus de leurs enfants jouant dans une chambre latérale, ils se confièrent mutuellement que, malgré tous leurs efforts, la recette ne pourrait jamais parer à la dépense. « Eh bien! dit la femme, il me reste une chaine d'or que m'avait donnée feu la grande dame que je servais; elle vaut au moins deux cents francs : cela nous fera gagner du temps. — Et moi, dit le mari, n'ai-je pas cette pipe de bois de sandal, garnie en or, que j'pris en Egypte à la moustache d'un émir, à qui j'avais fait voler la tête d'un coup de sabre, pipe dont on m'a souvent offert dix napoléons : cela nous donnera le temps d'attendre les beaux jours. — Et nous, donc! disent Tomi et Nisa, venant se mêler à la conversation; n'ai-je pas les jolis pendants d'oreilles qu' j'ai r'çus d' mon père? — Et moi, les deux boutons de chemise en chrysocale qu' m'a donnés ma mère! Faut bien s'entr'aider : c'est tout simple... »

Comme il achevait ces mots, entre un garçon de ferme, portant un grand vase recouvert en osier, et tenant à la main un billet conçu en ces termes : « Les habitants de Toury, ne pouvant souffrir que le brave Estival, qui versa son sang pour eux. éprouve le moindre besoin, le prient d'accepter cette mesure de froment, qui sera renouvelée exactement tous les samedis. — J'accepte, et sans rougir, dit l'ancien militaire. Aussitôt le garçon de ferme verse dans un sac, qu'il lui présente, le vase contenant un boisseau du plus beau froment, et reçoit pour sa course un bon verre de vin qu'il boit à la santé de toute la famille. « J'irai dès demain, dit Estival, remercier l'administration municipale; et j' prétends répandre ça dans le pays. » Il se rend en effet à Toury, se disposant à faire militairement sa harangue au maire; mais quelle est sa surprise d'apprendre que la municipalité n'est pour rien dans l'honorable don qu'il a reçu.

Le samedi suivant même offrande, même émissaire; mais au vase rempli de froment on avait ajouté un panier rempli de beurre et d'excellents petits fromages destinés aux enfants du vieux brave. « Je ne puis accepter, dit celui-ci, sans savoir quelle est la main généreuse... — Dame ! répond l'émissaire, on m'a r'commandé de ne nommer personne; et vous n' pouvez m' blâmer d'êt' fidèle à ma consigne. — C'est juste, répond Estival ; mais dites à la personne qui vous envoie que c'est la dernière fois que j'accepte. »

Huit jours après, troisième offrande de la mesure de froment, avec le panier rempli, cette fois, de friandises pour les enfants. Ceux-ci lorgnaient surtout du coin de l'œil une large galette encore toute chaude, exhalant une odeur ravissante : « Va pour la galette! dit leur père, ne pouvant s'empêcher de la flairer lui-même avec plaisir; mais remportez tout le reste, ou bien nommez-moi celui qui vous envoie. — Si l'on vous avait dit, quand vous étiez au service, de trahir l' mot d'ordre, l'auriez-vous fait, mon brave? — Non, triple charge d'escadrons!... Mais ne pourriez-vous, sans manquer au devoir... nous instruire?... — Tout c' qu'on m'a permis, c'est d' dire à vos genti's enfants qu' tout ça leur vient de la fontaine de Sainte-Claire. — C'est d' madame Frémont! s'écrie Nisa. — J'en étais sûr, ajoute Tomi. J' l'entends encore nous dire : Soyez discrets, chers petits, et vous n'aurez pas à vous en repentir. — Discrets! et de quoi? demande vivement Estival. — Nous allons tout vous apprendre, mon père... »

Aussitôt les deux charmants enfants racontèrent tour à tour, et souvent tous les deux ensemble, l'aventure de la citerne, la peur de l'un d'être battu pour avoir cassé sa cruche, la proposition de l'autre de passer pour le coupable et de subir le châtiment de son frère... — Tu as refusé, n'est-ce pas, Tomi? — Plutôt cent taloches que d' faire un mensonge. — Viens ça, que j' frotte ma moustache sur tes joues!... J' t'aurais battu, ça c'est sûr; et j'en aurais ensuite été fâché. — Eh bien! c'est la bonne madame Frémont qui nous a sauvé tout ça. — Aussi, depuis ce moment-là, reprend le garçon de ferme, elle conserve comme une r'lique c'te cruche qu'elle a fait r'vêtir en osier, et dans laquelle j' vous apporte tous les sam'dis la provision. J' crois ben même qu'el' finira par la remplir de son meilleur vin; car elle a fait r'mastiquer solidement l' morceau du bas qu'était cassé, comme ainsi qu' vous pouvez l' sentir en passant la main jusqu'au fond. — C'est pourtant vrai, dit Nisa, enfonçant son petit bras dans le vase; il n'y paraît plus. — Ma chère cruche! ajoute Tomi en la caressant, j'étais loin de m' douter q' tu m' porterais autant de profit. — Nous vous accompagnerons chez madame Frémont, reprend Estival; et j'espère qu'elle bornera là ses généreux dons. — Eh ben! v'nez tous; mais j' vous prédis qu' ça ne servira de rien; car dès qu' not' maître-se s'est mis un quéque chose dans la tête... — Oh! je n' suis pas moins obstiné qu'elle, dit l'ancien militaire; et nous verrons. »

Ils arrivent donc tous à la ferme, une des plus considérables de la Beauce, et trouvent la bonne madame Frémont vaquant elle-même aux soins de sa grande administration rurale. A sa vue, Tomi et Nisa vont se jeter dans ses bras et l'accablent de caresses, auxquelles elle répond avec l'effusion de l'âme la plus franche. Le vieux maréchal des logis, qui s'était muni de son uniforme, afin d'imposer davantage, remercie cette excellente femme de ce qu'elle a fait pour ses enfants, et termine sa harangue assez expressive, par la déclaration formelle qu'il ne recevra plus rien d'elle, et que son travail, joint à sa modique pension de retraite, suffira pour le faire exister avec honneur, lui, sa femme et ses enfants.

« Mais c' n'est pas à vous qu' j'ai affaire, répond la fermière, en toisant de la tête aux pieds l'ancien militaire. C'est à ces deux bijoux-là, qui m'ont fait passer à la citerne Sainte-Claire un des plus doux moments de ma vie. Malgré vos épaisses moustaches et vos grands yeux noirs flamboyants, vous n' pouvez pas m'empêcher d' les aimer, p't'être; i' sont si bons, si gentils!... C' Tomi, préférer à un mensonge d'être rossé par vous... et c'te Nisa, proposer à son frère d'êt' battue à sa place! si ces enfants-là n' font pas un jour d'honnêtes gens, je ne suis pas moi-même une honnête femme... Aussi, quand je fis avec eux l'échange de la cruche cassée, je jurai d'vant Dieu de n' l'employer q' pour leur bonheur; et gn'a pas d' puissance au monde, pas même un maréchal des logis, capable de m' faire manquer à ma promesse... Allons, entrez tous! vidons ensemble qué qu' rasades; et qu' ça finisse! »

5

Estival, déconcerté par cette bonté si naïve et si débordante, suit madame Frémont dans une grande pièce aux murs bien blancs, aux meubles bien cirés, où tout annonce l'abondance et la simplicité. La femme d'Estival contemple la fermière avec la stupéfaction de la reconnaissance et de l'admiration. « Vous regardez autour de moi, reprend celle-ci, pour savoir si j'ai d'z-enfants... Eh! mon Dieu! non, ajoute-t-elle en soupirant : j' n'ai jamais eu le bonheur d'être mère; il est vrai qu' j'ai perdu mon mari peu d' temps après notr' mariage. On m' sollicite de tous côtés pour en former un second; mais j'ai pris l'habitude d'êtr' maîtresse de mes volontés : i' n' tiendrait qu'à vous d' me faire accroire que je suis mère... donnez-moi vos deux enfants! — Moi! me séparer de mon Tomi! s'écrie madame Estival. — Ne plus voir ma petite Nisa! dit le vieux militaire en la serrant déjà entre ses bras, comme si l'on voulait la lui ravir... Jamais! jamais! — Nous vous aimons bien, madame Frémont, disent ensemble le frère et la sœur, mais papa et maman! ça passe avant tout. — Eh bien! reprend la fermière, il est un moyen d' nous mettre d'accord. — Et comment ça? — Restez tous les quatre auprès de moi!... Vous, Estival, vous dirigerez mes attelages, vous présiderez à mes charrues; vous, ancienne cantinière, vous vaquez aux soins de l'intérieur, vous veillez à la laiterie, à la tonte des moutons, tandis que je m'occupe, moi, d' la r'cette et de la dépense... bientôt Tomi me s'condera dans la t'nue d' mes livres; Nisa soignera le colombier : ils croîtront sous nos yeux comme deux petits pigeons; nous partagerons leurs caresses, et uous n' formerons tous qu'une même et heureuse famille.

— Je n' crois pas avoir jamais été aussi surpris et plus ému, lui répond le maréchal des logis, n'osant pas essuyer une larme qui s'échappe de ses yeux... mais l'homme de cœur, tant qu'une goutte de sang coule dans ses veines, et qu'il lui reste de bons bras, doit nourrir sa femme, ses enfants, et n' pas être à charge aux autres. — Et si vous v'nez à mourir, mon brave, vot' pension s'éteint avec vous, et v'là vot' famille dans la misère... — Il est sûr et certain que ma pauvre femme... — S'rait obligée de recourir à l'assistance des étrangers; au lieu qu' chez moi, elle est chez elle : c'est mon amie, ma sœur adoptive : ses enfants sont les miens, et quand vous les quitt'rez, eh bien ! vous vous endormirez en repos. — J' n'y tiens plus ! s'écrie Estival en la pressant dans ses bras. Sa femme penche sur son sein la figure de la fermière, tandis que les deux enfants lui saisissent les mains, et tous la couvrent des baisers de la reconnaissance.

Le garçon de ferme, qui avait porté plusieurs fois la cruche cassée remplie de provisions pour la famille Estival, la rapporte sur la grande table, à un signe que lui fait sa maîtresse; elle est aussitôt entourée d'excellents mets et de fruits formant un repas auquel assistent les différents serviteurs de madame Frémont : elle leur présente le maréchal des logis comme leur chef, et sa femme comme économe. Puis, ordonnant que chacun d'eux reprenne, à la table, sa place accoutumée, elle fait découvrir la cruche remplie d'un excellent vin, dont le premier garçon verse une rasade à chaque convive... La fermière, aussitôt, raconte à tout le monde l'aventure de Sainte-Claire, et pressant les deux charmants enfants sur son sein, elle dit à Tomi : « Te rappelles-tu les paroles que le ciel semblait te faire prononcer, en remplissant à la citerne la cruche que j'avais échangée contre celle-ci ? — Elles me sont revenues trop souvent à la pensée, pour que jamais j' les oublie... Voyez ce que c'est que de ne jamais mentir : Dieu, tôt ou tard, nous en donne la récompense. »

LES DEUX SACHETS

De tous les funestes penchants qui nous égarent, il n'en est point de plus fâcheux pour nous-mêmes, et de plus insupportable pour les autres, que cette insatiable envie désirant s'approprier ce qui ne nous appartient pas; que cette indomptable jalousie des avantages qu'a reçus de la nature une sœur, une amie. Mieux vaudrait aller vivre au désert parmi les hordes sauvages, que de rompre les doux liens de la famille et les habitudes sociales, par cet égoïsme dont le poison dessèche le cœur, irrite le caractère, et flétrit l'existence.

J'ai tant vu souffrir la jeune envieuse que je vais essayer de peindre; j'ai si souvent été le dépositaire des chagrins de sa sœur; je fus enfin si heureux du succès complet obtenu par leur excellente mère, que j'ose être convaincu de l'intérêt qu'éprouveront mes jeunes lectrices en parcourant cette causerie de leur vieux conteur. Ah! s'il s'en trouvait parmi elles une seule que ce récit pût guérir du tourment de la jalousie, tourment d'autant plus cruel qu'on le cache, ou par honte ou par fierté, j'éprouverais une de ces jouissances dont l'écrivain ne perd jamais le souvenir.

Madame Dastrol, veuve d'un avocat célèbre, s'était entièrement consacrée à l'éducation de ses deux filles. L'aînée, nommée Hortense, offrait l'image vivante de feu son père : c'était la noble régularité de ses traits; c'était ce regard furtif et pénétrant, qui semblait annoncer l'ardent désir de se faire remarquer, de s'attirer tous les hommages ; et, lorsqu'elle ne les obtenait pas, son orgueil s'irritait, son ton devenait tranchant ; et son envie déçue donnait alors aux traits de son visage une altération remarquable, une expression repoussante.

Léonie, au contraire, sa sœur cadette, portait sur sa figure une ressemblance frappante avec sa mère. C'était cette inaltérable aménité qui pénètre dans les cœurs, sans effort comme sans prétention ; c'était cette grâce prévenante, ce reflet enchanteur de bonté, de franchise, attirant tous les suffrages, par cela même qu'on n'ose les ambitionner.

Aussi, dans les cercles choisis où madame Dastrol présentait ses deux filles, l'aînée était-elle loin d'obtenir les mêmes succès que la cadette. C'était surtout dans ces réunions de famille où la prétention devient encore plus ridicule, que l'envieuse Hortense, malgré son coup d'œil quêteur et l'étalage de sa toilette, éprouvait le supplice de voir Léonie l'emporter sur elle. Le dépit secret qu'elle ressentait alors jetait sur son visage une teinte sombre qui en ternissait l'éclat. Ses mouvements forcés, et pour ainsi dire convulsifs, perdaient leur grâce naturelle ; une brusquerie dans la parole comme dans le geste produisait un désenchantement général. De là, des nuages s'élevaient entre les deux sœurs ; de là, des reproches amers qu'essuyait la cadette de la part de son aînée, sur la manie qu'elle avait d'oser l'éclipser dans une soirée.

« Moi, prétendre t'éclipser ! répondait Léonie avec une sincérité touchante. Dieu m'est témoin que je n'y songeai de ma vie. Et sur quoi d'ailleurs pourrais-je fonder d'aussi folles prétentions ? Ai-je dans ma parure quelque chose de plus brillant, de plus recherché que dans la tienne ? Tu sais bien qu'à cet égard notre bonne mère eut toujours l'habitude de nous donner des vêtements absolument semblables, même chaussure, même étoffe de robe : elle porte même la scrupuleuse attention jusqu'à nous donner les mêmes bijoux. — Tu avoueras cependant que la boucle de ceinture en or qu'elle me donna dernièrement n'était pas d'un travail aussi riche que celle qu'elle t'offrit : oh ! j'ai de bons yeux. — Que ne le disais-tu? je l'aurais volontiers échangée contre la tienne. — Et ces deux écharpes en crêpe de Chine, ornées de fleurs, qu'elle nous donna l'autre jour : je n'eus pour moi que les barbeaux et les violettes, et pour toi furent les roses printanières, comme la plus digne, sans doute, de figurer au milieu d'elles. — Maman, je te l'assure, n'eut, en nous faisant un pareil don, aucune intention de préférence; et, pour mon goût, j'aime mieux les humbles violettes que les roses brillantes : quand tu voudras, nous échangerons. »

Enfin, madame Dastrol ne pouvait faire à ses filles le moindre cadeau, qu'elle s'occupait toujours à rendre le plus semblable qu'il lui fût possible, sans que l'envieuse Hortense s'imaginât qu'elle était la moins bien partagée. Ce fut au point que Léonie, pour mettre fin à tous ces débats qui lui causaient une si vive souffrance, pria sa mère, lorsqu'elle daignerait leur faire quelques présents, d'en offrir le choix à sa sœur, afin de mettre un terme à ses soupçons d'une injuste préférence qui n'existait que dans son imagination. « Faites mieux, maman, ajoutait-elle, donnez à Hortense tout ce que vous trouverez de plus riche, de plus brillant; et à moi, l'objet le plus simple, dont je serai toujours contente. Par ce moyen, je n'exciterai plus son envie, et rien ne troublera l'harmonie qui doit exister entre nous. » Madame Dastrol fut touchée de ce trait de bonté de Léonie; mais elle lui déclara que la justice maternelle s'opposait à une pareille condescendance; que portant à ses deux filles le même amour, elles auraient un égal partage dans ses dons. « Si ta sœur, ajoute cette digne mère, est jalouse de ta part dans ma tendresse, elle en sera punie par tous les chagrins qu'elle se prépare. J'ai déjà vainement essayé de la guérir de ce mal affreux qui rejaillit sur nous tous, mais ce n'est que par une forte secousse qu'on pourrait y parvenir; et j'attends une occasion favorable pour exécuter mon projet. Toi, ma Léonie, continue à calmer son imagination exaltée, par cette angélique douceur qui te fait aimer de tout ce qui t'approche; prouve-lui qu'on réussit moins dans le monde par une envieuse prétention et le désir des préférences, que par cette modeste candeur qui, sans effort et même sans y songer, se concilie tous les cœurs. »

Léonie obéit à sa mère, dont l'impartiale tendresse mit encore plus de soins à se partager également entre ses deux filles. Hortense, ayant de la peine à trouver dans la toilette de sa sœur l'indice d'une faveur particulière ou du moindre avantage, endurait sans murmure la parfaite ressemblance de leurs ajustements; mais alors sa funeste jalousie s'exerçait sur les progrès que faisait Léonie dans les talents qu'on leur enseignait, et surtout dans l'instruction dont leur excellente mère faisait la base de leur éducation. Rappelait-on dans un cercle quelque trait d'histoire dont on confondait l'époque et quelquefois les personnages, Léonie les rétablissait avec une gracieuse modestie, une admirable précision; et les éloges qu'elle recevait de tous les gens instruits faisaient pâlir Hortense. Priait-on cette dernière de réciter quelques jolis vers de mesdames Tastu, Desbordes-Valmore et Ségalas, sa mémoire, souvent, trahissait ses efforts; et Léonie, placée derrière son siége, la soufflait à demi-voix, ce qu'on remarquait dans l'auditoire, et faisait rougir de dépit l'incurable .. Mais c'était lorsqu'elles exécutaient sur le piano une sonate à quatre mains, ou qu'elles chantaient un duo, qu'Hortense éprouvait une horrible souffrance des avantages que sa sœur obtenait sur elle. Combien de fois l'ai-je vue revenir prendre sa place devant celle que j'occupais, avec un tremblement convulsif, et les lèvres serrées d'un dépit concentré de ce que sa sœur avait exécuté mieux qu'elle tel ou tel passage, et chanté l'ensemble d'un duo avec une expression et un timbre de voix qu'elle ne pourrait jamais imiter! Et si, dans ce moment, cherchant à calmer sa souffrance, j'osais lui adresser quelques félicitations sur ses progrès, elle me répondait aussitôt avec un sourire amer : « C'est ma sœur qu'il faut seule applaudir; je ne suis ici que pour la faire valoir. »

Madame Dastrol, craignant d'irriter tout-à-fait ce caractère envieux, n'exigea plus, ainsi qu'elle l'avait fait jusqu'alors, qu'Hortense exécutât avec sa sœur les sonates ou les duos, dans lesquels sa cadette avait un trop grand avantage. Notre jalouse prenait alors plus d'assurance en paraissant seule au piano, ou bien en chantant un grand air, une romance : elle recevait au comptant les applaudissements qu'on lui donnait, soit par politesse d'usage, soit par encouragement, et regagnait son siége avec un air de triomphe. Mais cette expression s'assombrissait par degrés, sitôt que Léonie la remplaçait au piano, ou chantait quelque brillant morceau d'une partition nouvelle. C'était une perfection surprenante dans une jeune personne de douze ans; et des bravos unanimes, réitérés, lui prouvaient l'admiration qu'elle avait excitée. Hortense, les yeux baissés, gardait alors un morne silence; et lorsque Léonie revenait se placer auprès d'elle, on voyait l'incurable au supplice, tourner le dos à sa sœur, comme à une inconnue, et lier conversation avec les demoiselles de son âge qui l'environnaient.

La pauvre Léonie souffrait autant qu'Hortense, et peut-être davantage; car sa souffrance était celle de l'âme. Plus d'une fois je la vis se repentir des succès qu'elle avait obtenus. Un jour qu'elle s'épanchait avec moi sur le chagrin profond que lui causait l'indomptable jalousie de sa sœur, elle me fit confidence d'un projet qu'elle avait conçu, et dont l'exécution exigeait un courage, et en même temps une abnégation de soi-même que je me fais un devoir de citer ici, comme le véritable héroïsme fraternel : « Puisque rien, dit-elle, ne peut me rendre l'amitié de ma sœur, à laquelle j'attache tant de prix, et que sa jalousie augmente à mesure que je me perfectionne dans les talents que nous cultivons ensemble, j'ai résolu de me négliger dans mes études ; et, par ce moyen, de la laisser prendre sur moi tous les avantages qui pourront flatter sa vanité. Que m'importe de n'être plus qu'au second rang, pourvu que j'occupe la première place dans son cœur? Je prétends donc, à partir de demain, affecter du dégoût pour la musique; je prétexterai soit un dérangement de santé, soit une fatigue d'application ; et je laisserai ma chère Hortense briller tout à son aise et l'emporter sur moi. Loin d'envier ses succès, j'en serai fière; et si, pour prix de ce sacrifice, j'obtiens de ma sœur un serrement de main, une douce parole, une effusion de cœur, eh bien ! j'aurai fait un excellent marché... Mon digne ami, je m'en rapporte à vous, tout cela ne vaut-il pas bien un triomphe éphémère et la jouissance d'obtenir des suffrages d'un cercle brillant? — Sacrifiez, lui répondis-je, tout ce qui peut flatter l'amour-propre : je vous approuve et je vous admire; mais que ce ne soit jamais au détriment de votre mérite! Regagnez, par une étude particulière, ce que vous feindrez de perdre en public; et soyez toujours en état de reprendre vos avantages, dans le cas où votre sœur ne répondrait pas au dévouement lo plus généreux, qui vous rend plus que jamais digne de tout mon attachement... Poursuivez donc votre noble projet, et je m'engage à garder fidèlement le secret que vous m'avez confié. »

Mais ce secret ne tarda pas à se révéler aux yeux de madame Dastrol. Elle devina facilement la noble résolution de Léonie, et fut également empressée de savoir l'effet qu'elle produirait sur Hortense. Elle n'eut pas de peine à remarquer l'ivresse qu'éprouvait celle-ci de rivaliser avec sa sœur, et quelquefois même de la surpasser. Les applaudissements qu'elle recevait l'enchantaient à ce point qu'elle ne s'apercevait pas de la condescendance de Léonie, et qu'elle s'imaginait avoir fait des progrès réels. De là, redoublement d'application, nouveau zèle au travail, étonnement et satisfaction des maîtres qui, les premiers, rendaient justice à leur élève, et ne savaient à quoi attribuer le refroidissement de son émule, qui ne prenait plus ses leçons qu'avec une étrange indifférence. Mais la douce enfant en recevait le prix qu'elle avait désiré. Chaque jour semblait lui rendre l'attachement de sa sœur ; elle retrouvait déjà quelques-uns de ces doux épanchements de leur enfance, de ces mots de l'âme qui pénétraient si délicieusement dans la sienne. Oh ! combien elle s'applaudissait du parti qu'elle avait pris ! Combien ce qu'il lui procurait de jouissance était au-dessus du sacrifice qu'elle avait fait ! Madame Dastrol, plus clairvoyante, ne voyait dans la conduite d'Hortense que le triomphe de l'envie, et résolut de la mettre à une épreuve nouvelle qui devait ou la rendre incurable ou la guérir pour jamais du funeste penchant devenu le fléau de sa famille.

L'époque du 1er janvier approchait. La prévoyante mère qui, jusqu'à ce jour, avait eu soin de faire à ses filles des présents d'une égale valeur, et surtout du même genre, commanda chez son parfumeur deux sachets odorants, à peu près de la même dimension, mais d'une couleur et d'une broderie tout-à-fait différentes. Celui qui fut offert à Hortense était en satin blanc enrichi d'une couronne de roses du Bengale, admirablement brodées ; et l'autre en satin rose orné d'une guirlande de simples fleurs des champs, dont la broderie n'était pas moins remarquable. Chacun d'eux contenait six mouchoirs absolument semblables, soit par la broderie, soit par la dentelle dont ils étaient garnis. C'était justement le cadeau qu'ambitionnaient les deux sœurs, qui désiraient étaler chacune un riche mouchoir dans les réunions qu'elles fréquentaient; ce qui, depuis quelque temps, était de mode parmi les dames les plus distinguées.

« Tu ne diras pas cette fois, chère Hortense, que notre mère a voulu me faire figurer parmi les roses, comme tu prétendais qu'elle l'avait fait en nous donnant nos écharpes, lui dit Léoni avec le plus gracieux sourire; en me rangeant parmi les simples fleurs des champs, elle a voulu nous mettre chacune à notre place. — Oh! ton sachet vaut au moins le mien, répond l'envieuse en l'examinant avec une scrupuleuse attention. Ces bluets sont la nature même; et ces coquelicots mêlés ensemble sont d'un effet merveilleux... au lieu que ces roses, toutes charmantes qu'elles soient, me semblent un peu monotones... Mais je ne suis pas moins ravie du cadeau que nous a fait maman; et j'espère bien, à la première soirée que nous aurons, tenir à la main un de mes beaux mouchoirs. »

Léonie, qui ne pouvait penser que sa sœur enviât le sachet, ne lui proposa point d'échange; et comme depuis le sacrifice qu'elle avait fait, la plus grande intelligence régnait entre les deux sœurs, Hortense ne témoigna plus la moindre idée de préférence. Mais sa jalousie ne se bornait pas à la prééminence de talents et au succès dans un cercle, elle s'étendait encore sur tout ce qui peut donner de la popularité, former une réputation de bienfaisance. Léonie, plus simple, et par cela même plus économe, faisait plus de bien qu'elle parmi les indigents du quartier. L'aînée alors en éprouvait une vive souffrance ; et, se privant des objets qui pouvaient flatter sa vanité, elle cherchait les occasions de rivaliser avec sa sœur dans ses bonnes œuvres. Le hasard la servit au gré de ses souhaits.

Le fils du porteur d'eau qui fournissait leur maison faisait partie de la conscription de l'année, et son départ devait jeter ses parents dans une affliction profonde, tant cet excellent jeune homme soulageait son vieux père dans ses travaux. Hortense et Léonie, s'imaginant qu'elles pourraient lui procurer un remplaçant, et thésaurisant la pension qu'elles recevaient pour leurs menues dépenses, avaient en secret formé un petit capital d'environ cinq cents francs, dans lequel Léonie était pour plus des deux tiers. Encore une pareille économie et le bon Julien ne partirait point ; car, avec le peu d'argent que pourraient lui donner ses parents, il réunirait mille à douze cents francs, qui suffiraient pour le faire remplacer. D'ailleurs, le sort pouvait le favoriser, en lui procurant un numéro qui le dispenserait de se faire représenter. Oh ! quel bonheur, en cas contraire, d'offrir à ce jeune conscrit les moyens de rester dans sa famille ! « Combien cela nous ferait honneur dans tout le quartier ! s'écriait Hortense. — Combien cela nous ferait bénir de sa pauvre mère ! » disait Léonie... Mais on n'était encore qu'au mois de février, et le tirage ne devait avoir lieu que vers la fin d'avril.

Les réunions choisies auxquelles madame Dastrol conduisait ses filles devenaient fréquentes, surtout à l'approche du carnaval ; et les deux sachets étaient souvent employés à serrer et parfumer les mouchoirs qu'on étalait avec tant de plaisir. « Mes roses. dit un jour Hortense à sa sœur, n'exhalent pas un parfum aussi délicieux que tes fleurs des champs; leur odeur est trop forte, elle porte à la tête... et puis ce satin blanc est si difficile à conserver sans tache. Il me faudrait être aussi soigneuse que toi, et je n'en ai pas la patience... Oh! ton sachet rose est tout-à-fait préférable au mien. — Je te proposerais volontiers de faire entre nous un échange, lui répond Léonie, qui la devinait; mais il ne pourrait avoir lieu sans l'aveu de maman, qui croirait, avec raison, que nous ne tenons pas aux dons qu'elle nous fait. — Bon! elle ne s'en apercevrait seulement pas... d'ailleurs je me charge de l'en prévenir. » Quelques jours après, en effet, Hortense, tenant d'une main son sachet de satin blanc, et de l'autre celui de sa sœur, entre dans la chambre de sa mère, et l'instruit de l'échange convenu entre elle et Léonie, auquel il ne manque plus que son assentiment. « J'étais bien sûre, lui répond madame Dastrol, que tu finirais par envier le sachet de ta sœur. Incurable! Tu ne seras donc jamais satisfaite de ce que tu possèdes! Pauvre insensée! que tu te ménages de regrets et de tourments! Arrangez-vous entre vous, mesdemoiselles : je ne m'en mêle pas... Je te préviens seulement qu'une fois l'échange fait, il n'y aura plus à revenir sur le sachet blanc; je ne souffrirais pas que ta sœur fût à ce point le jouet de tes caprices... Ainsi fais bien tes réflexions. — Elles sont toutes faites, maman, et mon choix est irrévocable. » Elle rejoint sa sœur aussitôt, et l'échange est exécuté, non sans une peine secrète qu'éprouvait Léonie de se dessaisir d'un présent qu'elle avait reçu de sa mère, dont elle craignait toujours d'alarmer la tendresse.

Mais cet échange, loin de blesser madame Dastrol, favorisait ses projets, et lui donnait l'espoir de corriger Hortense... Voyons si le succès de son entreprise répondit à ses vœux. Arriva le ti-

rage de la conscription; le fils du porteur d'eau fut déçu dans
l'espérance qu'il avait conçue d'obtenir du sort un billet favorable; le numéro cinq le classa parmi ceux que le gouvernement
appelait sous les drapeaux. Et comment s'y soustraire? Julien
était d'une taille élevée et d'une forte stature : sa place était
déjà marquée dans le premier rang des grenadiers du régiment
où l'on devait l'incorporer. Il n'y avait donc qu'un remplaçant
qui pût le soustraire au métier des armes, et le rendre à sa famille désolée. Tout ce que ses parents pouvaient offrir, c'était
une somme d'environ quatre cents francs, fruit d'une économie
de plusieurs années et des plus rudes privations. Hortense et
Léonie s'empressèrent d'y joindre environ six cents francs,
qu'elles avaient prélevés sur leurs menues dépenses; mais tout
cela ne formait qu'une somme de mille francs; et il en fallait le
double pour se procurer un remplaçant digne d'être agréé. Madame Dastrol, qui m'avait mis seul dans la confidence, révèle
alors à ses deux filles qu'un des deux sachets renferme sous la
doublure du dessus de quoi libérer le pauvre Julien, et le rendre à ses parents; mais elle déclare en même temps que celle
des deux qui se trouvera propriétaire de la somme indispensable, jouira personnellement du bonheur d'être la bienfaitrice
d'une honnête famille, et recueillera seule ses bénédictions...
Aussitôt les deux sœurs s'empressent de dédoubler le dessus des
sachets; Léonie trouve sous le satin blanc un billet de mille
francs, et Hortense, sous le satin rose, un écrit conçu en ces termes : « Si votre envieuse jalousie ne vous eût pas fait dédaigner
le don que vous aviez reçu de votre mère, vous auriez aujour-
d'hui la jouissance de délivrer le conscrit... Puissiez-vous profiter de la leçon! » — « Ah! s'écrie Hortense en tombant aux pieds
de sa mère, vous avez pénétré jusqu'au fond de mon cœur...

J'abjure pour jamais ce funeste penchant, dont j'ai déjà tant souffert ; et je prie ma chère Léonie de se joindre à moi pour obtenir mon pardon. — Il est gravé d'avance dans mon cœur : viens y reprendre ta place ! lui répondit madame Dastrol avec une vive émotion. Mais ce cœur t'eût été fermé pour toujours, si cette dernière épreuve ne m'eût pas réussi. » J'ose alors révéler à mon tour le généreux dévouement de l'aimable Léonie, et le courage qu'elle avait eu de s'éclipser dans le monde, pour y laisser briller sa sœur. Hortense, à ce dernier trait, ne put retenir ses larmes, elle reconnut alors à quelle souffrance, sans cesse renaissante, nous condamne cette funeste manie d'envier tout ce que possèdent les autres, et se promit bien de n'oublier de sa vie... les deux sachets.

LA PETITE PESTE

« Oh ! que je suis aise de vous voir, ma chère ! J'en ai long à vous conter... Figurez-vous que j'étais l'autre jour chez Pauline d'Anglemont. qui se dit votre amie, votre inséparable ; la conversation tomba sur vous ; Dieu sait comme elle est bavarde !... Ce fut une critique à n'en plus finir... Vous aviez l'air gauche : un œil plus petit que l'autre ; la taille suspecte et la tête enfoncée dans les épaules... Et puis, lorsque vous chantiez, vous n'osiez pas ouvrir la bouche, de peur de faire voir qu'il vous manquait une dent... Vous concevez, chère amie, avec quelle

chaleur je sus vous défendre et fis le tableau fidèle de toutes vos
qualités... Eh bien ! l'impitoyable Pauline'm'interrompait sans
cesse. A l'entendre, vous n'aviez tout juste que ce qu'il faut pour
n'être pas idiote. Votre rire était niais, le son de votre voix gla-
pissant; enfin la nature semblait vous avoir privée de tous ses
dons; et votre folle présomption vous laissait croire que vous les
réunissiez tous... Je balançais, je vous l'avoue, à vous révéler
de pareilles horreurs qui confondent la raison; mais je me suis
dit : Il ne faut pas que la meilleure, que la plus aimable personne soit victime d'une perfide, d'une hypocrite. Je souffrirais
trop à voir dans nos réunions Clara sourire à Pauline, et répondre à ses fausses caresses. Il est vraiment de ces noirceurs qu'on
ne saurait tolérer, sans en devenir le complice. »

Telle était la prétendue révélation que faisait un soir, dans
un coin du salon de sa mère, Christine de Morsan, véritable langue de vipère, à la bonne et crédule Clara de Menneval, avec
cette volubilité d'une caqueteuse, et ce faux semblant d'une
jeune camarade qui, sous le voile d'une amitié sincère et dévouée, cachait la dangereuse manie de brouiller ensemble toutes les jeunes personnes de sa société, s'imaginant par là se
faire une réputation d'officieuse et soumettre tout le monde à son
pouvoir.

Aussi, peu de jours après les fausses révélations qu'elle avait
faites à Clara de Menneval, trouvant l'occasion de causer tête à
tête avec Pauline d'Anglemont, elle lui dit avec cette volubilité
et ce même empressement qu'elle avait mis à la calomnier : « Il
faut convenir, ma chère, qu'à notre âge où nous paraissons à
peine dans le monde, nous sommes souvent exposées à devenir
dupes de nos premières liaisons. Vous croyez Clara de Menneval digne de votre confiance, de votre attachement; détrompez-

vous, ma chère, et sachez mieux placer vos affections... L'autre jour on parlait de vous chez madame Dampierre, bavarde s'il en fut, et d'une prétention!... Je faisais avec toute la sincérité que vous connaissez l'éloge de votre heureux caractère, et surtout de cette gaieté si charmante qui donne tant de grâce à tout ce que vous dites... Ne me parlez pas de cette véritable haquenée! s'écrie Clara tout-à-coup en éclatant de rire. C'est bien la plus ridicule personne!... avec son cou de cigogne, sa longue figure noire et ses petits yeux gris enfoncés, on la prendrait pour une des trois Parques... et pourtant mademoiselle a la prétention d'amuser tout le monde dans un cercle, de captiver l'attention par des bons mots qu'elle répète en véritable perroquet de salon... Enfin, ma chère, c'était contre vous un débordement de méchancetés!... Il faut que vous ayez fait ou dit quelque chose qui l'aura blessée? — Jamais, je vous assure, et vous me jetez dans une surprise!... — Vous sentez bien que j'ai dû me faire un devoir de vous instruire de tout cela, afin que vous sachiez à quoi vous en tenir sur toutes les marques d'amitié qu'on vous prodigue. Je n'y répondrai plus, je vous le jure, que par le silence et le mépris. — Si je n'étais pas sûre de votre discrétion, chère Pauline, je ne vous aurais pas fait une semblable révélation; mais l'idée de voir devant moi Clara de Menneval vous faire mille prévenances, lorsqu'en votre absence elle vous maltraite de la sorte, cette idée m'aurait mise au supplice; et j'ai préféré vous affliger un instant, plutôt que de vous voir aussi cruellement abusée. »

Voilà donc Pauline et Clara mutuellement convaincues qu'elles se déchirent dans le monde; et deux jeunes amies d'enfance, appartenant à d'honorables familles, unies par toutes les convenances sociales, conçoivent l'une contre l'autre un ressentiment qui détruira l'amitié la plus vraie et la mieux assortie !... Quelque temps après, en effet, les deux calomniées se rencontrèrent chez madame de Morsan, qui réunissait chez elle, tous les mois, les musiciens les plus célèbres de la capitale. Christine faisait déjà les honneurs du salon avec beaucoup de grâce et d'intelligence ; elle eut soin de faire placer à une assez grande distance mesdames de Menneval et d'Anglemont. Celles-ci s'étaient aperçues que leurs filles, qui se faisaient ordinairement l'accueil le plus tendre et le plus empressé, ne s'étaient même pas saluées du geste, et semblaient éviter leurs regards respectifs. Mais l'assemblée était si nombreuse, qu'elles attribuèrent à la difficulté de se rejoindre l'étrange indifférence des deux jeunes amies. Christine en profita pour les animer encore l'une contre l'autre, et fortifier le perfide ressentiment qu'elle avait fait naître. Passait-elle devant Clara, elle lui disait bas à l'oreille : « Voyez-vous comme Pauline est jalouse des regards qui s'attachent sur vous ? » Puis, enfonçant le trait, elle ajoutait : « Elle a beau dire que vous avez l'air gauche, la taille suspecte et la tête enfoncée dans les épaules, vous l'éclipsez partout où vous vous trouvez ensemble. » Saisissant ensuite l'occasion de s'approcher de Pauline d'Anglemont, elle lui dit de même à demi-voix : « Regardez l'hypocrite, elle n'ose lever les yeux sur vous, mais elle crève de dépit de ce que votre toilette est plus élégante que la sienne : elle échangerait volontiers sa petite figure qu'elle aime tant, contre celle de la haquenée, malgré son cou de cigogne et ses yeux gris enfoncés. » Ce manége infernal réussit au gré de la caqueteuse. Les deux charmantes personnes ne portaient l'une sur l'autre que des regards pleins de courroux; et lorsqu'ils se rencontraient, un mouvement convulsif se faisait remarquer sur leurs figures. Ce fut au point que madame d'Anglemont, qui s'en aperçut la première, dit à sa fille : « Il faut donc qu'il se soit passé quelque chose entre vous? — Il est trop vrai, maman ; Clara, que je croyais si aimante et si bonne... oh! la perfide!... Je vous instruirai de tout; mais tâchons, je vous en supplie, de sortir d'ici sans l'aborder... » Madame de Menneval, de son côté, dit à Clara : « Que signifie donc cette froideur qu'on affecte en nous regardant? La mère semble arrêter sur nous des yeux étonnés, stupéfaits; et la fille nous lance les siens avec un dédain qui me confond... Il y a là-dessous quelque mystère. — Horrible, maman, inconcevable. Vous-même, quand je vous le révélerai, vous ne pourrez le croire... Oh! qu'il est cruel d'être ainsi trahie dans sa première amitié!... mais j'étouffe : éloignons-nous, de grâce!... et surtout tâchons d'éviter leur rencontre. »

Les deux mères se firent instruire, dès le soir même, du sujet important qui divisait à ce point les jeunes amies. Madame d'Anglemont, dont l'amour maternel était irrité, résolut, ainsi que sa fille, de ne répondre à toutes ces sottises que par un dédaigneux silence. Elle se fit un devoir de redoubler de tendresse pour sa chère Pauline, et de la conduire dans les cercles les plus brillants, où l'accueil qu'elle recevait lui prouvait clairement qu'elle n'était point une haquenée au long cou de cigogne, et que ses yeux n'étaient pas gris enfoncés.

Quant à madame de Menneval, dont la figure était l'indice fidèle d'un caractère franc, expansif, elle ne put jamais se déterminer à croire que la meilleure amie de sa fille l'eût traitée avec tant de fiel et de fourberie. « Pauline, disait-elle, malgré toute la vivacité de son esprit et ses heureuses saillies, réunit les qualités du cœur à un trop haut degré pour s'oublier à ce point. Elle est trop bien dotée par la nature, pour concevoir la moindre jalousie; et jamais elle n'a pu dire que ma gentille

Clara, qui l'aime tant, a la taille suspecte et la tête enfoncée dans les épaules... Je ne sais quel instinct me fait naître des soupçons... La jeune de Morsan a la réputation d'une bavarde, d'un esprit faux et brouillon... Je veux avoir le cœur net de tons ces propos là. »

Elle se rend donc, dès le lendemain, avec sa fille, chez madame d'Anglemont, qui leur fait un accueil froid, embarrassé. « Je m'attendais à votre réception, lui dit naïvement madame de Menneval, et à votre place j'en ferais tout autant... Mais je ne sais quoi me dit que nous sommes jouées par la plus petite peste... Faites, je vous prie, descendre Pauline de son appartement, afin qu'elle s'explique avec Clara, qui souffre, plus que je ne saurais l'exprimer, des injures qu'on attribue à sa meilleure amie. » Madame d'Anglemont fait avertir sa fille qui s'avance les yeux baissés, mais éprouvant une vive émotion en présence de Clara. Chacun alors s'explique avec le noble épanchement de l'amitié. « Qui, moi, te traiter de la sorte! s'écrie l'une. Moi te peindre sous de semblables couleurs! lui répond l'autre. Et j'ai pu le croire! — Et j'ai pu douter de ton cœur! — Ah! j'en rougis de honte. — Je ne me le pardonnerai jamais. — Empressons-nous de réparer notre aveugle crédulité! — Promettons-nous de ne plus écouter ceux qui voudraient nous désunir! — Et lorsqu'on cherchera, sous d'adroites apparences, à jeter sur nous quelque nuage, dissipons-le sur-le-champ en nous jetant dans les bras l'une de l'autre, comme nous le faisons en ce moment!... — Tout cela est au mieux, mes enfants, dit madame de Menneval; mais il faut nous venger de la Petite Peste. — Oh! qu'elle est bien nommée! s'écrie Clara en sautant de joie. Le surnom de Petite Peste lui restera toute la vie, ajoute Pauline, et il faut avouer qu'elle l'a bien mérité. — Mais pour cela, reprend madame de Menneval, il faut qu'il lui soit donné solennellement, et je m'en charge. » Peu de jours après, en effet, cette dame aimable et très-caractérisée, donna, non sans intention, une soirée musicale et dansante, où se trouvèrent un grand nombre d'invités, et principalement madame de Morsan et sa fille, qui se promettait bien d'exciter de nouveau la zizanie qu'elle avait si bien établie entre Pauline et Clara. Déjà son esprit inventif, infernal, cherchait de nouveaux ressorts à faire mouvoir. Elle accompagne donc sa mère, en donnant à son ajustement, et surtout à sa coiffure, un dernier raffinement de vanité, traverse un premier salon, en s'assurant dans les glaces que rien ne manque à sa toilette, porte la tête haute et promène déjà ses regards sur les jeunes personnes qu'elle se propose de tourmenter... Mais quel est son désappointement, et quelle confusion la frappe, l'anéantit, lorsqu'elle entend le valet de chambre de madame de Menneval faire l'annonce en ces termes et d'une voix retentissante : « Madame de Morsan et la Petite Peste !... » Tous les regards sont attachés sur cette dernière ; plusieurs éclats de rire se font entendre ; et madame de Morsan, pâle, tremblante du saisissement imprévu qu'elle éprouve, demande à sa fille l'explication de cette étrange annonce... « Elle est trop vivement émue pour vous répondre, dit alors madame de Menneval avec sa vivacité naturelle ; et j'étais bien sûre que vous ignoriez les caquets dangereux et la perfide audace avec lesquels mademoiselle se fait un jeu de calomnier et de désunir les jeunes personnes de son âge. J'en appelle à tout ce qui compose cette brillante réunion, ajoute-t-elle en prenant Clara par la main ; trouvez-vous, messieurs et mesdames, que ma fille soit une véritable haquenée ; que son cou de cigogne et sa longue figure noire pourraient la faire prendre pour une des trois Parques ?... Vous êtes-vous aperçus qu'elle cherchât à captiver votre attention par des bons mots qu'elle répète en véritable perroquet de salon?... Eh bien! telles sont les gracieusetés dont mademoiselle de Morsan prétend que l'aimable Pauline gratifie son amie la plus dévouée... Maintenant, continue-t-elle en prenant la jeune d'Anglemont par la main, trouvez-vous, messieurs et mesdames, que mademoiselle ait un œil plus petit que l'autre, la taille suspecte, l'air gauche et la tête enfoncée dans les épaules?... Avez-vous remarqué surtout qu'elle dansait les pieds en dedans, ne savait que faire de ses bras, et qu'elle n'avait tout juste que ce qu'il faut pour n'être pas une idiote! » Mille éclats de rire se font entendre de toutes parts et confirment le contraire. « Eh bien! continue madame de Menneval, telles sont les douceurs que l'obligeante Christine attribue à ma fille sur le compte de sa chère Pauline... Les deux pauvres petites en ont trop souffert pour que je ne cherche pas à les venger... Mille pardons, madame de Morsan, de blesser à ce point votre cœur maternel, en vous révélant ici même ce que votre aveugle tendresse n'avait pu découvrir! J'aurais dû le faire en particulier, sans doute, et vous prévenir de la funeste manie de votre enfant; mais j'ai osé croire que vous me pardonneriez la souffrance que je vous cause par la forte leçon qui seule peut, en la frappant vivement, corriger mademoiselle et la rendre digne d'une mère aussi parfaite. — Pauline et Clara ne sont pas les seules que Christine ait voulu désunir, dit une jeune personne en se levant; elle a de même essayé de me brouiller avec Armantine de Colbec; mais elle n'a pu y réussir... Oh! quelle est bien nommée la Petite Peste! — Et moi, dit à son tour une autre charmante personne de douze ans environ, n'ai-je pas été victime de sa méchanceté! Ne m'a-t-elle pas peinte sous les couleurs les plus injurieuses!... Oh! qu'elle est bien nommée la Petite Peste! »

A toutes ces révélations, qui faisaient sur madame de Morsan l'effet de la foudre, elle couvre de sa mantille noire la tête de Christine, qu'elle emmène comme une criminelle rejetée du sein de la société, en disant à madame de Menneval, les yeux noyés de larmes : « Vous m'avez fait bien du mal, mais je vous en remercie. — Oh! maman, s'écrie alors Clara, ne te repens pas de la leçon terrible que tu viens de donner à la Petite Peste. Elle m'a fait douter de l'amitié de ma bonne Pauline. — Et moi de la tienne, dit celle-ci, la pressant dans ses bras — Mais quelle jouissance peut éprouver un pareil caractère! demandent les deux jeunes amies ; et quel avantage peut-il faire espérer? — Le besoin de caqueter, lui répondit madame d'Anglemont, et qui, malheureusement, est si commun chez nos adolescentes... On s'imagine que le secret qu'on exige en calomniant sera fidèlement gardé, et l'on espère accaparer la confiance des personnes qu'on divise. Mais bientôt tout se découvre : la confiance déçue et l'amitié outragée reprennent leur empire ; on ne ménage plus celle qui nous a si indignement trahis et nous a tant fait souffrir. Alors la confusion, le mépris et l'isolement deviennent le partage de ces bavardes imprudentes, de ces faiseuses de caquets dont le venin finit toujours par rejaillir sur celle qui les invente. »

Tel fut en effet le sort de Christine de Morsan. Vainement elle crut effacer par un repentir sincère et une conduite irréprochable la fâcheuse impression qu'elle avait faite sur les esprits les plus sensés, sur les cœurs même les plus indulgents : elle les trouva tous fermés à son approche. Se présentait-elle dans un cercle avec le ton le plus humble et la retenue la plus remarquable, elle entendait répéter de tous côtés ces paroles accablantes : « C'est la Petite Peste! c'est la Petite Peste .. » Vainement elle

obtint de sa mère l'effort pénible de l'accompagner chez mesdames de Menneval et d'Anglemont, pour les convaincre du retour
qu'elle avait fait sur elle-même, et tâcher d'obtenir de Pauline
et de Clara le pardon qu'elle croyait mériter par ses remords.
« Oh! nous vous pardonnons de bon cœur, lui répondirent-elles;
mais vous ne pouvez plus regagner notre amitié. » Il lui fallut
donc renoncer à toute liaison intime, vivre dans cet isolement
cruel qui flétrit l'âme, assombrit l'existence... Mais elle espéra
que le temps effacerait de fâcheux souvenirs, et que, parvenue à
l'époque où elle prendrait rang dans le monde on aurait oublié
les torts de son adolescence... Elle fut trompée dans son attente.
A l'âge même de vingt ans, dès que son nom était prononcé
dans l'intérieur des familles, et surtout annoncé parmi les jeunes dames de son âge, elle voyait chacune d'elles se composer à
son approche, et les entendait répéter à demi-voix : « C'est la
Petite Peste. »

LES ENFANTS DE JEAN BARTH

ou

L'OBEISSANCE.

Qu'y a-t-il de plus sacré dans le monde que l'ordre d'un père?
C'est la voix de Dieu même; et qui ne lui obéit pas, quoi qu'il
puisse en coûter à son cœur, attire tôt ou tard sur lui la répro-

bation du ciel. L'enfant, au contraire, soumis aveuglément aux volontés de ses parents, s'assure à jamais leur tendresse, et presque toujours obtient le salaire de sa respectueuse soumission. Le récit que je vais faire, et dont j'ai pris le sujet dans une vieille chronique du règne de Louis XIV, prouvera cette vérité, pour laquelle je demande à mes jeunes lecteurs la permission d'entrer dans des détails qui pourront exciter leur intérêt et piquer leur curiosité

Tout le monde sait que le célèbre Jean Barth, fils d'un simple pêcheur de Dunkerque, sachant à peine signer son nom, était parvenu, par ses hauts faits, au rang de chef d'escadre, et qu'il s'est placé au rang des plus illustres capitaines dont s'honore la France. On voit de siècle en siècle de ces prodiges, qui, semblables à ces grands chênes des forêts, s'élèvent au-dessus des autres arbres, sans culture, par la seule influence du soleil et malgré l'intempérie des saisons. Ainsi grandit Jean Barth sur les rivages de l'Océan, étudiant d'abord son flux et reflux, s'habituant à braver à la nage la fureur des flots; apprenant ensuite à conduire un faible esquif, à monter un chasse-marée, puis à lire à l'horizon, à veiller au grain, à marcher gaillardement; puis enfin, dès que le vent fraîchit, sachant courir a l'écoute, à la poupe, maîtriser la barre du gouvernail, baisser, replier la voilure, braver la brise et le roulis, revenir sur sa proue, vent arrière, hisser le pavillon de reconnaissance, et rentrer au port... Telles furent les études que fit Jean Barth, jeune encore, sous les yeux de son père, habile marin, et qui, malgré toute sa brusquerie, ne pouvait s'empêcher de dire : « Le p'tit gaillard n' restra pas à fond d' cale. »

En effet, Jean Barth ne tarda pas à se signaler par plusieurs actions qui prouvaient autant d'adresse que d'audace; elles lui firent donner par la suite le commandement de sept frégates et d'un brûlot. avec lesquels il parvint à passer à travers trente-deux vaisseaux anglais et hollandais qui bloquaient le port de Dunkerque ; il leur enleva quatre gros bâtiments richement chargés, et leur en brûla quatre-vingt-six autres. Un pareil début fit éclat dans la marine française, et valut à son auteur les plus grands éloges et le titre de capitaine de vaisseau. Le jeune héros n'en fut point ébloui. Aussi simple dans ses goûts que brusque dans ses manières, il épousa la fille d'un de ses parents, simple pêcheur, dont il eut deux enfants, un fils auquel il donna son nom de Jean, et une fille qu'il nomma Madeleine.

Il serait difficile de peindre la tendresse que portait à ses deux enfants cet intrépide marin, que sa forte stature et sa grosse tête caractérisée avaient fait surnommer l'ours. Rien n'était à la fois plus curieux et plus touchant que de voir, à son retour de ses courses en mer, ce redoutable capitaine prendre dans ses bras nerveux Jean et Madeleine, relever ses moustaches et les couvrir des baisers les plus tendres et des plus douces larmes. « Encore quéq'z-années, disait-il à son fils, et j'te fais mousse à mon bord... Quant à toi, chère petite, tu s'ras comme ta mère, la meilleure des femmes, supportant mes fumées d' pipe et mes emportements, qui n' durent pas, Dieu merci !... Viens ça, que j' te baise encore, car t'es bien la plus gentille enfant !... Tout c' que j' vous demande, mes p'tits amis, c'est d'obéir sur-l'-champ à tout c' que j' pourrai vous commander. L'ordre que je donne est-il à peine prononcé, qu'il faut qu'on l'exécute. J'en ai pris, l'habitude sur mer, voyez-vous ; et quand on m' résiste, je n' suis plus maître de moi. » La voix tonnante avec laquelle Jean Barth s'exprimait ainsi, le feu dévorant de son regard et la rapidité de ses gestes, faisaient trembler les pauvres petits, qui. serrés l'un contre l'autre, se promettaient bien de ne pas s'exposer à l'effrayante brusquerie de leur père, et de lui obéir, comme les simples mousses de son équipage.

Bientôt cet illustre marin eut le commandement du vaisseau le *Glorieux*, de soixante-six canons, faisant partie de l'armée navale commandée par Tourville. Il se signala de nouveau par des traits de dévouement et de courage qui furent cités comme les plus hauts faits qu'on eût admirés jusqu'alors dans la marine française. Après s'être emparé, avec ce seul vaisseau, de six navires hollandais chargés de blé, dont on manquait en France, où la famine exerçait ses ravages, toujours intrépide, infatigable, Jean Barth retourne, avec six vaisseaux de guerre, sur le *Glorieux*, dont il avait si bien justifié le nom, et ramène dans le port de Dunkerque, sous le feu des Anglais et des Hollandais réunis, une flotte de plus de cent voiles chargées de grains et de farines, qui ramenèrent dans Paris l'abondance et la sécurité.

Cette action si mémorable lui valut des lettres de noblesse, qui ne changèrent ni la simplicité de ses mœurs ni la rudesse de son caractère. Il ne voulut apporter aucun luxe dans son modeste logement. Madame Barth soignait elle-même ses enfants âgés de neuf à dix ans, préparait pour son mari les mets qu'il trouvait meilleurs lorsqu'ils étaient apprêtés de la main de son excellente femme. Elle s'occupait surtout à apprendre à lire à Jean et à Madeleine. Elle avait tant de fois entendu son mari se plaindre de ne savoir qu'à peine signer son nom! Cette tendre mère dirigeait de même ses enfants dans les principes d'une véritable piété, ainsi que dans les préliminaires d'une instruction qu'elle avait reçue d'un digne pasteur parent de feu sa mère.

Pendant les courses de son mari, madame Barth conduisait, vers le soir, Jean et Madeleine jouer sur le rivage de la mer,

près du port de Dunkerque, avec les jeunes enfants des pêcheurs ;
et là, plus d'une fois, ils s'étaient amusés à lancer sur une petite
baie dont l'eau paraissait calme et limpide, plusieurs embarcations d'environ deux pieds de long, et dont tous les agrès étaient
parfaitement bien établis. Cette espèce de concours habituait insensiblement les jeunes constructeurs à connaître tout ce qui
compose le mécanisme d'un navire. On remplissait de sable le
fond de chaque petite embarcation pour maintenir l'équilibre.
Sitôt que le vent arrière donnait, toute la petite flotte était lancée, et le premier des bâtiments qui, favorisé par le hasard, ou
meilleur voilier que les autres, entrait dans la grande rade, gagnait le prix du concours, composé de diverses friandises et de
jolis hochets que fournissaient les habitants du port.

Madeleine prenait un grand plaisir à ces jeux maritimes. Elle
préparait elle-même la voilure de l'embarcation de son frère,
pour le faire jouter heureusement avec ses jeunes camarades;
car ni la célébrité de Jean Barth ni les lettres dont on avait ré-
compensé ses hauts faits, ne donnaient à ces charmants enfants
la moindre idée de distance entre eux et leurs amis. Nés et élevés dans la classe des simples pêcheurs, ils en conservaient les
mœurs antiques, les usages hospitaliers et le franc caractère.

Un d'entre eux, leur proche parent, leur avait fait don de deux
petits caniches dont la mère, qui les allaitait, venait d'être écra-
sée sous les roues d'une voiture. Ces deux pauvres petites bêtes
avaient huit jours à peine, et ce ne fut qu'à force de soins et de
vigilance que Madeleine et Jean parvinrent à les élever. La précoce intelligence de ces animaux et leur tendre attachement
pour leurs maîtres se développaient de jour en jour. A deux mois
ils obéissaient au geste comme à la voix. Zozo rapportait à sa
jeune maîtresse tout ce qu'elle feignait de laisser tomber; et

Zizi faisait le mort au commandement de Jean, se redressait aussitôt avec fierté sur ses pattes de derrière, et portait les armes avec un petit fusil de bois. Quelquefois, il est vrai, ces deux jeunes chiens mordillaient un gant, déchiraient un mouchoir qu'on avait oubliés sur un siége, ou laissés tomber par terre; mais ils étaient si gentils, si lestes, si caressants, qu'on tolérait aisément le dégât qu'ils avaient pu faire.

Jean Barth ne tarda pas à reparaître dans le port de Dunkerque, escorté de deux vaisseaux qu'il avait pris sur la flotte suédoise, et du contre-amiral, fait par lui prisonnier. Nouveaux hommages de ses concitoyens, nouvelle joie dans sa famille. Avec quel bonheur il embrassait sa femme et ses enfants! Comme il trouvait que Jean se développait et serait bientôt digne d'entrer à son bord! avec quelle ivresse il regardait sa petite Madeleine!... Mais tandis qu'il caresse et le frère et la sœur, avec toute l'effusion de la tendresse paternelle, il se sent gratter les jambes, et s'aperçoit qu'on déchire ses bottines... C'étaient les deux caniches, qui, voyant leurs jeunes maîtres enlacés dans les bras d'un inconnu, cherchaient de même à lui faire fête. « Qu'est-c' que c'est qu' ça! dit l'intrépide marin, je n'aime pas qu'on m' prenne aux jambes... Tirez, les vilains!... A ces mots, il donne un coup de pied à Zozo, qui va tomber en criant dans un coin, et jette Zizi hurlant à vingt pas de lui.

« Oh! père, dit Madeleine, grâce pour eux! ils sont si gentils! — J' n'aime pas les roquets, moi... Passe pour un gros chien d' Terre-Neuve, qui fait l' guet, la nuit, sur l' pont d'un vaisseau; mais ces marmottes-là ne servent à rien. — Père, nous les avons élevés, et nous les aimons tant! — A la bonne heure; pourvu qu'i' n' se trouvent jamais sous mes pieds, et n' viennent pas me mordiller les jambes... — Oh! père, nous saurons bien les en empêcher! »

Pendant plusieurs jours, en effet, ni Zozo ni Zizi ne se trouva sur le passage du capitaine, dont on conçoit aisément qu'ils avaient une peur effroyable. Ils ne quittèrent pas l'appartement des enfants, qui les dédommageaient par leurs caresses de la brutalité de leur père. Mais, par un de ces événements inévitables en pareil cas, un jour que Jean Barth, après avoir fumé sa pipe, s'était endormi dans un grand fauteuil de bois, les deux jeunes caniches, qu'on avait laissés par mégarde entrer dans le salon, se mettent à jouer avec la pipe que le dormeur avait déposée sur un siége auprès de lui, et dont les glands en soie cramoisie pendaient jusqu'à terre. Tout en jouant, ils mordillèrent le tube de bois de rose garni en or ; et, sans doute alléchés par l'odeur aromatique de la pipe, ils la prirent pour un morceau friand et la mirent en pièces.

Jean et Madeleine, qui cherchaient leurs deux chers petits, entrent dans cet instant même, et n'ont que le temps de les soustraire à la colère de Jean Barth, qui s'écrie avec des yeux étincelants : « Ma pipe chérie... qu' mes matelots m'ont donnée à la Saint-Jean dernière !... Dix mille vaisseaux démâtés ! les caniches f'ront l' déjeuner de deux marsouins !... Écoute, Jean !... quelle heure est-i' ? — Père, onze heures viennent de sonner au beffroi. — J'entends qu'avant midi ma pipe soit vengée, et qu' t' ailles jeter à la mer les deux roquets qui l'ont brisée. — Père, je n'aurai jamais ce courage-là. — Le fils de Jean Barth manquer de courage ! — Cela va faire bien de la peine à ma sœur. — Grâce, grâce, petit père ! dit en rentrant Madeleine, qui venait de tout entendre. — Il n'y a pas de petit père qui tienne : ma pipe est brisée, l'ordre est donné, il faut qu'i' s'exécute. — Et vous exigez que ce soit moi-même ? — Est-c' que tu ne m'as pas entendu ? — J'obéirai, père. » Il fait signe à Madeleine de le suivre, et celle-ci prenant une main de son père qu'elle baise avec une vive émotion, sort en lui disant : « Comme tu serais bon, si tu n'étais pas si méchant! » Cette ingénuité fit tressaillir malgré lui le terrible marin; et si sa fille eût dit un mot de plus, l'ordre cruel eût peut-être été révoqué. Mais Jean Barth revenir sur ce qu'il avait ordonné!... C'eût été la première fois de sa vie.

Voilà donc les deux pauvres enfants chargés d'une exécution qui leur coûtait plus qu'on ne saurait l'exprimer. Les deux condamnés à mort ne leur avaient jamais paru si gais, si gentils. Zozo n'avait point encore léché les mains de sa jeune maîtresse avec autant d'affection; et Zizi, les yeux attachés sur son instituteur, n'avait jamais mieux fait l'exercice... Mais ils avaient brisé la pipe du capitaine; et avant tout, il fallait obéir...

— Écoute, dit Jean à sa sœur, il me vient une idée qui, tout en exécutant l'ordre de mon père, nous laisserait l'espoir de sauver nos deux charmants caniches : prenons chacun le nôtre, affectons un grand chagrin, et partons!

Ils se rendent aussitôt chez un pêcheur, leur voisin, et dont les deux jeunes fils préparaient plusieurs petites embarcations pour le concours qui devait avoir lieu le lendemain. Chacune d'elles, ayant environ deux pieds de long sur dix pouces de large, pouvait aisément contenir un des caniches qu'on placerait sous le pont, et qui recevrait de l'air par l'écoutille, qu'on tiendrait entr'ouverte. Ce serait Jean lui-même qui les lancerait sur la baie, d'où ils entreraient en pleine mer, où peut-être quelque âme charitable pourrait leur porter secours. A cet effet, Madeleine proposa qu'on attachât au cou des deux proscrits une inscription portant ces mots : Recommandés à la pitié des braves marins ! « Oh! la bonne idée! » s'écrie Jean; et sur-le-champ le double écrit fut placé, comme il était convenu. Enfin, l'heure de midi ne pouvant tarder à sonner, et les enfants de Jean Barth étant habitués à lui obéir ponctuellement, on place les deux déportés chacun dans sa prison flottante, et l'on se rend sur le rivage pour procéder à la cruelle exécution.

Madeleine voulut elle-même porter l'embarcation qui renfermait Zozo, auquel, avant de s'en séparer, elle donna plusieurs baisers mouillés de larmes; et Jean portait Zizi, qui se démenait dans son embarcation, et semblait, par un jappement plaintif, faire ses derniers adieux à son jeune maître. Le frère et la sœur étaient accompagnés de leurs petits voisins mis dans la confidence, et qui portaient de même chacun une embarcation destinée à escorter les deux proscrits, afin de faire croire aux pêcheurs à l'ancre sur le rivage, que c'était une nouvelle flotte qu'ils essayaient pour le concours. -

Enfin le cortége arrive sur le bord de la baie, justement en face de plusieurs bâtiments où l'on déchargeait des marchandises. La marée descendante et le vent arrière favorisaient l'expédition, au point que les petites embarcations, livrées au vent, gagneraient promptement au large et disparaîtraient à tous les regards. Jean, d'une main tremblante, lance la première barque pontée à deux voiles carrées, qui fend la surface des eaux avec la rapidité de l'éclair, et dans laquelle était blotti Zizi, dont un aboiement semblait être le dernier qu'il ferait entendre. Séparation douloureuse! obéissance cruelle! Un des petits voisins, qu'aimait beaucoup Madeleine, lance ensuite un chasse-marée à une seule voile, comme faisant partie de l'embarcation; puis Jean prend des bras de sa sœur l'autre barque à deux mâts qui renferme son cher Zozo. Elle s'agenouille alors sur le rivage, soutenue par son jeune voisin, petit garçon d'une bonté parfaite;

et au moment où son frère va lancer le faible esquif, les hurlements du déporté exprimaient la douleur qu'il éprouvait de se séparer de sa chère bienfaitrice. Les mouvements que faisaient les deux pauvres bêtes, chacune dans sa prison, donnaient encore plus d'essor aux esquifs qui les portaient. On les vit tout-à-coup gagner la rade et se perdre dans l'horizon de la pleine mer.

Jean et Madeleine rentrent chez eux le cœur gros, les yeux encore mouillés de larmes. « Eh bien! dit le capitaine à son fils, ma pipe est-elle vengée? — Oui, père. — Tu as j'té toi-même les deux roquets à la mer? — Oui, père. — Si vous aviez vu ça, dit Madeleine, je gage que vous leur auriez fait grâce. — C'est bien, mes enfants, c'est très-bien... Plus un acte d'obéissance coûte, et plus il fait honneur à celui qui l'exécute... J'ai tant d' fois passé par là!... Je suis content d' toi, Jean; et sous peu tu m' suivras à bord. Quant à toi, ma petite, pour te consoler d' ton Zozo, dont un marsouin n'aurait fait qu'une bouchée, à mon premier voyage d' long cours, j' t'apporterai un beau perroquet gris qui prononc'ra mon nom, et qui du moins n' cass'ra pas ma pipe. »

Plusieurs années s'écoulèrent. Jean fit ses premières armes sous les ordres de son père. Il ne tarda pas à se signaler par son courage, et surtout par son entière subordination. Madeleine resta près de sa mère et devint la plus parfaite des jeunes filles de Dunkerque. C'était surtout à seconder cette digne mère dans les secours que celle-ci distribuait aux pauvres marins estropiés, qu'on la voyait montrer un zèle et une activité qui lui gagnaient tous les cœurs. La jeune Barth était citée, à l'âge de quinze ans, comme un modèle de grâce et de vertus.

Un soir qu'elle se promenait avec sa mère sur la belle jetée qui longe le port de Dunkerque, un pauvre vieux matelot privé

de la vue était assis sur un escabeau, et réclamait l'assistance
des passants, dans une sébile que tenait à sa gueule un gros
chien caniche dont la posture suppliante rendait encore plus remarquable la prière de son maître. Madeleine, qui jamais n'avait
rencontré un marin invalide sans l'assister, s'avance et dépose
une pièce blanche dans l'écuelle du fidèle compagnon de ce malheureux vieillard. Mais quelle est sa surprise de voir le caniche
flairer sa main, la lécher avec ivresse en laissant tomber le vase
de bois, puis se rouler à ses pieds avec des hurlements de joie,
se frotter à ses genoux, et la regarder avec des yeux étincelants,
qui semblaient dire : « Est-ce que tu ne me reconnais pas? »

« Si c'était lui! s'écrie Madeleine. Brave homme, depuis quand
possédez-vous cet animal si caressant? — Depuis trois ans environ, ma bonne dame... Je sortais d' la rade et r'gagnais en
chaloupe, ainsi qu' trois bons rameurs, mes camarades, un vaisseau d' ligne qui n'attendait qu' la brise de l'est pour gagner au
large... V'là que l' flot fait passer près d' not' chaloupe une d' ces
p'tites embarcations des enfants du port, et j' suis tout surpris
d'entendre japper sous l' pont. J' l'approche avec ma rame, j'
m'en saisis, et j' trouve dedans l' plus joli p'tit caniche qui m'
caresse et m' laisse apercevoir à son cou un carton qu'attachait
un lacet vert, et sur l'quel on avait écrit ces mots : Recommandé
à la pitié des braves marins. — Sois l' bienv'nu, pauv' petit! m'
dis-je en l' caressant à mon tour... J' le hisse avec moi dans le
vaisseau, où par son intelligence et sa gentillesse, il gagne bientôt l'attachement d' tout l'équipage... Et le v'là.

« — C'est Zozo! s'écrie Madeleine : ô mon Dieu, que je vous
remercie, et que je me félicite d'avoir eu l'idée de cette inscription! Ce fut moi qui l'élevai, bon aveugle, jusqu'à l'âge de deux
mois... Il m'a reconnue!... admirable instinct!... oh! je ne m'en

séparerai qu'à la mort! — Pardon, excuse, ma bonne dame; mais sans mon guide fidèle, que d'viendrais-je? Vous l' voyez, j'eus les deux yeux brûlés par un maudit boulet qui m' passa d'vant l' nez : c'était dans l'attaque d' not' illustre Jean Barth contre la flotte hollandaise. I' fait chaud sur l' pont, quand c' lu-ron-là commande! — Eh quoi! mon brave, dit à son tour ma-dame Barth, vous avez été blessé sur le vaisseau que montait mon mari!.. Oh! vous ne demanderez plus l'aumône. Prenez mon bras, venez vous établir chez nous avec le chien fidèle qui nous devient plus cher que jamais, puisqu'il nous met à même de réparer vos malheurs. » Elle emmène à ces mots le vieux marin, qui croit faire un rêve ; et le caniche, obéissant à son pre-mier nom de Zozo, les accompagne en léchant de nouveau les mains de Madeleine, et par mille gambades exprimant la joie qu'il éprouve de retrouver sa jeune maîtresse.

A cette même époque, Jean Barth, escorté de son fils, auquel il avait fait donner le grade d'aspirant, revint de sa grande ex-pédition de Fly, sur les côtes du Nord, où, abordant lui-même le commandant de la flotte hollandaise, il lui prit un grand nom-bre de vaisseaux. Sa rentrée dans le port de Dunkerque était une fête publique ; tous les habitants allaient l'attendre à la sor-tie de son vaisseau. Le lecteur concevra sans peine que madame Barth et sa fille ne furent pas les dernières à s'y rendre. Zozo les accompagnait, Zozo que Madeleine était si joyeuse de pré-senter à son frère... Le jeune marin s'élance au-devant de sa mère, de sa sœur ; et celle-ci remarque, non sans une extrême surprise, qu'il est lui-même escorté d'un très-beau chien caniche qui vient la flairer et lui faire mille caresses ; Zozo en fait autant à Jean, qu'il reconnaît; et les deux charmantes bêtes de s'entre-lécher et de s'exprimer par de joyeux bonds tout le bonheur qu'ils éprouvent de se retrouver ensemble.

Jean raconte alors qu'un matelot du vaisseau le *Glorieux* s'amusant à pêcher sur la rade, au moment même où l'on avait lancé les petites embarcations, avait de son côté délivré le prisonnier, devenu l'animal le plus intelligent et de la plus belle race. « Mais ce qu'il y a de plus remarquable dans ce jeu de la Providence, ajoute le jeune Barth, c'est que mon père lui-même a cent fois caressé le caniche à son bord, sans se douter qu'il fût un des deux condamnés. Jugez de son étonnement lorsque, en entrant pour la première fois dans son vaisseau, je suis en sa présence dévoré de caresses par ce beau caniche que je reconnais d'après le récit du matelot... Je raconte à mon père ce que nous avions fait, ma sœur et moi, en jetant les deux proscrits à la mer; il ne put s'empêcher de rire et de laisser échapper ces mots : — Dans l' fait vous m'aviez obéi, mes enfants ; et l' ciel a fait l' reste. Je n' suis pas étonné qu' vot' r'commandation à nos braves marins ait produit son effet. »

Mais toutes ces mutuelles jouissances n'étaient rien, comparées à celles qu'éprouva Jean Barth en rentrant chez lui. « C'est toi, mon vieux Bertrand ! s'écrie-t-il en voyant l'aveugle... J' te croyais d'puis longtemps enfoui dans l' ventre d'un requin... Vous voyez, ajoute-t-il en le désignant à sa famille, vous voyez un vieux luron qui m'a sauvé la vie... Comment ! tu n'es pas mort ? » A ces mots, il le presse dans ses bras avec l'effusion d'un franc camarade. « C'est lui, dit Madeleine, qui, de même, avait sauvé Zozo, devenu son compagnon fidèle; et nous avons pensé, petit père, que vous nous approuveriez de n'avoir pas voulu séparer l'aveugle de son chien. — Tu n' pouvais pas mieux faire, puisque par là j' puis acquitter ma dette... Jean, tu vas porter au mat'lot qui sauva Zizi l'ordre de s' rendre auprès d' son capitaine, pour souper tous ensemble... Oui, mes

enfants, vous conserverez ici vos deux caniches, à condition
tout'fois qu' vous veillerez à ce qu'i' n' déchirent plus mes bottines et n' cassent plus mes pipes... Comment douter, d'après
ça, qu' nous sommes tous soumis à c' grand amiral qui tient l'
gouvernail du monde?... Souvenez-vous, mes enfants, qu' la subordination est l' soutien de l'ordre, la prospérité des familles;
et que le premier d'voir pour tous tant qu' nous sommes... c'est
l'obéissance. »

LA DISCRÉTION

De toutes les qualités qui distinguent les enfants bien nés, et
prouvent la bonne éducation qu'ils ont reçue, la plus remarquable, selon moi, c'est la discrétion : non cette taciturnité sombre
annonçant un caractère sournois, hypocrite, mais cette noble
retenue, cette modeste crainte de compromettre, par une confidence hasardée, le repos, l'honneur et souvent la destinée d'un
innocent. Il arrive souvent que nos yeux mêmes nous trompent
et nous exposent au remords le plus cruel que nous puissions
éprouver, celui d'accuser d'un crime l'infortuné qui ne l'a pas
commis. C'est en vain qu'on cherche ensuite tous les moyens
de le venger de l'injure qu'on lui a faite, de réparer le tort qu'il
a si injustement supporté, la délation est une tache empreinte
sur une étoffe d'où l'on parvient difficilement à faire disparaître
la première trace.

Tels étaient les principes dans lesquels on élevait Albert et

Stéphanie, enfants tendrement chéris de monsieur de Branville, célèbre banquier de Paris, et de sa digne compagne, modèle des mères et des femmes aimables. Uniquement occupée à diriger l'heureux naturel de ses enfants, elle développait chaque jour en eux, avec un charme tout particulier, les facultés de l'esprit et du cœur, et les conduisait, sans qu'ils s'en aperçussent, à cette sociabilité qui nous fait rechercher dans le monde et nous procure de nombreux amis.

Parmi les gens que monsieur et madame de Branville avaient à leur service, était un jeune jockey, orphelin, nommé James, fils de l'ancien cocher de l'hôtel, et pour lequel Albert et Stéphanie avaient une prédilection bien naturelle. Il était à peu près de leur âge, les servait à table et leur rendait mille petits services qui gagnent la confiance, l'attachement. On n'était pas plus leste, et surtout plus prévenant que James. Il comprenait tout d'un seul mot, d'un seul geste, et mettait, dans l'exécution des ordres qu'on lui donnait, une adresse, une exactitude avec lesquelles il s'attirait toute la bienveillance de ses maîtres. Enfin, ce qui lui donnait dans l'hôtel une certaine considération, c'est qu'il était le filleul de madame de Branville.

Un seul défaut perçait à travers les nombreuses qualités de James : nul de nous, hélas! n'est parfait; il nous faut toujours payer le tribut des simples mortels... Notre charmant jockey était donc d'une curiosité qu'il ne pouvait vaincre. Rien de nouveau dans l'hôtel et dans tout le quartier qui ne fût à sa connaissance. Entrait-il dans le salon, rempli d'invités, il feignait de ranger un meuble, de placer un candélabre, pour écouter tout ce qu'on disait; bien souvent, il ne se retirait qu'au signe que lui faisait sa marraine, qui l'avertissait de son indiscrétion. On ne faisait pas dans la famille de Branville une seule emplette de meubles, d'étoffes, de bijoux, que le jeune indiscret n'examinât tout, ne s'informât du prix qu'avait coûté chaque objet, du nom et de la demeure du marchand qui l'avait vendu. Il prétendait qu'un serviteur fidèle devait savoir ce que valait tout ce qui concerne les intérêts de ses maîtres; et, sous ce prétexte, il donnait l'essor à son incurable manie.

Madame de Branville avait fait remonter ses diamants, qu'elle était allée porter elle-même chez son joaillier, ne voulant pas confier son écrin d'un très-grand prix à quelqu'un de ses gens, et surtout à James, qui n'eût pas manqué d'en faire la revue exacte, et de s'informer de la valeur réelle de chaque objet. Parmi les nouvelles parures qu'elle avait fait établir, était une féronnière composée de trois gros brillants, dont elle se disposait à orner son front dans les grandes réunions de la haute finance. La boîte en maroquin rouge, ornée du double chiffre de madame de Branville, était fermée par une serrure en vermeil dont cette dame portait ordinairement la clef suspendue à son cou par une longue chaîne d'or. Elle renfermait ensuite l'écrin dans son secrétaire, dont le fond était à secret, de sorte qu'elle seule avait à sa disposition tous ses diamants, d'une valeur d'environ cent mille francs.

Albert et Stéphanie n'avaient pu les voir qu'une seule fois, à la hâte, depuis qu'ils avaient été remontés à neuf, parce que madame de Branville, simple dans ses goûts et modeste dans sa parure, n'en avait pas encore fait usage. Mais, nommée patronnesse d'un grand bal donné pour les pauvres de son arrondissement, et forcée de faire assaut de toilette avec les dames d'un rang élevé, choisies pour diriger la fête avec elle, les diamants furent étalés dans toute leur magnificence. Rentrée au petit jour dans son appartement, madame de Branville, accablée de fati-

gue, laissa son écrin sur la tablette de sa cheminée, sans même
songer à le fermer, ayant l'intention de brosser elle-même ses
diamants lorsqu'elle aurait pris quelques heures de repos. Ré-
veillée vers midi, elle se lève, et elle sonne sa femme de chambre pour avertir ses enfants qu'ils peuvent venir lui donner le
bonjour dans son cabinet, où elle passe aussitôt pour remettre
en ordre une partie de sa toilette. Peu d'instants après Albert et
Stéphanie entrent dans la chambre à coucher de leur mère, à laquelle ils sont empressés d'entendre faire le récit de la fête...
Mais quelle est leur surprise de voir James tenant à sa main
l'écrin de sa maîtresse, le refermer furtivement à l'arrivée des
deux enfants, et rougir de confusion! Le frère et la sœur vont
auprès de leur mère, qui les appelle et leur fait du bal une peinture exacte, en leur exprimant ses regrets que leur âge l'eût
empêchée de les y conduire. « Et tes diamants, bonne mère, ont
dû produire un grand effet, lui dit Albert. — Ta belle féronnière
surtout, ajouta Stéphanie, devait lancer des feux éblouissants?
— Que trop, mes enfants, et j'en souffrais en silence. — En
souffrir! et pourquoi? reprend Albert. — Il me semble, chère
maman, dit vivement Stéphanie, que tu vaux bien les dames
patronnesses, qui, sans doute, avaient étalé toutes leurs richesses. — Étalage ridicule, mes amis, parure indécente pour des
femmes honorées du titre de bienfaitrices des pauvres! Ne trouvez-vous pas que c'est insulter à l'indigence, que de réclamer
pour elle des secours en faisant briller un luxe dont la valeur
soulagerait tant d'infortunés?... Ah! je me promets bien de ne
plus reparaître dans de semblables réunions qu'avec de simples
fleurs sur la tête. » Les deux enfants approuvèrent la modestie,
la délicatesse de leur mère, et lui promirent, en l'embrassant,
de préférer le bonheur d'être utile à la vaine gloire de briller.

Ils repassent avec elle dans sa chambre à coucher ; et celle-ci prenant à la main une petite brosse du poil le plus fin, se dispose à nettoyer elle-même ses diamants, avant de les serrer dans son secrétaire. Elle ouvre l'écrin... et s'aperçoit que sa féronnière n'y est plus. Elle cherche en vain sur sa cheminée, sur le marbre de son secrétaire, et ne la trouve pas. « Pourtant, dit-elle, il n'y a pas une demi-heure que je l'ai placée moi-même dans l'écrin. » Elle sonne de nouveau sa femme de chambre, s'informe si quelqu'un est entré chez elle ; mais on n'a vu personne. Madame de Branville donne aussitôt l'ordre qu'on fasse venir tous les gens de l'hôtel dans son appartement. Albert et Stéphanie se regardent stupéfaits, et leurs soupçons tombent naturellement sur James, qu'ils avaient surpris refermant l'écrin ; cependant ils n'osent pas encore l'accuser. Tous les gens se rendent auprès de leur maîtresse, ainsi que monsieur de Branville, que cet appel avait attiré. Le vol est annoncé. « Il n'est entré, dit le concierge, qu'un jeune garçon parfumeur... — Mais qui n'a point passé l'antichambre, réplique un laquais ; c'est à moi qu'il a remis ce qu'il apportait à Madame. — Le vol n'en est pas moins réel, dit monsieur de Branville, et le soupçon ne peut s'arrêter sur personne ; mais il faut que visite exacte soit faite sur-le-champ dans la chambre de chaque domestique, l'un après l'autre, et en sa présence, afin de parvenir à découvrir le coupable, et c'est moi qui ferai cette recherche sévère. » James applaudit tout le premier à cette recherche importante. Albert et Stéphanie se regardent de nouveau, et l'étudient tous les deux avec la plus grande attention.

Chacun des gens déclare qu'il ne quittera pas l'appartement de madame que la visite générale n'ait été faite ; et déjà mille imprécations se font entendre contre l'infâme qui a pu trahir à ce point la confiance d'une aussi bonne maîtresse; James exprime aussi toute son indignation avec une chaleur remarquable, ce qui n'échappe point à ses jeunes maîtres... Mais toutes les perquisitions sont vaines : monsieur de Branville a fait la revue la plus rigoureuse dans les cassettes, dans les armoires, et jusque dans les lits de tous les domestiques, l'objet volé n'a point été retrouvé. « C'est une perte de quinze mille francs, dit madame de Branville avec une douce résignation; si du moins elle eût tourné au profit des pauvres dont j'étais hier une des patronnesses, loin de m'en plaindre, je m'en féliciterais. »

On conçoit qu'Albert et Stéphanie furent empressés de s'épancher ensemble. « Dis donc, mon frère, as-tu les mêmes soupçons que moi? — Comment ne pas les partager, quand nous avons vu James refermer l'écrin devant nous? — Et surtout rougir de confusion! — Oh! c'est lui, ma sœur; et malgré la discrétion que maman nous recommande sans cesse, je crois que, en conscience, nous devons tout lui révéler. — D'un autre côté, mon frère, James est d'une curiosité que rien ne saurait dompter : si c'était le seul motif qui lui eût fait ouvrir l'écrin, nous allons le perdre de réputation, le faire chasser de l'hôtel; orphelin, et sans autre appui que sa marraine, que deviendra-t-il? — Il est certain que s'il était innocent, nous ne nous consolerions jamais du mal que nous lui aurions fait. — Et il est si gentil! il a pour nous tant d'attachement! — Tout cela me paraît fort embarrassant. — As-tu remarqué, cher Albert, avec quelle chaleur il approuvait la visite faite par mon père, avec quel empressement il l'a conduit lui-même à sa chambre? ce n'est pas là, mon frère, la conduite d'un coupable. — J'en conviens... mais il pouvait avoir caché sur lui les diamants. — Mon père nous a dit qu'il avait voulu quitter devant lui tous ses vêtements. — Cela n'a frappé comme toi... mais peut-être avait-il déjà déposé le vol quelque part. — Ah ! mon frère, c'est pousser le soupçon jusqu'à la cruauté. — Tu as raison ; et je crois qu'en pareil cas, nous ferons bien de nous taire. Il vaut mieux, après tout, que maman perde sa férounière que de nous exposer, nous, à perdre un innocent. — Ainsi, voilà qui est convenu, bien arrêté ; nous ne dirons rien de ce que nous avons vu. — C'est dit ; mais il nous faut avoir les yeux sur James, épier sa conduite ; et si nous nous apercevions de la moindre chose... — Oh ! alors il n'y aurait plus à balancer. — Il faudrait le dénoncer sans pitié. — Je l'espionnerai sans qu'il s'en doute. — Et moi, je suis alerte, et j'ai de bons yeux. En attendant, prudence et discrétion ! je te les promets. — Je ne sais quoi me dit, mon frère, que nous faisons bien. — Je crois entendre, comme toi, certaine voix secrète qui m'approuve. — Ne trouves-tu pas, Albert, qu'un secret a deux augmente encore l'amitié ? — Oui ; c'est un lien qui vous unit, qui vous serre plus fortement. — Nous n'avions pas besoin de cela pour nous aimer. — Non, sans doute ; mais un degré de plus fait tant de bien !... » A ces mots les deux enfants tombent dans les bras l'un de l'autre.

James, convaincu de son côté qu'Albert et Stéphanie ne s'étaient point aperçus qu'il avait refermé l'écrin, et qu'il ne pouvait pas être soupçonné du vol plus que tous les autres gens de l'hôtel, reprit son assurance ordinaire, et s'abandonna par degrés à ces mouvements de curiosité qui souvent lui attiraient des réprimandes. Mais il savait, en quelque sorte, expier son étourderie par tant de zèle et de gentillesse, qu'il parvenait toujours à se la faire pardonner. Toutefois, il remarquait, depuis quelque temps, qu'Albert et Stéphanie avaient avec lui une certaine réserve, et semblaient épier sa conduite avec une scrupuleuse attention. Il n'en fut que plus exact dans son service auprès d'eux. Il chercha plusieurs fois à deviner la cause de ce changement étrange. et ne l'attribua qu'à la froideur assez naturelle que témoignaient monsieur et madame de Branville pour tous leurs gens depuis le vol qui avait été commis. Un semblable événement devient une calamité pour les maîtres comme pour les serviteurs : le tourment de soupçonner est aussi cruel que le supplice de le faire naître.

Cependant, madame de Branville, quoique résignée à la perte qu'elle avait faite. se promit bien de ne plus exposer son écrin à la tentation de ses gens, parmi lesquels, malgré toute sa pénétration, il lui fut impossible de deviner le coupable. Tous, en effet, témoignaient les mêmes regrets, exprimaient la même indignation ; ils auraient volontiers fait. pendant plusieurs années, le sacrifice de leurs gages pour remplacer l'objet volé. James, surtout, faisait éclater dans cette circonstance son dévouement à sa marraine ; et les expressions dont il se servait annonçaient un cœur vivement ému... Mais pourquoi ouvrir l'écrin au moment même où les diamants avaient disparu? Pourquoi cette rougeur subite lorsque le frère et la sœur étaient entrés dans l'appartement de leur mère? Ces deux circonstances accablantes revenaient sans cesse à la pensée de ces deux enfants; et la discrétion qu'ils gardaient si fidèlement venait alors les tourmenter. Albert surtout éprouvait parfois des remords que dissipait aussitôt Stéphanie, avec cette angélique douceur qui la caractérisait. Le jockey, dont elle étudiait tous les pas, tous les mouvements de l'âme, lui semblait de plus en plus incapable d'avoir commis le crime. Il était sans doute léger, étourdi, gâté même par sa marraine ; eh bien ! c'était, selon Stéphanie. cette même légèreté qui lui avait fait ouvrir l'écrin; mais il régnait dans tout son être une pureté, une franchise et même une dignité de caractère qui repoussait tout soupçon. Albert en convenait; et, malgré certaines préventions qu'il conservait toujours, il répétait avec sa sœur qu'il valait encore mieux perdre une féronnière que de s'exposer à perdre un innocent.

Près de six mois s'écoulèrent sans qu'on pût obtenir à la police le moindre renseignement sur le vol, quelques perquisitions qu'elle eût pu faire. Monsieur de Branville avait voulu remplacer dans l'écrin de sa femme les trois diamants qu'on y avait dérobés, et déjà son joaillier se disposait à faire une féronnière absolument semblable à celle qui avait disparu; mais madame de Branville s'y opposa formellement, et déclara que de sa vie elle ne porterait un seul diamant, tant que l'auteur du vol ne serait pas découvert. « Je ne veux point, disait-elle, m'exposer de nouveau à des soupçons qui m'ont tant fait souffrir, c'est payer plus cher qu'elle ne vaut la jouissance de briller. Je préfère à ce triomphe de l'opulence le bonheur d'être entourée de serviteurs fidèles. »

Ce n'était donc plus que parée de simples fleurs que madame de Branville paraissait dans les cercles de la haute finance. Le vol était en quelque sorte oublié; Albert et Stéphanie, toujours fidèles à leur discrétion, commençaient à s'épancher plus franchement avec James, en lui faisant toutefois des remontrances sur son insatiable curiosité... lorsqu'un jour monsieur de Branville, en déjeunant avec sa femme et ses enfants, lit dans un journal ce peu de lignes : « M..., joaillier du quai des Orfèvres, donne avis que plusieurs bijoux et diamants d'un grand prix lui ayant été présentés par un individu ne pouvant donner des renseignements positifs sur la propriété, il en avait instruit l'autorité, qui s'était emparée du porteur. En conséquence, les personnes qui, depuis quelque temps, auraient éprouvé des vols, sont invitées à se rendre à la préfecture de police, où ces divers objets ont été déposés. » « Oh! si ma marraine pouvait retrouver ses diamants! » s'écria James en sautant de joie...

Aussitôt il va répandre cette heureuse nouvelle parmi tous les gens de l'hôtel; et chacun d'eux, comme soulagé d'un poids affreux qui l'oppressait, témoigne l'ardent désir de connaître enfin le coupable. Monsieur et madame de Branville se rendent sur-le-champ à la préfecture, et reconnaissent au premier coup d'œil la riche féronnière, que le voleur n'avait pas même eu la précaution de démonter. On le fait paraître aussitôt, et madame de Branville reconnaît le commis parfumeur qui venait souvent lui apporter ses commandes, et qui, s'étant caché dans l'antichambre, avait exécuté le vol au moment où cette dame était passée dans son cabinet. Tels furent en effet les aveux que fit ce malheureux jeune homme, en se recommandant à la clémence et à la protection de monsieur de Branville, qui ne put le soustraire à la vengeance des lois.

Ces détails importants furent aussitôt rapportés à l'hôtel, et comblèrent de joie tous les gens. « Dans le fait, dit alors James ingénument, j'avais cru remarquer, en regardant l'écrin de ma marraine, que sa féronnière n'y était plus. — Malheureux! s'écrie Albert, ta maudite curiosité a failli te perdre. » A ces mots le frère et la sœur, allégés d'un secret qui les tourmentait, mais heureux et fiers de leur discrétion, racontèrent qu'ils avaient vu James refermer brusquement l'écrin lorsqu'ils étaient entrés dans l'appartement de leur mère, et rougir comme un coupable. « C'est pourtant vrai, répond le jockey, pâlissant de frayeur; je croyais que vous ne vous en étiez pas aperçus. — Juge, lui dit Stéphanie, juge toi-même, jeune imprudent, de l'embarras cruel où tu nous a mis, moi et mon frère! Tout, à nos yeux, te désignait comme l'auteur du vol; mais te dénoncer à maman, c'eût été lui porter un coup terrible; elle t'eût chassé, t'eût retiré pour jamais son appui. — D'un autre côté, reprend Albert, conserver parmi nous un voleur, exposer nos parents à des pertes considérables, nos domestiques à des soupçons outrageants... Eh bien! notre attachement pour toi nous a vaincus, et la crainte d'accuser un innocent nous a fait garder le silence. — Ah! vous m'ouvrez les yeux, s'écrie James en se jetant aux pieds de ses jeunes maîtres, et j'abjure pour jamais cette funeste curiosité qui a failli me coûter l'honneur... et la vie; car je n'aurais pu survivre au malheur d'être abandonné de ma marraine, à la honte d'avoir encouru son mépris. — Et vous, mes chers enfants, leur dit monsieur de Branville en les pressant sur son cœur, quelle serait votre souffrance, aujourd'hui que l'auteur du crime est découvert! quels seraient vos remords d'avoir causé la perte d'un orphelin, filleul de votre mère, du fils d'un de nos plus anciens serviteurs, à qui nous avons promis de tenir lieu de parents! Ah! jouissez de votre prudence, de votre généreuse discrétion! Puissent tous les enfants de votre âge qui liront ce récit fidèle ne pas oublier qu'il ne faut accuser qui que ce soit sans des preuves irrécusables, et qu'on peut être trompé même par les plus fortes apparences! »

LE PETIT PRODIGE

Nos premiers succès nous aveuglent bien souvent, et nous égarent jusqu'au point de nous faire oublier notre naissance. Combien de jeunes personnes, éblouies par les couronnes qu'elles ont obtenues dans le cours de leurs études, s'imaginent qu'elles vont tenir un haut rang dans le monde, et qu'elles sont de petits prodiges! C'est en vain que leurs dignes institutrices leur ont donné des leçons de modestie; c'est en vain qu'elles leur ont prouvé qu'une instruction élémentaire n'est pas le vrai mérite, et que les avantages de l'esprit ne sont rien sans les qualités du cœur; on voit quelquefois, dans l'honorable classe des artisans, de ces savantes de dix à douze ans, rapporter au foyer paternel un orgueil ridicule, une insupportable manie de tout critiquer, en un mot, une morgue qui semble établir une distance entre elles et leurs parents. Telle est cette coupable infraction aux lois de la nature que je vais essayer de peindre dans ce récit.

Madame Grosbourg, veuve d'un honnête marchand de rouenneries, qui ne lui avait laissé qu'une honnête aisance, continuait son commerce, où elle s'était acquis l'estime et la confiance de tous ses commettants. Cette excellente femme, élevée dans un village de la Normandie, d'où elle était venue épouser à Paris un de ses parents, n'avait reçu d'autre éducation que celle des simples agriculteurs ; mais, en revanche, elle était douée d'un heureux naturel, d'une rare intelligence, et surtout d'une franchise de cœur bien préférable à tout le clinquant de ces dames qui cachent souvent un esprit faux et la froideur de l'âme sous le prestige éblouissant de ce qu'on est convenu d'appeler le bon ton.

Cette digne veuve d'un honnête commerçant et d'un homme de bien, n'avait qu'une fille nommée Adrienne, que son père avait recommandée en mourant à son plus intime ami, monsieur Frocard, libraire très-renommé, et qui était devenu le tuteur de la petite, à laquelle il portait une affection d'autant plus vive qu'il n'avait point d'enfants. Madame Grosbourg, ayant plus d'une fois éprouvé les inconvénients d'être privée d'une première éducation, voulut en préserver sa fille ; et, de concert avec monsieur Frocard, qu'elle consultait sans cesse, elle mit Adrienne, alors âgée de huit ans, dans une pension du faubourg Saint-Germain, afin d'arriver au degré d'instruction nécessaire à son état, et surtout de s'y préparer à sa première communion.

Adrienne, dès son enfance, avait montré les plus rares dispositions, que secondait par ses soins le libraire, chez lequel on la voyait sans cesse un livre à la main, la boutique de monsieur Frocard étant située en face du magasin de madame Grosbourg, rue de la Harpe. Dès l'âge de six ans, Adrienne savait lire très-couramment ; à sept ans, elle écrivait sous la dictée ; et à huit, elle était familière avec la Bible. l'histoire de France et la géographie. Elle fut à ce moment placée à sa pension dans la seconde classe, où elle ne tarda pas à se faire remarquer par des progrès rapides qui charmaient en même temps son tuteur, mais effrayaient son excellente mère. Celle-ci consentait bien à ce que sa fille reçût une instruction suffisante pour une demoiselle de comptoir, mais elle ne voulait en faire ni une savante, ni surtout une précieuse, comme l'étaient devenues plusieurs jeunes filles d'honnêtes artisans, ses amis et ses voisins.

C'est en vain que monsieur Frocard lui disait : « Vous ne pouvez vous opposer à ce que votre enfant profite des heureuses dispositions qu'elle a reçues de la nature, et justifie le surnom de petit prodige que lui donnent déjà tous ses maîtres. — Qu'appelez-vous un petit prodige ? s'écriait alors madame Grosbourg, gonflant ses narines et le visage tout en feu; j' n'en veux faire, moi, qu'une digne femme, qui fasse le bonheur d'un honnête homme, comme j'ai fait celui d' son père, et qui m' succède dans mon commerce. J' n'entends pas être obligée de lever la tête pour regarder mon enfant : j' veux qu'i soit z'à ma portée, ni plus haut ni plus bas, enfin d' l'embrasser tout à mon aise... Mais pour ça, mon voisin, n'allez pas lui farcir la tête de tout's ces balivernes q' vous appelez, vous autres, la haute inducation. Connaître à fond sa religion, savoir tenir les livres en partie double, écrire et parler correctement, afin de n' pas lâcher d' ces mots comme i' m'en échappe queuq'fois, c' qui fait rire à mes dépens; enfin, être habile en couture, en broderie; savoir tailler un' robe, un' chemise, et au besoin r'lever une maille à son bas : v'là, s'lon moi, z'en quoi consiste toute l'instruction d'un' jeune fille destinée à d'venir femme d' ménage et mère d' famille. — Tout cela suffisait, autrefois, lui répondait monsieur Frocard; mais, aujourd'hui, c'est autre chose. Pour assurer le bonheur de sa fille et lui procurer un établissement avantageux... reposez-vous sur moi, ma chère madame Grosbourg; et croyez bien que tous mes vœux, que tous mes soins ont pour but de rendre ma pupille digne de votre tendresse. »

L'année des études était enfin terminée; Adrienne venait de remporter à sa pension trois premiers prix et cinq accessits. Elle avait montré, dans les divers examens, une justesse d'idées, une mémoire si remarquable en citations d'histoire, de grammaire et de géographie, que tous ses maîtres la surnommaient eux-mêmes le petit prodige. Monsieur Frocard laissait alors éclater toute sa joie; et madame Grosbourg, fronçant le sourcil, disait entre ses dents : « I' vont m' la gàter, ça c'est sûr, et n'en front qu'une orgueilleuse, si je n' sais pas y mettre ordre. »

. Adrienne entrait dans sa douzième année : elle annonçait être, comme sa mère, forte en membres, brune et d'un embonpoint prononcé. Elle vint passer chez sa mère le temps des vacances; et il lui semblait dur, pour ne pas dire humiliant, de rester au comptoir, d'y vendre une robe d'indienne, une jupe de calicot, un petit fichu de percale imprimée. Oh! que la Vie des grands hommes de la France, le Traité du beau langage et l'Etude admirable du globe, lui paraissaient sublimes, à côté de ce métier mercantile qui, disait-elle, rétrécit l'âme, assombrit l'imagination!... Mais il fallait céder aux ordres d'une mère excellente, née, élevée au fond de la Normandie, et n'ayant aucune idée de ce qui compose une éducation complète.

Adrienne souffrait donc en silence, et avec une respectueuse soumission qui n'échappait point aux yeux clairvoyants de madame Grosbourg. Celle-ci permettait alors à sa fille d'aller chez son tuteur passer tout le temps qu'elle pouvait dérober à ses occupations de commerce; et là, notre jeune prétentieuse, entourée de livres, secondée par Frocard, non moins ambitieux qu'elle, de la voir soutenir dignement son surnom de petit prodige, meubla son imagination des plus beaux traits de l'histoire ancienne, et fit même une étude assez sérieuse de l'histoire naturelle et de l'astronomie. Se trouvait-elle alors dans quelque réunion d'honorables artisans où l'on remarquait des hommes instruits, elle étalait avec emphase tous les trésors de son heureuse mémoire; citait tour à tour les plus beaux faits des rois de France et des empereurs romains ; puis elle parlait littérature, osait émettre son opinion sur les charmantes poésies de mesdames Tastu, Desbordes-Valmore et Ségalas ; étonnait en un mot ses auditeurs, au point que les uns, éblouis par une érudition si précoce, disaient tout haut : « C'est un petit prodige ! tandis que d'autres, plus sensés, disaient tout bas : C'est une petite pédante bien ridicule !... » Madame Grosbourg, qui n'avait entendu que ces dernières paroles, les rapportait le soir, en rentrant chez elle, à sa fille ; et celle-ci ne répondait à sa mère que par ces mots, accompagnés d'un sourire sardonique : « Un philosophe de la Grèce nous dit : Quand on est digne d'exciter l'envie, il faut avoir le courage de la braver... — Je n' suis point, moi, z'une phirlosophe d' la Grèce ; mais, j' te dis et j' te prédis q' tu n' s'ras qu'une sucrée dont tout l' monde s' moq'ra. »

Chaque fois qu'Adrienne entendait sa mère donner ainsi quelque entorse à la langue française, elle éprouvait une souffrance inexprimable ; car ces échappées d'un langage vulgaire annonçaient dans madame Grosbourg une obscure origine, un défaut d'éducation première, ce qui contrariait les hautes prétentions du petit prodige On essaya donc, mais avec beaucoup de ménagement, d'empêcher sa mère de se compromettre ainsi, lorsqu'elle assisterait avec sa fille aux réunions où se trouveraient surtout des personnes habituées au langage des gens instruits. Mais le pli de l'habitude est ineffaçable. Il eût fallu pour cela que la bonne madame Grosbourg s'imposât un silence absolu, lorsqu'elle se trouvait dans un cercle. Une pareille résignation était au-dessus de ses forces ; la pauvre femme en serait morte de suffocation. De là certains reproches adroits d'Adrienne à sa mère, du tort qu'elle pouvait lui faire dans le monde ; de là certaines vivacités de madame Grosbourg, qui n'aimait pas les remontrances ; enfin, de là certaines expressions du petit prodige, qui semblaient annoncer que l'instruction établit une distance entre ceux qui la possèdent et ceux qui en ignorent les premiers éléments.

« Est-c' que par hasard tu rougirais d' ta mère ? s'écriait alors madame Grosbourg, en lançant sur sa fille un regard froudoyant. Si j' pouvais l' penser, j' te mettrais pendant six mois dans ta chambre, à p'lotonner du coton. — Moi, rougir de vous, maman ! répondait Adrienne en se jetant dans ses bras ; ah ! ce serait rougir de moi-même. — A la bonne heure sur c' ton-là... Mais je te l' répète, ton ambition d' savoir te gât'ra l' cœur, si tu n'y prends garde ; et quand on n'a plus d' ça, vois-tu, je n' fais pas grand cas du reste. » Cet élan de dignité maternelle produisit une vive impression sur Adrienne, qui se promit bien de remplir envers sa digne mère tous les devoirs que lui prescrivait un titre aussi sacré.

Mais la présomption du petit prodige fut mise à de rudes épreuves, qui lui prouvèrent que ce n'est pas impunément que l'on rougit de ceux à qui l'on doit la vie, et que nous devons respecter même jusqu'à leurs défauts. Dans une grande réunion chez le maire du douzième arrondissement, où ce digne magistrat avait l'habitude de confondre tous les rangs de l'ordre social, madame Grosbourg était placée avec sa fille parmi plusieurs femmes d'artisans, dont la rondeur et la gaieté lui offraient avec elle une parfaite analogie. Monsieur Frocard était debout derrière Adrienne ; il s'aperçut aisément de la souffrance qu'elle éprouvait d'entendre sa mère s'abandonner à cette hilarité parfois accompagnée d'expressions triviales et de locutions qui faisaient rire une grande partie des assistants.

Le tuteur prévoyant propose donc à sa pupille de la conduire,

avec la permission de sa mère, prendre l'air dans un autre salon
où se formaient plusieurs groupes de légistes, de savants et de
gens de lettres dont le petit prodige était avide d'entendre la
conversation, de recueillir tel mot remarquable, telle citation
curieuse. Madame Grosbourg y consentit d'autant plus aisément, qu'elle n'était pas fâchée, de son côté, de se séparer pendant quelques instants de sa fille, devant qui souvent elle se retenait de jaser tout à son aise, dans la crainte de proférer quelques paroles hasardées. Adrienne, sous l'égide de son tuteur,
après avoir parcouru les différents groupes de cette nombreuse
réunion, rentra dans le grand salon où sa mère se livrait à sa
verve accoutumée. Plusieurs jeunes dames brillantes et paraîs-
sant appartenir à la classe opulente, écoutaient la jaseuse et
s'amusaient beaucoup des expressions qui lui échappaient. Une
d'elles ignorant qu'elle parlait à sa fille, lui demande quelle est
cette grosse commère dont le caquet est si risible?

« C'est une honorable commerçante de la rue de la Harpe, répond Adrienne rouge de dépit et de confusion. — Ah! je la connais, dit une autre rieuse, c'est madame Grosbourg, marchande
de rouenneries, dont on prétend que la fille est un petit prodige.
— Rien d'étonnant à cela, dit une troisième dame, il ne faut que
voir et entendre cette intrépide causeuse, pour être convaincu
qu'elle doit admirablement diriger une belle éducation. — Ce
qu'il y a de plus incroyable, reprend la première, c'est qu'on assure que le petit prodige rougit de sa mère; tant pis, cela lui
portera malheur! — Voilà pourtant, ajoute la seconde rieuse, à
quoi s'exposent tous ces bons artisans qui laissent élever leurs
enfants comme s'ils devaient occuper les premiers rangs dans la
société... J'entre l'autre jour chez mon coiffeur, sa fille exécutait,
dans l'arrière-boutique, les études de Kalkbrenner; je monte

chez ma couturière, et demande, en son absence, à parler à sa fille, grande précieuse de dix-sept ans. Mademoiselle prend sa leçon de harpe, me répond une des jeunes apprenties. Enfin, pas plus tard que ce matin, j'envoie chez mon cordonnier demander les chaussures que j'avais commandées; monsieur montait à cheval, et conduisait au bois de Boulogne ses deux demoiselles sur des chevaux fringants et en riches amazones... Je ne désespère pas de voir un de ces jours madame Grosbourg y conduire en calèche son petit prodige, qui sans doute y produira le plus grand effet; on assure que c'est l'image vivante de sa mère, dont il parait toutefois que le caquet l'humilie; remarquez bien qu'elle n'est point auprès d'elle. »

Oh! quel effet produisit cette conversation sur Adrienne! car la manie de passer pour un prodige n'avait point détruit chez elle l'heureux instinct de la nature. « Quoi, se disait-elle en laissant échapper de grosses larmes, quoi! je passerais dans le monde pour avoir honte de ma mère! Ah! cette idée me brise le cœur et révolte ma pensée... ma tendre mère, la meilleure des femmes, serait dédaignée de celle qu'elle a fait naître, qu'elle a nourrie de son lait, dont elle n'a cessé de soigner, de protéger l'existence!... Et pourtant, ajoute-t-elle en faisant un retour sur elle-même, je suis forcée de convenir que j'ai donné lieu, par ma conduite, à cette cruelle accusation. Oui, j'ai porté l'excès de l'amour-propre et l'oubli de moi-même jusqu'à me trouver humiliée d'entendre ma mère proférer de ces locutions vulgaires... Que prouvent-elles, après tout? qu'elle est née au village, de bons agriculteurs, qu'elle ne doit qu'à son travail et à la plus austère probité l'aisance et l'estime dont elle jouit... Allons, Adrienne, ouvre les yeux, renonce pour jamais à cette fausse honte de ton obscure origine, fais oublier ta naissance en t'élevant par l'instruction, redouble de zèle et de travail pour convaincre tes envieux et tes détracteurs que ce n'est pas en vain qu'on t'a surnommée le petit prodige. »

Adrienne, en effet, rentrée à sa pension, se signala par de nouveaux succès, qui bientôt la firent passer dans la première classe. Elle s'y livra tout entière à l'étude de la rhétorique, et s'initia surtout dans l'art de la narration, où ses progrès furent très-rapides. Oh! ce fut alors que la jeune prétentieuse ne tarissait pas en citations littéraires, et qu'elle meublait sa mémoire des plus beaux passages de nos poètes, de nos orateurs. Elle eût fini par devenir poète elle-même, si sa mère, effrayée de l'essor qu'elle la voyait prendre, n'eût eu la prudence de la séparer de ses maîtres, sitôt que sa première communion fut terminée, et de la rappeler au comptoir où, placée à côté d'elle, on la vit vaquer aux occupations du commerce. En vain monsieur Frocard prétendit que c'était arrêter sa pupille au milieu de sa course, et la priver de tous les avantages que lui préparaient ses rares dispositions; la bonne madame Grosbourg lui répondait que, ne pouvant courir aussi vite que sa fille, elle n'entendait pas la perdre de vue, et qu'elle en savait assez pour vendre des rouenneries.

Il fallut donc céder à l'autorité maternelle, et se résoudre à borner les élans de son imagination brillante aux fonctions de première fille de boutique, à des travaux de couture et de broderie. Mais, hélas! que l'aiguille était abjecte, humiliante, pour une rhétoricienne habituée à parcourir les chefs-d'œuvre de nos grands maîtres! et qu'il fallait à la fière Adrienne de respect filial pour se résoudre à s'amoindrir de la sorte, à se précipiter dans ce qu'elle regardait comme une humiliante nullité!... Mais sitôt qu'elle pouvait se dérober à ses occupations commerciales, elle se réfugiait chez son tuteur, où elle retrouvait tous les livres de science et de littérature qu'elle avait été forcée d'abandonner. Livrée alors à elle-même, et ne pouvant mettre aucun ordre, ni former aucun plan régulier dans la distribution de ses travaux, notre jeune érudite accumula tant d'objets divers, qu'il se forma, dans sa tête exaspérée, un mélange de notions et de principes qui, souvent, la jetaient dans des erreurs étranges, dans un chaos inextricable. La pauvre enfant peut-être en serait devenue folle, sans une aventure que le hasard fit naître, et qui, la guérissant pour jamais de ses prétentions ridicules, la replaça dans cette région modeste et paisible où l'on peut allier les avantages d'une honnête éducation avec les devoirs que nous impose notre position sociale.

Quelques précautions qu'eût prises Adrienne pour cacher à sa mère les études qu'elle faisait chez son tuteur, et souvent même la nuit dans sa chambre, madame Grosbourg avait trop de pénétration pour ne pas s'apercevoir que sa fille laissait échapper, sans y songer, des expressions scientifiques et surtout des citations qui prouvaient un travail opiniâtre. Souvent aussi la jeune érudite paraissait le matin au comptoir le teint plombé, ses grands yeux noirs voilés par la fatigue. « Oh! disait alors madame Grosbourg, j' vois ben que l' petit prodige n' veut pas en démordre, et qu'il se bourre de science qni tôt ou tard f'ra rire à ses dépens... Si j' pouvais lui mettre aux trousses quéqu' malin d'un véritable savoir, et qui la fît donner dans l' panneau! .a honte qu'elle éprouverait la guérirait p't-être... » Une occasion favorable se présenta. Monsieur Frocard, libraire très-achalandé, possédait une jolie maison de campagne à Groslay, près Montmorency. Souvent, dans la belle saison, il y conduisait sa pupille et sa mère : et la jeune savante, alors âgée de près de quatorze ans, employait à des lectures sérieuses tout le temps que les autres personnes donnaient à la promenade.

On était à la fin du mois d'août, époque où les élèves des lycées jouissent des vacances, pour venir passer dans leurs familles, ou chez leurs amis, les délicieux jours de l'automne. Monsieur Frocard était chargé par un libraire de Toulon, son correspondant, de veiller à l'éducation de ses trois fils, pensionnaires au collége Louis-le-Grand. L'aîné, nommé Gabriel, venait d'achever sa rhétorique : il avait remporté le prix d'honneur. Édouard et Alfred, ses frères cadets, s'étaient de même distingués dans le concours général; et monsieur Frocard, heureux de leurs succès, les avait invités à venir passer huit jours à sa campagne, d'où ils pourraient aller parcourir la belle vallée de Montmorency. Madame Grosbourg se fit un plaisir de venir, pendant cette époque, diriger la maison de son cher voisin ; et la docte Adrienne se faisait une fête de lutter littérairement avec les trois lauréats qu'elle avait plus d'une fois rencontrés chez son tuteur, et qui, par leurs piquantes saillies et cette verve étourdissante de jeunes lycéens, avaient plus d'une fois monté la tête du petit prodige.

Madame Grosbourg saisit donc avec empressement cette occasion pour donner à sa fille la leçon qui pouvait la guérir. Un soir qu'elle se trouvait seule avec les trois frères, au fond du jardin, elle leur confia tous ses chagrins avec cette franchise de la meilleure des mères, et leur dit : « Vous pouvez m'aider à sauver mon enfant d'sa prétention ridicule, en la travaillant d'manière à c'qu'elle morde à l'hameçon pour la dernière fois. Flattez-la d'abord et gonflez-la comme un ballon : vous n'aurez pas grand'peine, l'amour-propre est si facile à s'enfler! Ensuite vous embrouillerez ses idées d'façon qu'elle déraisonne tout-à-fait, et mette, comme on dit, la charrue d'vant les bœufs. El' ne pourra plus alors retrouver son ch'min, et r'viendra tout' confuse dans les bras d' sa mère... Ça vous divertira, vous aut' qui d'vez avoir d' la malice ni plus ni moins que d' l'instruction ; et ça me rendra z'un service dont j' vous aurai tout' ma vie un' fière reconnaissance ! »

Tout s'exécuta le soir même, ainsi que l'avait désiré madame Grosbourg ; et le vieux Frocard, qui commençait à blâmer l'exagération de sa pupille, promit de se prêter à la mystification. Nos trois jeunes lauréats, par les diverses couronnes qu'ils avaient obtenues, formaient une espèce d'aréopage littéraire, et s'étaient distribué leurs rôles. Ils adressèrent d'abord au petit prodige les plus adroites félicitations. « Notre professeur de rhétorique, dit Gabriel, a eu l'honneur d'entendre mademoiselle au concours général de la pension. dont elle était l'élite ; et jamais, nous a-t-il dit, il n'avait rencontré dans une jeune personne autant de savoir, de goût, de brillante élocution.... . » Adrienne aussitôt de tressaillir en secret. et de rougir en baissant ses yeux. Édouard ajoutait alors : « On désigne Mademoiselle à notre collége comme devant renouveler dans notre siècle les Dacier, les Deshoulières, les Sévigné. — Ah ! répondait Adrienne en poussant un profond soupir, je suis encore bien loin de ces beaux modèles ! — Mais vous ne tarderez pas à les égaler, Mademoiselle, disait à son tour Alfred, le plus malin des trois mystificateurs ; ces femmes célèbres ne réunissaient pas à votre âge tout ce qu'on admire en vous. »

Chaque mot qui sortait de la bouche de l'espiègle pénétrait jusqu'au fond du cœur d'Adrienne. Persuadée de la haute opinion qu'avaient d'elle nos lycéens, et voulant la justifier, elle se livra sans réserve à tout l'étalage de sa mémoire et de son érudition ;

mais la pauvre enfant l'avait remplie de tant d'objets différents, qu'il lui arrivait quelquefois de les confondre entre eux. Les trois lauréats profitaient de sa méprise pour l'égarer tout-à-fait, et renchérissaient sur elle par les sentences les plus emphatiques, les citations les plus erronées, et surtout par des phrases qu'ils improvisaient et donnaient impudemment comme les chefs-d'œuvre des grands philosophes et des grands orateurs de l'antiquité.

Oh! quelle riche moisson croyait faire alors le petit prodige! Que de notes la jeune prétentieuse prenait le soir dans son appartement!... Cette parade, à laquelle Adrienne s'imaginait trouver un si grand profit, dura huit jours entiers, à la grande satisfaction de madame Grosbourg, qui ne cessait de répéter tout bas : « Tant mieux! plus la dose est forte et plus el' sera profitable. » Enfin, le matin de la dernière journée que la mère et la fille devaient passer à la maison de campagne du libraire Frocard, madame Grosbourg saisit l'instant favorable pour porter le grand coup qu'elle avait préparé. Elle entre dans la chambre d'Adrienne, qu'elle trouve occupée à mettre en ordre les notes soi-disant savantes qu'elle avait recueillies, et lui révèle, en éclatant de rire, la comédie que depuis huit jours les trois lauréats jouaient à ses dépens, en ajoutant : « Veux-tu, chère enfant, t'en convaincre par toi-même? suis-moi... » Elle la conduit à ces mots dans une chambre séparée par une seule cloison en menuiserie de celle occupée par nos jeunes fous, et là Adrienne entend la conversation suivante : « Dis donc, Gabriel, que penses-tu des belles sentences que j'ai données au petit prodige comme appartenant à Sénèque? — Et moi, Messieurs, que dites-vous de la définition du vrai bonheur que j'ai mise dans la bouche de Salluste, qui n'y songea de sa vie? — Tout cela, dit Al-

fred, ne vaut pas le traité de l'amitié, que j'ai volé à Cicéron
pour le prêter à Tacite. Comme la prétentieuse avalait tout cela!
— C'est bien, répliquait Édouard, la plus comique petite pédante
que j'aie jamais rencontrée! — Je crois l'entendre encore, ajoutait Gabriel, confondre ensemble les héros de Sparte et de Rome!
— C'est un vrai salmigondis que tout ce qui sort de cette tête-là.
— Elle ne sera jamais qu'un prodige de ridicule, qu'un vrai chaos
où tout est mêlé, bigarré, foulé, confondu. — Un vrai panier
rempli de rognures. — C'est cela même! s'écrient tous ensemble
les jeunes fous. A ce soir donc nouvelle mystification! amusons-
nous du petit prodige! »

« Sortons! dit Adrienne à sa mère d'une voix altérée et respirant à peine. Ah! vous m'avez dessillé les yeux et me rendez à
moi-même... Je me vouais au ridicule; j'aurais détruit pour jamais le bonheur de ma vie. — Et d' la mienne, chère enfant!
s'écriait madame Grosbourg, pleurant de joie en la pressant sur
son sein. Eh! qu'importe, après tout, quéq's fautes d' langage,
quand tout c' qu'on dit sort du cœur?... Enfin, j'ai r'trouvé ma
fille! — Ah! croyez bien que cette importante révélation pénètre trop avant dans mon âme pour que jamais je l'oublie!... Mais
partons, maman, partons à l'instant même... C'est le dernier
mouvement de vanité que je vous supplie de me pardonner. »

Elle gagna donc à pied, seule avec sa mère, les voitures de
Saint-Denis, avec l'attitude calme d'une ferme résolution, et de
là se rendit à Paris, où, depuis cette époque, elle renonça pour
toujours à ses livres scientifiques, à ses études nocturnes, à ses
rêveries de haute érudition. Se rappelant alors les principes
qu'elle avait reçus de son institutrice, elle se livra modestement
aux travaux de son sexe, aux devoirs de sa position sociale, aida
son excellente mère à tenir les livres de commerce, à faire sa

correspondance. Elle reprit par degrés ce ton sans prétention, cette douce affabilité qui font plus d'amis et de partisans que la manie du bel esprit. Elle se vit entourée de l'estime générale, recherchée pour les qualités de son cœur, et reconnut que tous ces avantages qu'on ne trouve que parmi ses égaux, que toutes ces jouissances d'intérieur et de famille valent bien le renom, trop chèrement payé, de femme savante, et le titre ridicule de petit prodige.

LA PETITE MONTAGNARDE

L'ÉTOILE POLAIRE.

Jeunes filles nées dans l'indigence, et qui n'avez pour tout bien qu'un cœur droit, une pieuse croyance! vous dont l'intelligence commence à se développer et cherche un point d'appui, sans espérer de jamais le rencontrer! jeunes orphelines que le sort isola sur la terre, mais qui, levant vos yeux vers le ciel, croyez que cette masse éblouissante de la lumière luit pour le plus faible comme pour le plus fort, réchauffe et ranime l'humble berger dans sa cabane, comme le souverain dans son palais!... écoutez un récit historique et fidèle qui vous prouvera que partout où Dieu nous place sur la terre, il est un droit, une quote-part à ses bienfaits comme à ses rigueurs.

Dans un petit village de la Livonie, près du golfe de Finlande, au milieu de montagnes escarpées et de vastes forêts, était née d'un pauvre et obscur agriculteur Catherine, que la nature avait pris plaisir à combler de tous ses dons.

Elle n'avait pas sept ans accomplis, lorsqu'elle perdit son père; devenue le seul soutien, l'unique consolation de sa mère infirme, elle exista cinq années entières auprès d'elle, n'ayant toutes les deux pour ressource que le travail de leurs mains. Catherine alors redoublait de zèle, de courage, et remerciait Dieu de lui avoir donné des forces suffisantes pour remplir à son gré le devoir qu'impose la piété filiale. Dès l'aube du jour, elle allait dans la forêt ramasser le bois mort dont elle faisait un feu pétillant qui réchauffait les membres engourdis de sa pauvre mère. Elle seule préparait une nourriture à peine suffisante à leur existence; et le soir, dès que le soleil allait disparaître sous l'horizon, elle se mettait en marche pour aller chercher, loin de sa demeure, l'eau limpide d'un ruisseau dont sa mère faisait usage pour sa débile santé. Jamais Catherine n'allait puiser cette eau salutaire sans arrêter ses regards sur l'étoile polaire qui brille à la chute du jour; elle semblait éclairer Catherine, la guider dans son pieux pèlerinage que, dans les beaux jours, elle faisait nu-pieds, ses cheveux épars sur ses épaules à peine couvertes de pauvres vêtements, mais toujours calme, résignée, et les yeux attachés sur son étoile chérie.

Un soir qu'elle avait déposé sa cruche auprès d'elle, et que portant la main à la hauteur de son front, elle saluait de nouveau l'étoile étincelante, en lui disant avec un religieux recueillement : « Guide-moi toujours dans le chemin de la vertu; et, pour cela, fais que je conserve ma mère!... » elle fut accostée par un vieillard. Il lui demanda la permission d'étancher à sa cruche une soif ardente; et la petite montagnarde, élevant les tement le vase sur son épaule, le présenta aussitôt à la portée des lèvres du vieillard. Telle on nous représente dans l'Écriture sainte la jeune Rébecca offrant l'eau de l'hospitalité au vieux serviteur d'Abraham.

« Vous regardez avec une attention toute particulière, lui dit-il, cette brillante étoile qui s'élève vers le pôle ? — Il est vrai; c'est mon fanal, c'est mon guide chéri : je crois voir en elle une protectrice. — Et qui vous a fait naître cette pieuse pensée ? — La vive émotion que j'éprouve en contemplant cette grande voûte du ciel. J'ai dans l'idée que chaque étoile est le regard d'un ange que Dieu a chargé de veiller sur nous; moi, j'ai choisi cet ange-là : tous les soirs je lui fais ma prière; et j'éprouve, à chaque fois, je ne sais quelle satisfaction qui m'encourage et me console. »

A ces mots elle lui fait le récit des malheurs qui l'ont accablée, des infirmités de sa mère, et de leur grande indigence; puis elle ajoute avec une imposante sérénité : « Je salue mon étoile, et le travail arrive : ma bonne mère semble retrouver des forces nouvelles; le besoin disparaît, et nous avons la jouissance de nous suffire à nous-mêmes. »

Le vieillard, ému, surpris de rencontrer d'aussi nobles pensées sous les vêtements de l'indigence, fait des questions à la petite montagnarde; elle lui apprend que son père, tantôt agriculteur, tantôt fendeur de bois dans la forêt, se nommait *Alfendey*, membre d'une ancienne famille exilée en Sibérie, et que tous les soirs, à la suite de son travail, après lui avoir appris à lire, il lui faisait parcourir les plus beaux passages de la Bible, où elle avait retenu qu'il fallait toujours se confier à la Providence, et ne jamais arrêter ses regards sur la voûte des cieux sans rendre grâce à son auteur. Tous ces récits ne firent qu'augmenter l'intérêt et la curiosité du vieillard : il demande aussitôt à la nouvelle Rébecca de le conduire à sa demeure, pour y saluer sa mère et la féliciter d'avoir une fille si digne de partager ses peines et de les adoucir.

Il suivit donc Catherine jusqu'à son humble habitation, où la propreté semblait écarter toute idée de la misère. Il y trouva la femme la plus vénérable, qui ne tenait plus à la vie que par l'amour qu'elle portait à son enfant. C'était une de ces mères fort instruites qui, n'ayant rien à laisser après elle à sa fille, avait voulu du moins lui léguer une ferme croyance et la piété la plus sincère. On conçoit aisément à quel point l'étranger s'intéressa tant à la mère qu'à l'enfant. Il se déclara le père adoptif, l'instituteur de Catherine, et l'initia par degrés aux préliminaires d'une instruction qui pût devenir sa ressource et son soutien.

Peu de temps après, en effet, la petite montagnarde perdit sa mère qui, en expirant, ne cessa de la recommander à son vénérable protecteur. Celui-ci, le jour même des funérailles, prit Catherine par la main et la conduisit à sa demeure, où, la présentant à sa femme, il lui dit : « Dieu nous donne un enfant de plus. — Sois la bienvenue, pauvre petite ! » répond la digne compagne du vieillard. Aussitôt elle lui fait prendre place au foyer avec ses enfants ; et, chaque soir, lorsqu'au coucher du soleil, l'étoile polaire brillait à la voûte des cieux, l'orpheline ne manquait jamais de la saluer en répétant ces mots que lui avait appris sa mère : « Guide-moi toujours dans le chemin de la vertu. »

Bientôt se développèrent chez la jeune montagnarde les plus rares qualités de l'esprit et du cœur. Elle fit des progrès étonnants en s'instruisant avec les filles de son bienfaiteur. On la citait partout comme un prodige ; et la jeune fille alors, portant plus que jamais ses regards sur son fanal céleste, ne cessait de répéter : « Salut! oh! salut, mon étoile tutélaire! »

Mais Dieu, qui sans doute voulait mettre la jeune orpheline à de fortes épreuves, la priva de son père adoptif. Il mourut, laissant sa femme et ses filles dans un état de fortune qui ne permettait pas à Catherine de rester auprès d'elles, à moins de joindre son travail à celui de leurs mains. Elle se vit de nouveau réduite à une cruelle indigence qu'elle supporta avec une honorable résignation. Elle alla chercher asile à Marienbourg, auprès d'un riche habitant pour lequel on lui avait donné une recommandation, et qui lui confia l'éducation de ses filles, tant il fut surpris et charmé du mérite et des gracieuses manières de la montagnarde. La voilà donc placée dans une famille honorable dont elle acquit chaque jour la confiance et l'estime. Ses jeunes élèves, qui la chérissaient comme une seconde mère, se faisaient remarquer à leur tour par tout ce qu'elles recueillaient de la bouche de leur institutrice. Elles devinrent la gloire et firent les délices de leurs parents. Ceux-ci ne cessaient d'exprimer leur admiration et leur gratitude à la modeste Catherine qui, se voyant entourée des heureux qu'elle avait faits, saluait tous les soirs sa belle étoile avec une nouvelle ferveur.

Cependant le pays qu'elle habitait était devenu le théâtre de l guerre entre la Suède et la Russie. Parmi les guerriers qui r venaient blessés à la place de Marienbourg, se présente à s regards un sous-officier dont le bras gauche venait d'être em porté. Qu'on juge de la vive émotion de notre montagnarde lorsqu'elle reconnut dans ce jeune brave le fils du vieillard qu l'avait soignée dans son enfance, et dont elle avait reçu les pré liminaires d'une instruction devenue son refuge dans les rigueurs du sort! Oh! quel touchant et juste empressement Catherine fit éclater à soulager les souffrances du sous-officier, à panser elle-même ses blessures, à lui prodiguer toutes les consolations qui étaient en son pouvoir! « Et c'est moi, s'écriait-elle avec ivresse, c'est moi que la Providence a choisie, a conduite ici pour secourir le fils de mon instituteur, de mon père adoptif!... O ma belle étoile, que je te remercie! »

Notre jeune brave fut promptement rétabli ; et, quoique privé du bras gauche, il obtint de ses chefs l'autorisation de continuer son service, son autre bras étant reconnu suffisant pour seconder son noble courage... Mais la reconnaissance conduit facilement à un sentiment plus tendre. Le sous-officier, touché des admirables qualités de sa libératrice, lui proposa d'embellir des jours qu'elle avait conservés, et lui fit l'offre de sa main.

Le jour fut arrêté pour cette union dont on parlait beaucoup dans la ville, et qui ne faisait qu'augmenter encore la haute considération qu'on y portait à Catherine Alfendey.

Elle se pare, dès le matin, de sa robe nuptiale, lève ses yeux vers le ciel, qu'elle invoque pour la prospérité des vœux qu'elle va former... Mais le jour même où les futurs époux doivent se jurer une foi mutuelle et former un lien dont la félicité ne finira qu'avec la vie, on annonce que le czar de Russie, que l'intrépide Pierre-le-Grand, s'approche des remparts de la ville, et qu'il va livrer l'assaut. Le fiancé de Catherine prend aussitôt les armes pour se joindre aux braves qui vont repousser l'ennemi. Déjà plusieurs soldats russes sont précipités au bas du rempart sous les coups vigoureux du sous-officier; mille cris proclament ses hauts faits; encore quelques traits de son mâle courage, et ses chefs l'élèveront au grade qu'il mérite. Mais atteint d'un fer meurtrier, il tombe en prononçant le nom de Catherine, en exprimant le regret de n'avoir pu du moins emporter le nom de son époux... Marienbourg est prise d'assaut; sa courageuse résistance excite la colère brutale du vainqueur : la garnison doit être passée au fil de l'épée, et tous les habitants vont se trouver à la discrétion d'une soldatesque effrénée.

La fiancée consulte alors son étoile tutélaire, qui semble lui conseiller de fuir et de gagner les rives de la mer Baltique. Elle s'abandonne à l'inspiration qui lui vient du ciel, traverse à pied les mêmes montagnes qu'elle escaladait dans son enfance, et se trouvant, à la chute du jour, au sommet de la plus élevée, elle regarde son étoile en disant : « Le ciel a voulu me faire subir une forte et pénible épreuve ; mais en même temps il m'a donné la force nécessaire pour la supporter. Quel que soit l'abandon cruel où je me trouve, j'ai plus que jamais confiance en toi, mon guide tutélaire ! Éclaire mes pas, soutiens mes forces ; je m'abandonne à toi ! »

Épuisée de fatigue, exténuée de besoin, elle s'étendit sur la mousse épaisse qui lui offrait une espèce de lit de repos, et s'abandonna sans nulle crainte aux douceurs du sommeil. Elle ne se réveilla qu'à l'aube du jour ; et remarquant encore l'étoile polaire sur l'horizon, elle la salua de nouveau, et suivit les sentiers arides qu'elle semblait lui montrer, et qui selon sa pensée devaient la conduire à quelque endroit habité, où l'attendaient les secours dont elle avait si grand besoin. Son espoir ne fut point trompé : après quelques heures de marche, elle arriva, non sans de pénibles efforts, dans un gros village situé sur les bords de la Baltique, dont l'aspect annonçait l'aisance et le mouvement que produisent la pêche et l'agriculture. Son heureuse étoile la conduisit chez un charpentier constructeur d'embarcations, homme d'une joyeuse humeur et de la cordialité la plus franche, auquel, avec cette expression d'âme et de vérité, la

voyageuse raconta tous les événements de la petite montagnarde, et enfin la perte cruelle que venait de lui faire éprouver
le siége de Marienbourg.

Le charpentier, nommé Georges Ivano, ne put se défendre du
vif intérêt que lui faisait éprouver le récit fidèle de Catherine
Alfendev, et lui dit avec cette brusque bonté d'un vieux marin :
« Vous êtes ici chez vous ; et dès ce soir je veux remercier avec
vous l'étoile polaire qui vous a conduite sur ces rivages. » A ces
mots, il la présente à sa femme et à sa fille unique, âgée de douze
ans. « Tenez, ajoute-t-il avec émotion, voilà mon sang, mon
unique trésor, le charme de ma vie, et l'espoir de ma vieillesse !
devenez son guide, son amie ! faites-en, s'il vous est possible,
une seconde vous-même ; et sa mère et moi, nous vous devrons
bien plus que tout ce que nous aurons fait pour vous. » La
femme de Georges et sa fille confirmèrent, par le plus touchant
accueil, tout l'intérêt qu'ils ressentaient déjà pour l'étrangère ;
et, dès cet instant, elle se vit impatronisée dans cette excellente
famille, comme si elle en eût fait partie.

Deux ans s'écoulèrent : Catherine, devenue l'amie, la bienfaitrice des habitants du village, par ses tendres soins pour les
vieillards, par ses utiles leçons à la jeunesse et les secours aux
indigents, se fit une réputation de femme de bien qui rendait
chaque jour ses hôtes heureux et fiers de la posséder chez eux.
La jeune Bathilde, fille du charpentier, fit, par ses fréquentes
communications avec la montagnarde, des progrès rapides, et
ne tarda pas elle-même à se faire distinguer par les avantages
d'une éducation bien dirigée. Georges s'avouait le plus heureux
des pères, et ne cessait de remercier la digne institutrice de son
enfant. La montagnarde, de son côté, retrouvait le calme de
l'âme, des occupations analogues à ses goûts, une honnête posi-

tion sociale; et, comparant alors ce qu'elle avait reçu de bienfaits de la Providence avec ce qu'elle avait souffert de ses rigueurs, elle ne pouvait s'empêcher de reconnaître que son étoile
l'avait toujours bien dirigée, et que, malgré les secousses, les
dangers et les tourments auxquels sa jeunesse avait souvent été
exposée, elle était arrivée à la plus douce, à la plus honorable
existence.

ESPÉRONS TOUJOURS

Le pilote dont le vaisseau vient d'être fracassé par la foudre,
sur l'immensité des mers, saisit un faible débris, et s'abandonne
au gré des vents, en disant : « Espérons toujours!... » Le culti-
vateur dont les champs viennent d'être ravagés par la grêle les
ensemence de nouveau, tout en répétant : « Espérons toujours!... » La tendre mère, agenouillée près de son fils expirant,
s'écrie, les mains jointes et les yeux levés vers le ciel : « Espérons toujours!... » Le pauvre mourant de froid et de faim dans
sa mansarde; l'opulent étendu sur un riche édredon, rongé de
douleur et respirant à peine ; le père de famille privé de ses enfants; la jeune fille pleurant sur la tombe de sa mère, son unique soutien; le voyageur accablé de fatigue et n'étant qu'à la
moitié de sa course... en un mot, tout ce qui souffre sur la terre
ne peut voir luire un rayon de soleil sans croire que c'est Dieu
qui vient à son secours... Ne cessons donc jamais d'espérer en sa
justice, en sa bonté; mais, pour cela, vivons de manière à nous

en rendre dignes ! Le premier, le plus grand allégement à nos maux, c'est de pouvoir se dire : « Dieu veut m'éprouver sans doute : espérons toujours ! »

Un riche armateur de Marseille, ébloui par la constante prospérité de ses vastes entreprises, et voulant augmenter encore sa fortune, se mit en tête d'aller établir un comptoir de commerce à l'Ile-de-France, où déjà, par ses relations habituelles, il avait réuni des capitaux considérables. Ce négociant célèbre, nommé de Marsol, dans la force de l'âge, s'était marié depuis plusieurs années à une personne de la Provence. qui joignait aux nobles qualités du cœur une imagination ardente et le désir irrésistible de parcourir les lieux les plus remarquables des deux hémisphères. Elle était mère d'une petite fille, âgée de cinq ans. Noémi de Marsol se faisait remarquer par une piété vraie que lui avait inspirée son aïeule paternelle, femme d'un mérite éminent. Toute petite, Noémi élevait vers Dieu son âme candide et lui attribuait le bonheur dont elle était comblée. Éprouvait-elle toutefois de ces maux passagers auxquels est sujette notre enfance, elle disait avec une touchante résignation : « Le bon Dieu le veut ; mais cela ne durera pas. » La souffrance venait-elle à cesser, on la voyait lever sa tête vers la voûte céleste, et répéter tout haut : « J'étais bien sûre qu'il veillait sur moi... Espérons toujours ! »

Elle accompagna donc ses parents dans le grand voyage qu'ils entreprenaient, après avoir reçu la bénédiction de sa grand'mère, qui lui dit en pleurant : « Charmante enfant!... je ne te verrai plus!... » Et l'enfant lui répondait, en lui baisant les mains : « Espérons toujours !... » La traversée de la famille de Marsol fut constamment heureuse. Le vaisseau qu'ils montaient avait la réputation du meilleur voilier du port de Marseille ; et le capitaine, leur parent, marin très-renommé, s'était fait accorder un intérêt dans l'expédition. Après avoir parcouru pendant plusieurs mois l'Océan oriental, côtoyé l'île Bourbon, celle de Madagascar, ils arrivèrent à leur destination, où tout parut d'abord favoriser leur entreprise.

Bientôt le comptoir établi par l'armateur de Marsol à l'Ile-de-France devint célèbre dans toute l'étendue des Grandes-Indes. Mais il excita la jalousie des insulaires, et principalement des Arabes, dont le caractère envieux et mercantile ne souffre point de rivaux dans leurs parages. Ils firent donc plusieurs prises importantes à la maison de Marsol. Celui-ci, que la fortune n'avait cessé de favoriser, et dont la noble audace ne souffrait aucune atteinte à ses opérations, arma plusieurs bâtiments et conçut le projet de quitter l'Ile-de-France et d'entrer dans le détroit de Babel-Mandel, d'où il gagnerait la mer Rouge et l'isthme de Suez. Il avait embarqué toutes ses richesses pour les soustraire au pillage des Arabes, et de là comptait rentrer dans la Méditerranée, avec sa femme et sa chère Noémi, qui, dans ce revers imprévu, rassurant sa mère désenchantée de ses voyages, ne cessait de lui répéter : « Espérons toujours ! »

Mais ce détroit de Babel-Mandel est un passage dangereux que les Arabes surnomment *la Porte de Deuil.* Aussi l'embarcation du célèbre armateur y fit-elle naufrage, près de la petite île du Pin. Tout-à-coup les insulaires parurent, pillèrent tout ce qu'on avait pu sauver dans cet affreux désastre, et conduisirent la famille de Marsol au fond d'un désert, où le père, la mère et l'enfant, dépouillés de leurs vêtements et couverts de vieilles peaux d'animaux sauvages, furent réduits aux travaux les plus grossiers. Le courage et la force physique de monsieur de Marsol s'affaiblissaient chaque jour. Son plus grand supplice était de voir sa femme et sa fille confondues parmi de vils esclaves. Mais Noémi ne cessait de consoler, de rassurer ses malheureux parents, et, leur désignant le soleil qui dardait sur leur tête, elle répétait : « Espérons toujours ! »

Les efforts inouïs que fit monsieur de Marsol pour arracher sa femme et sa fille à l'esclavage affaiblirent sa santé ; le désespoir s'empara de son âme, enflamma son sang ; il expira dans les tourments les plus affreux, laissant sa famille dénuée de tout secours, exposée aux insultes, à la cruauté des insulaires, et pour comble de fatalité, madame de Marsol se trouvait enceinte, n'ayant pour appui que sa chère Noémi, alors âgée de sept ans, et qui, frappée de tant de malheurs réunis, n'osait plus répéter que tout bas : « Espérons toujours ! »

Le ciel en effet parut exaucer un espoir si pur et si constant. Madame de Marsol, dont l'état de grossesse inspirait une irrésistible pitié, et qui ne pouvait plus vaquer à aucun travail pénible, obtint d'être conduite avec sa fille, sur un faible esquif, vers les bords de l'isthme de Suez, où la Providence lui procura chez de pauvres pêcheurs les secours de l'hospitalité. Elle y mit au monde une seconde fille, qu'elle nomma Sara, et que Noémi, couvrant de larmes de joie, éleva sur ses bras, en répétant à sa mère : « Nous serons deux pour vous aimer. »

Tandis que madame de Marsol, qui commençait, ainsi que sa fille aînée, à se familiariser avec la langue arabe, allaitait sa petite Sara, elle s'habitua à seconder dans leurs travaux les pêcheurs qui l'avaient recueillie. Douée d'une dextérité remarquable, elle parvint à former des nattes de jonc, à tresser des écorces de liane, dont elle composait des filets ; et, secondée dans ces utiles travaux par Noémi, de qui l'adresse égalait celle de sa mère, elle avait la jouissance de doubler les produits de la pêche. et de procurer à ses hôtes une ample indemnité de ce qu'elle recevait d'eux. Bientôt les peaux de bêtes sauvages qui la couvraient ainsi que sa fille furent remplacées par des vêtements du pays, grossiers à la vérité, mais qui du moins les mettaient à l'abri de la nudité, et surtout préservaient leur tête des rayons dévorants du soleil. Noémi s'élançait alors dans les bras de sa mère, en s'écriant : « J'avais bien raison de vous dire : Espérons toujours !... — Oui, mon ange, lui répondait madame de Marsol, espérons toujours ! »

Elles passèrent cinq ans entiers sur les bords de l'isthme de Suez, et s'habituèrent à la chaleur du climat, ainsi qu'aux usages grossiers, aux mœurs souvent barbares des hordes arabes qui venaient s'y établir. Noémi entrait dans sa treizième année, et Sara avait déjà vu luire cinq printemps. Son petit air sauvage semblait donner à sa jolie figure un charme plus piquant encore. Ce qui la rendait surtout aussi chère à sa mère, à sa sœur, c'est qu'elle était l'image vivante de son père. La charmante enfant, née, élevée parmi les insulaires, n'avait aucune idée de l'Europe ni de la France ; elle s'imaginait que l'univers entier se bornait à la portion de l'isthme qu'elle habitait. Mais il n'en était pas ainsi de madame de Marsol et de Noémi : leurs pensées et leurs vœux les reportaient vers Marseille, où les attendaient une honorable existence, où elles retrouveraient des parents, des amis, et peut-être cette tendre et vénérable aïeule qui avait donné sa bénédiction à sa petite-fille avec une si vive émotion. « Nous ne reverrons jamais notre belle patrie, chère enfant ! disait la mère éplorée à sa fille.

— Eh ! pourquoi, chère maman ! Si je me rappelle bien ce que nous disait mon père, l'isthme de Suez conduit aux bouches du Nil, sur les bords de la Méditerranée ; et une fois sur cette mer tant désirée, nous regagnerions peut-être notre belle Provence. Je n'avais que cinq ans lorsque je la quittai; mais elle est toujours présente à ma mémoire... Je ne sais quoi me dit que nous la reverrons. Dieu nous a déjà, dans notre désastre, accordé bien des consolations : il ne nous abandonnera pas. — Comme toi, mon ange, j'ai confiance en son secours, en sa bonté; mais comment parcourir cinquante lieues de déserts et de sables brûlants, seules, à pied, avec une enfant de cinq ans? — Je la porterai. — Moi-même dont les forces s'affaiblissent chaque jour, pourrais-je supporter une aussi pénible marche? — Je vous soutiendrai. — Et toi, comment résister à parcourir une si longue route, nu-pieds?... — J'en ai pris l'habitude depuis que nous habitons les bords du golfe Arabique. Et puis je me ferai des chaussures, ainsi qu'à ma sœur, avec des feuilles de bananier et des réseaux de jonc... Allons, chère maman, de la persévérance, du courage, et nous reverrons Marseille... je vous vois tressaillir à ce doux nom. Fiez-vous, ah! fiez-vous à l'inspiration que je reçois du ciel! Il nous a mises sans doute à de fortes épreuves; mais j'ai comme un pressentiment que nos maux sont à leur terme. — Eh bien! chère enfant, mon unique soutien, ma douce consolation, je cède à tes instances. Oui, je dois tout braver pour rendre à mes deux filles leur état, leur famille, leur fortune; je vais donc me disposer à ce long voyage. Mais n'en parlons pas à Sara. La pauvre petite ignore son origine, sa patrie; et la moindre révélation, dans le cas où notre entreprise serait vaine, pourrait troubler son repos, tourmenter sa vive imagination. Ah! respectons son innocence! — Comptez, chère maman, sur toute ma discrétion, comme j'ose compter sur votre confiance en Dieu qui, dans ce moment, semble me dire plus que jamais: « Espère toujours! »

Quelques jours s'écoulèrent pendant lesquels madame de Marsol prépara ses hôtes à leur séparation, en prétextant un voyage qu'elle voulait faire avec ses deux enfants, auxquels son intention était de donner connaissance des rives du golfe les plus avantageuses pour la vente du poisson que pourraient prendre les bons et généreux pêcheurs qui daigneraient leur accorder l'hospitalité. Un matin donc, lorsque les rayons de l'aurore commençaient à briller sur l'horizon, la mère et ses deux filles so mirent en marche et parcoururent un assez long espace de chemin. Madame de Marsol, noircie au soleil et décharnée par la souffrance, avait l'humble costume d'une femme de pêcheur. Noémi, vêtue encore plus simplement, portait sous son bras la nourriture nécessaire pour plusieurs jours, enveloppée dans une petite natte de paille de riz ; et Sara, à peine couverte d'habits déchirés, marchait aux côtés de sa mère en faisant mille questions sur le motif de leur voyage. Il fut assez heureux pendant quelque temps : elles rencontraient sur leur chemin des habitations d'Arabes, où leur costume et leur langage, surtout celui de la petite Sara, les faisaient prendre pour des naturels du pays, et leur attiraient tous les secours dont elles avaient besoin.

Mais il fallait faire de la sorte les cinquante mortelles lieues de l'isthme de Suez, qui forment plus de quatre-vingts de France. Bientôt les chaussures de feuilles de bananier que portaient Noémi et Sara furent déchirées sur le sable brûlant : il leur fallut marcher pieds nus. Heureusement madame de Marsol s'était procuré des babouches de buffle qui préservaient ses pieds délicats de la meurtrissure des cailloux. Ses deux jeunes filles étaient, depuis six ans, accoutumées à marcher à nu, ce qui leur avait durillonné la plante des pieds, au point qu'elles n'éprouvaient aucune souffrance.

Cependant, en traversant le long d'une antique pyramide, la pauvre mère fit un faux pas, et se blessa de manière qu'elle fut forcée de s'arrêter plusieurs jours à l'ombre de quelques vieux arbres qui se trouvèrent sur son chemin. Les provisions furent bientôt épuisées ; et cette intéressante famille eût succombé sans doute à la faim et à la fatigue, sans des conducteurs de chameaux, qui, touchés de leur misère, et les prenant pour des femmes arabes, leur donnèrent de quoi se sustenter pendant plusieurs jours. Il fallut donc, malgré la douleur qu'elle éprouvait encore, que la tendre mère se remît en route pour sauver ses deux filles d'une mort certaine. Elle essaye de faire quelques pas ; puis, cédant à la vive souffrance qu'elle éprouve, elle retombe sur le tertre qu'elle avait quitté, en disant : « Il m'est impossible d'aller plus loin... c'est ici, mes pauvres petites, que je terminerai ma déplorable existence... Mais vous, mes chers enfants, que deviendrez-vous ? — Dieu nous voit, maman, et ne nous abandonnera pas... Espérons toujours ! — Vous voyez bien, ajoute Sara, qu'il nous a déjà procuré de la nourriture, sans laquelle c'était fait de nous : ma sœur a raison, espérons toujours !... » La pauvre mère se sentit alors ranimée par le courage de ces deux charmantes créatures, et surtout par l'espoir qu'elles avaient dans la Providence. Elle fit, dès le lendemain matin, un nouvel effort pour s'éloigner de la butte isolée où l'on avait passé la nuit. Elle appuie un bras sur celui de Noémi, alors âgée de quinze ans, et presque aussi grande qu'elle, et pose son autre bras sur l'épaule de Sara, déjà dans sa huitième année ; celle-ci presse dans ses deux jeunes mains celle de sa mère, en levant ses yeux au ciel, dont elle invoque tout bas l'assistance.

Noémi, munie du sac contenant le reste de leurs provisions, ainsi que du bâton de la pauvre blessée, suit sur sa figure tous les effets de la souffrance qu'elle éprouve, et lui répète à chaque pas : « Allons, maman, du courage, et nous gagnerons les bords de la Méditerranée; et nous reverrons Marseille... » Madame de Marsol, tressaillant encore à ces douces paroles, s'imaginait qu'en effet Dieu lui promettait de revoir sa patrie, et surtout lui ordonnait de sauver ses enfants. Elle marchait doucement à la vérité, mais avec un peu moins de douleur, tantôt promenant ses regards attendris sur les deux anges dont elle était escortée, tantôt baissant la tête, les yeux attachés vers la terre et se soumettant à sa destinée... Tableau touchant ! mélange enchanteur de l'amour maternel et de la piété filiale ! scène d'un effet irrésistible, et digne d'inspirer les pinceaux d'un grand maître !

Nos voyageuses furent près de deux mois à terminer leur course. Tantôt la mère était obligée de s'arrêter pour reprendre des forces; tantôt c'étaient les pauvres petits pieds de Sara, écorchés par les cailloux des sentiers peu fréquentés qu'elle parcourait; et les larmes que celle-ci s'efforçait de retenir divulguaient la douleur qu'elle éprouvait; tantôt enfin c'était la privation de nourriture : Noémi allait en chercher au loin dans les huttes sauvages qu'elle apercevait, et quelquefois elle essuyait des refus humiliants qu'elle savait dompter par la douceur de sa voix et le charme si touchant de son regard. C'était alors qu'elle s'armait de son pieux courage, et qu'obtenant de quoi sustenter sa mère et sa petite sœur, elle se confia plus que jamais à la protection du ciel.

Enfin, après mille et mille obstacles, elles approchèrent des bouches du Nil et gagnèrent Tina, sur les bords de la Méditerranée. A l'aspect de cette mer qui s'étend jusqu'au port de Marseille, madame de Marsol pousse un cri perçant, et, se prosternant avec ses deux filles, remercie Dieu de l'avoir protégée et outenue dans le pénible et le long voyage qu'elle vient de faire. Pressant aussitôt sur son sein la tête de Noémi, comme celle de son ange gardien, elle lui dit : « Jouis de ton ouvrage, ma fille! C'était en effet le ciel qui t'inspirait en te faisant répéter au milieu de nos tourments, de nos dangers : Espérons toujours! » Et les deux jeunes filles de baiser chacune une main de leur mère; de s'élancer ensuite dans ses bras en s'écriant : « Oui, oui, espérons toujours! »

Elles reprirent à Tina leurs travaux de filets de pêcheurs, dont la vente subvint aisément à leurs besoins. Les lambeaux dont la jeune Sara était couverte furent remplacés par des vêtements égyptiens analogues à son sexe, à son âge. Noémi renouvela les siens usés dans le voyage, et les deux sœurs ne marchèrent plus nu-pieds, mais avec des chaussures du pays qui les préservaient de toute meurtrissure. Madame de Marsol quitta de même les babouches de buffle qui lui avaient été si secourables; mais elle voulut se réserver son costume de femme de pêcheur du golfe Arabique, et se promit de le conserver toute sa vie, comme un souvenir des maux qu'elle avait soufferts, et du pieux dévouement de sa chère Noémi.

Le travail de leurs mains et la considération qu'elles inspiraient à tous les habitants de Tina leur procurèrent une existence aussi heureuse qu'elles pouvaient la désirer; mais le cri de la patrie ne cessait de se faire entendre. Marseille les appelait; Marseille, où Noémi s'imaginait toujours qu'elle retrouverait la mère de son père. C'est en vain qu'il s'était écoulé dix années depuis leur séparation, la bénédiction qu'elle en avait reçue ne s'était point effacée de son souvenir. Madame de Marsol n'était pas moins empressée de revoir l'antique et vaste cité qui l'avait vue naître; et la jeune Sara, dont Noémi faisait depuis quelque temps l'éducation, instruite alors qu'il existait une Europe, et que dans cette Europe était une belle France où l'attendaient mille plaisirs, ne désirait pas moins que sa mère et sa sœur de connaître ce nouveau monde qu'on lui peignait sous les plus riantes couleurs.

Mais comment traverser l'immensité des mers qui sépare les bouches du Nil des belles côtes de France? Tina, quoique assez peuplé, n'était en quelque sorte qu'un abord de pêcheurs, d'où ne pouvaient approcher des bâtiments de transport. Il eût fallu, pour espérer un passage, gagner un port de marine marchande; mais par où! par quel moyen! « Je vois bien, répétait alors la pauvre mère, je vois bien que je dois renoncer à l'espoir de remettre mes enfants au sein de leur famille. — Patience et courage! lui répondait son ange tutélaire; le ciel ne nous a pas permis d'arriver, malgré tant d'obstacles, sur les bords de la Méditerranée, pour nous priver du bonheur de la traverser, quelle que soit son immense étendue. » Chaque fois en effet que cette pieuse créature allait porter des filets et des nattes de jonc aux pêcheurs, et les échangeait contre des provisions, ses yeux avides parcouraient l'horizon; et le moindre petit point noir qui frappait sa vue lui semblait être un vaisseau... mais bientôt, hélas! son espérance était déçue; et tout se dissipait comme une ombre légère qui se confondait avec le ciel. « L'épreuve est bien forte, se disait alors Noémi; mais pas plus que ma confiance en Dieu. »

Après des vents orageux, la Méditerranée devint calme et limpide; sa surface avait repris cette transparence de bleu d'azur, symbole de la douce espérance. Noémi, selon son usage, était venue sur ses bords, chargée des travaux de sa famille, et faisait sa prière avec une ferveur toute nouvelle, quand tout-à-coup ses yeux avides, pénétrants, aperçoivent un de ces points noirs qui tant de fois s'étaient dissipés dans l'espace, et lui semblait cette fois grossir à chaque instant. Elle interroge quelques pê-cheurs : tous lui confirment que c'est un bâtiment qui cherche sans doute un atterrage. Mais le vaisseau, ne pouvant aborder la côte, est forcé de mettre en panne, et bientôt une chaloupe dé-barque au rivage le capitaine et deux matelots qui viennent ré-clamer des secours, et s'annoncent comme des Français... « O mon Dieu! s'écrie aussitôt Noémi, l'œil en feu, la joie sur le front et les mains jointes, ô mon Dieu! m'aurais-tu donc exau-cée? » Elle s'élance, va chercher sa mère et sa sœur, revient avec elles sur le port, à l'instant même où les étrangers vont rejoin-dre leur bord. Madame de Marsol prie le capitaine de lui accor-der un moment d'entretien; elle se fait reconnaître par les pa-piers renfermés dans un portefeuille qu'elle tire de son sein. Il se trouve justement que le brave marin auquel elle s'adresse est Provençal, et qu'il a connu l'armateur de Marsol. Sa veuve ra-conte alors tous ses malheurs, ses longues souffrances. Noémi, par les fidèles récits de sa mère, inspire au capitaine l'intérêt le plus touchant, lui fait éprouver l'émotion la plus profonde; et il est arrêté que dès le lendemain, le bâtiment, devant mettre à la voile, transportera la mère et ses deux filles dans le port de Marseille.

La traversée fut aussi favorable que pouvait l'espérer cette intéressante famille. Au bout de six semaines on aperçut les cô-tes de France, que salua madame de Marsol avec une émotion qu'il est impossible d'exprimer. Noémi, tombant éperdue dans ses bras, s'écriait : « Oh! c'est bien dans ce moment qu'il m'est permis de dire : Espérons toujours! » La jeune Sara, émerveillée de cette entrée du port de Marseille, de cet aspect ravissant des

10

belles habitations qui l'entourent, ne cessait de dire à son tour :
« Oh! que c'est beau la France! » Madame de Marsol, que chacun reconnut sans peine, malgré les souffrances qui avaient sil-
lonné ses traits, retrouva dans l'ancienne maison fondée par son
mari de quoi se former une honorable existence. Mais Noémi retrouva bien plus encore : ce fut sa tendre et vénérable aïeule octogénaire qui semblait rajeunir dans les bras de sa petite-fille,
et ne cessait de répéter avec elle : « Espérons toujours! » Bientôt madame de Marsol reprit cette haute dignité d'âme et ces
gracieuses manières qui l'avaient si longtemps fait remarquer.
Les récits qu'elle faisait sans cesse de l'héroïque dévouement de
sa fille aînée, des ingénieuses ressources de son imagination, et
surtout de sa persévérance dans son espoir en Dieu, dans sa
piété filiale, augmentaient encore le touchant et noble intérêt
qu'inspirait cette jeune fille. Quant à Noémi, jamais elle n'oublia
la misère, l'abaissement, les tourments, les dangers qu'elle avait
bravés avec tant de courage; et les comparant à la brillante destinée que chaque jour semblait lui rendre la Providence, comme
une indemnité de tout ce qu'elle avait souffert, elle répétait avec
une religieuse inspiration ces paroles que tant de fois elle avait
proférées, et qui devinrent sa devise jusqu'au dernier moment
de sa vie : « Espérons toujours!... »

MADELON

L'intérêt que nous portons aux animaux nous donne souvent une bien douce récompense.

On a vu souvent, dans les combats les plus sanglants, des chevaux s'arrêter au-dessus de leurs cavaliers blessés, désarçonnés, et leur servir d'abri, pour leur donner le temps de reprendre haleine et se soustraire à la mort. Nous avons tous admiré, dans Paris, la touchante résignation de ce chien resté sur les glaçons de la Seine, à l'endroit même où son maître avait été englouti, et qui, l'appelant par des hurlements déchirants, refusa la nourriture qu'on lui présentait sur le rivage, resta sourd à l'appel qu'on lui faisait de toutes parts, attendit enfin, pendant huit jours entiers, que ses forces épuisées l'étendissent sans mouvement et sans vie. Je n'oublierai jamais d'avoir vu, au Jardin des Plantes, l'éléphant mâle caresser de sa trompe, avec le tressaillement du plaisir, la tête d'une petite fille imprudente, qui s'était avancée vers l'énorme animal en lui présentant deux oranges, dont il ne prit qu'une seule, afin de partager avec elle.

Je vais donc raconter à mes jeunes lecteurs un fait récent, dont je fus en quelque sorte l'heureux témoin, et qui prouvera qu'on ne doit jamais balancer à se livrer au mouvement de pitié que nous inspire tout être souffrant.

J'habitais, l'été dernier, un des riants villages qui bordent la Seine, et j'y puisais, entouré d'aimables habitants, ce charme social auquel un septuagénaire est si heureux de participer. Le soir, nous parcourions des sites agrestes, et principalement une prairie assez spacieuse, où l'on menait paître les animaux des environs. Parmi nous était la veuve d'un officier d'artillerie, la baronne de Saint-Marc, jouissant d'une honorable fortune, et se faisant remarquer par les nobles épanchements d'une âme franche et généreuse.

Elle possédait un charmant petit épagneul qui répondait aux bontés de sa maîtresse par un tendre attachement, et faisait, à un seul mot d'ordre, des tours d'adresse curieux, divertissants. Rien n'était à la fois plus gracieux et plus intéressant que Pyrame, ramassant le mouchoir de la baronne, qu'elle avait laissé tomber, portant avec orgueil son ombrelle enveloppée d'un mouchoir, se tenant en sentinelle sur les pattes de derrière, faisant le mort, l'exercice d'un conscrit, et mille autres singeries qu'on lui avait enseignées. Chacun admirait l'instinct de ce jeune épagneul, auquel il ne manquait que la parole. Il nous accompagnait ordinairement dans nos promenades, courant après les sauterelles, les papillons, et toujours les yeux attachés sur ceux de sa maîtresse, qui, d'un seul signe, le rappelait à l'ordre et lui faisait reprendre sa place auprès d'elle.

Attiré par les cris joyeux de plusieurs villageois, et surtout par les sons d'un galoubet champêtre, nous entrons dans la prairie commune, où paissaient un grand nombre d'animaux : tout-à-coup deux gros chiens de berger se jettent sur Pyrame, et l'allaient mettre en pièces, lorsqu'une jeune fille d'environ douze ans, d'une figure expressive et d'une force remarquable, s'élance au milieu des chiens féroces, arrache de leurs dents et de leurs pattes le pauvre épagneul, couvert de sang et d'écume, poussant des cris douloureux, et le rapporte à la baronne, en lui disant ingénûment : « Oh! s'il pouvait en r'venir, que je s'rais contente ! — Oui, oui, lui répond madame de Saint-Marc, tâtant

Pyrame de tous côtés; et, grâce à toi, chère petite, j'en serai quitte pour la peur... Mais, toi-même, n'es-tu pas blessée? le sang coule de tes bras, de tes mains. — Il est vrai, ces maudits chiens m'ont mordue; mais ce n' s'ra rien. — Cette morsure à ton bras droit est profonde, et tu pourrais être estropiée pour ta vie. Suis-moi, chère enfant; je veux m'assurer par moi-même que tu ne seras point victime de ton généreux dévouement. » Elle emmène à ces mots la pauvre petite, lui confiant l'épagneul qu'elle venait de sauver, et qui, par l'instinct de la reconnaissance, léchait déjà les plaies de sa jeune bienfaitrice. Celle-ci le caressait à son tour, et ne cessait de répéter : « Oh! comme il est gentil!... On dirait qu'il me r'mercie. »

Chemin faisant, la conversation s'établit entre la baronne et la jeune fille. « Comment te nommes-tu, chère enfant? — Madelon, Madame, pour vous servir, si j'en étais capable. — Que font tes parents? — Hélas! ils dorment tous les deux au champ du r'pos. C't affreux choléra, qu'a fait tant d' ravage dans l' pays, m' les a ravis dans la même semaine. Je n' saurais songer à ça, voyez-vous, sans qu'un frisson ne m' prenne par tout l' corps, et qu' des pleurs ne s'échappent de mes yeux. — Pauvre orpheline! Et chez qui demeures-tu maintenant? — Chez mon parrain Michaud, l' charron du village, dont feu mon père était l' premier ouvrier; un brave homme qui n'a pas voulu qu'on emm'nât sa filleule dans un hospice... Mais comme il a six enfants tout grouillants, je n' voulais pas, moi, d'venir encore à sa charge, et sans not' vieux curé qui s'en est mêlé... c'est qu' voyez-vous, Madame, quéqu' pauvre qu'on soit, on sent là certaine fierté... Mais je m' suis rendue utile chez mon parrain, et ça m'a donné du cœur... C'est moi qui couche et qui lève ses derniers nés, deux p'tits espiègles dont j' raffole; j' conduis les aînés à l'école; j' prépare leux goûter quand i' z-en r'viennent; j' trempe ensuite la soupe aux ouvriers, j' m'en régale avec eux; et sitôt l' dîner, j' conduis paître à la prairie nos deux vaches, not' chèvre et not' âne... Oh! je n' manque pas d' besogne. — Et quel âge as-tu, pour suffire à tant de travail? — Douze ans à la Saint-Charles, qu'était l' patron d' mon pauvre père... Mais j' suis forte pour mon âge: voyez plutôt mes bras... » En ce moment même, l'épagneul lui lèche de nouveau sa blessure, et Madelon reprend en le caressant : « Oh! comme il est gentil! on dirait qu'i voudrait me guérir : sa petite langue est si douce, mais si douce qu'on croirait une feuille d' rose qui vient effleurer la peau. »

En achevant cet entretien, la baronne et Madelon gagnèrent une belle et vaste habitation, où bientôt on fit venir le médecin du village, qui déclara que la morsure faite par un des chiens de berger avait failli déchirer le biceps du bras droit de l'orpheline, qui, peut-être, eût été estropiée pour le reste de sa vie; mais qu'heureusement la dent meurtrière de l'animal était entrée de côté, et que la blessure n'avait rien de dangereux.

« N'est-il pas vrai, cher docteur, reprend madame de Saint-Marc, que le baume le plus salutaire qu'on puisse mettre sur la blessure de cette jeune orpheline, c'est la langue de l'animal qu'elle a sauvé? — Sans doute, répliqua le médecin; il n'est point de plaie qui résiste à un pareil spécifique. — En ce cas, Madelon restera près de moi jusqu'à ce que la plaie soit entièrement cicatrisée. — Oh! pas possible, Madame! Eh! qu'est-c' qui f'rait mon ouvrage chez mon parrain? — Je mettrai quelqu'un pour te remplace', et je me charge de tout. — Et mes chers petits, Lolotte et Fanfan, que diront-ils, quand i' n' me verront plus? I' m'appell'ront, i' crieront, i' s' désoleront... Oh! ça m' fend l' cœur, rien qu' d'y songer. — J'irai moi-même les

apaiser, leur porter des friandises, et leur faire entendre qu'il
faut bien te donner le temps de guérir. — Et not' belle chèvre
blanche? qu'est-ce qui la soignera, la conduira à la prairie? —
Je la ferai venir dans mon parc, où elle pourra paître sous tes
yeux. — Et mon parrain, qu' j'aurais dû nommer l' premier, et
qu' j'embrasse tous les matins, ni pus ni moins qu' s'il était mon
père? — Il viendra tous les jours recevoir ici ton baiser filial, et
pour sa peine, tu lui verseras quelques rasades de bon vieux
vin qu'il boira à ta santé. — Et à la vôtre, madame la baronne.
— Ainsi, voilà qui est bien convenu : tu resteras chez moi jusqu'à ce que ta guérison soit complète. » En ce moment, l'épagneul saute sur les genoux de Madelon, et lèche de nouveau son
bras, avec une ardeur semblant annoncer qu'il se chargeait d'ac-
célérer sa guérison.

La baronne n'eut pas de peine à faire consentir le charron à ce
que sa filleule restât auprès d'elle : il aimait trop sincèrement
cette jeune fille, pour ne pas la laisser profiter d'un événement
qui pouvait influer sur le bonheur de sa vie. Voilà donc Madelon
installée chez la baronne, qui la présente à tous ses gens comme
si elle eût été de sa famille. L'orpheline en était toute confuse,
et ne savait comment répondre aux marques d'intérêt que lui
donnait madame de Saint-Marc. Mais ce qui surtout excita sa
surprise et sa vive émotion, c'est que, dès le lendemain, la baronne la fit déjeuner à sa table, auprès d'elle, comme si elle eût
été son égale. L'épagneul exprimait, par ses bonds et ses caresses, qu'il partageait le ravissement de Madelon, à laquelle on
servit, non du café, non tous ces mets dont font usage les personnes de qualité, mais une excellente soupe aux choux et au
lard : ce qui lui fit croire qu'elle était encore parmi les ouvriers
du charron. Toutefois elle accepta plusieurs friandises que lui of-

frit madame de Saint-Marc, qui s'amusait beaucoup de son embarras, de ses naïvetés, et surtout des révérences qu'elle faisait
au valet de chambre, chaque fois qu'il lui donnait une assiette
blanche : au dîner qui suivit, l'orpheline occupa la même place,
ainsi que les jours suivants. Le père Michaud, son parrain, venait la voir tous les soirs, et remportait à Lolotte et à Fanfan
ce que Madelon avait mis de côté pour eux, avec la permission
de la dame.

Mais le dimanche arriva ; le pasteur et les principaux habitants du village étaient invités ce jour-là chez madame de Saint-
Marc. Madelon, dont la blessure commençait à se cicatriser, se
disposait à s'en retourner chez le charron, pour y reprendre ses
travaux accoutumés... Qu'on juge de sa surprise et de son saisissement, lorsque la femme de chambre de la baronne vint lui
annoncer qu'elle a reçu l'ordre de lui donner des vêtements qui
puissent la faire admettre parmi les nombreux convives du dîner. Elle étale aux yeux de l'orpheline une robe de mousseline
blanche, le pantalon pareil, portant au bas une double garniture ; plus une jolie paire de souliers de soie puce, et des bas de
coton anglais à coins à jour, plus enfin un large ruban rose, pour
former de ses cheveux noirs deux longues tresses.

Madelon voulut d'abord s'opposer à ce qu'on la revêtît de cet
élégant accoutrement, bien qu'il chatouillât son amour-propre et
qu'il éblouît ses yeux, mais les ordres de la baronne étaient précis, et moitié curiosité de la jeune fille, moitié crainte qu'on ne
s'amusât à ses dépens, elle se laissa métamorphoser en demoiselle, suppliant toutefois la bonne femme de chambre de lui conserver ses habits villageois qu'elle se proposait de reprendre dès
le soir même.

Entre en ce moment madame de Saint-Marc, suivie du fidèle

épagneul. Elle voulut juger par elle-même du changement opéré
dans le costume de Madelon. Celle-ci va se jeter aussitôt dans
ses bras en lui disant avec une expression remarquable : « Ah !
ne m'humiliez pas. — T'humilier, chère enfant !... Je n'ai d'autre dessein que de t'élever jusqu'à moi. — Je ne vous comprends
pas, bonne dame. — Bientôt tu sauras tout... mais, en attendant, laisse-moi t'examiner tout à mon aise. Cette robe te sied à
ravir. — Je n'en sais rien; car j'n'ose pas me r'garder. — Tes
souliers te gênent peut-être un peu? — I' m' serrent joliment,
ça, c'est sûr; mais j' m'y f'rai. — Tes mains et tes bras, noircis
aux rayons du soleil, contrastent trop visiblement avec une pareille toilette; mais nous les couvrirons de gants longs et d'une
couleur tranchée... — Vous voulez m' ganter jusqu'au coude! —
Excepté ton bras blessé, qu'on enveloppera de soie noire...
Voyons, marche un peu, pour que je juge de ton maintien... Pas
mal! en vérité. Je veux que, dans trois mois, tu sois comme il
faut... Je me charge de ton éducation.

A ces mots, elle la fait asseoir auprès d'elle, et tout-à-coup
Pyrame, qui avait flairé plusieurs fois les jambes de la jeune
fille pour s'assurer que c'était elle, saute sur ses genoux et lui
lèche le visage, les mains, et surtout sa blessure, dont la douleur devenait supportable. Madelon rendait au charmant animal
caresse pour caresse, et ne cessait de répéter : « Cher Pyrame !
c'est à toi que j' dois tout cela. »

Bientôt le pasteur du village, le maire et le juge de paix, ainsi
que plusieurs habitants notables, que la baronne avait fait inviter, se réunirent dans le grand salon, se demandant entre eux
quelle était la cause d'une invitation aussi prompte, aussi ins-
tante. Ce mystère leur fut bientôt expliqué par l'apparition de
madame de Saint-Marc, donnant la main à la jeune orpheline

qu'elle présenta comme sa fille adoptive. Madelon était si tremblante et si confuse, qu'elle ne comprit pas d'abord les étranges expressions de la baronne. « Oui, Messieurs, reprend celle-ci, je vous ai réunis chez moi pour constater, par un acte authentique et sacré, que, veuve et sans enfant, désirant m'attacher un être qui remplirait le vide de mon âme et me rendrait les douces illusions d'une mère, j'ai choisi Madeleine Perrin, qui réunit, sans le savoir, toutes les qualités que je désirais trouver dans celle dont je ferais la compagne de ma vie, le soutien de ma vieillesse, et l'héritière de ma fortune. Madelon, en un mot, sous les auspices de monsieur le maire et de notre vénérable pasteur, assistés de tous les témoins ici présents... Madelon devient mademoiselle de Saint-Marc, dont elle a déjà le costume, et dont je me charge de lui donner bientôt le langage et les manières.

« Moi, d'veni' grand' demoiselle! s'écrie l'orpheline d'une voix entrecoupée et respirant à peine. Non, non, c'est impossible; et je n' saurais accepter... » Sa modestie allait prononcer un refus que démentait peut-être son cœur, lorsque l'épagneul, qu'elle portait sous son bras gauche, l'empêcha d'achever en léchant ses lèvres tremblantes, et lui coupa la parole. Tous les assistants applaudirent au choix de la baronne. Le curé, le maire et le magistrat citèrent plusieurs traits de courage et de bonté, qui prouvèrent que la jeune fille était digne de tout le bonheur qui lui arrivait, et que c'était Dieu qui chargeait en ce moment madame de Saint-Marc d'accomplir sa justice.

« Tu le vois, s'écrie alors cette femme, pressant Madelon sur son sein, mon choix était écrit dans le ciel... Rends-moi l'enfant que j'ai perdu, chère orpheline; appelle-moi ta mère! — Ma... prononça la jeune fille éperdue; ma... Madame, j' n'oserai jamais. — Allons, du courage! de la confiance! Je t'appelle bien ma fille, moi. — Eh bien! puisque vous le vouliez tous; aussi bien je n' peux plus m'en défendre... ma... ma... mère!... ah! qu'on est bien dans vos bras! »

Dès le soir même, cette grande nouvelle fut répandue dans tout le village. Michaud, sa femme et ses enfants accoururent féliciter leur chère Madelon, qu'ils n'osèrent ni tutoyer ni embrasser, la retrouvant sous le costume d'une demoiselle. « Est-c' que nous n' te... nous n' vous verrons plus? disait le charron, n'osant presser sa main gantée. — Qu'est-c' qui soignera mes p'tits, battra l' beurre et f'ra mes fromages? ajouta sa femme. — Et nous donc! s'écriaient en pleurant Lolotte et Fanfan, est-c' que j' pouvons nous séparer d' toi? Quitte, quitte ben vite ces vilains beaux habits, et r'prends ceux d' Madelon. — Oh! leur répondait celle-ci, avec l'élan du cœur, s'i m' fallait renoncer à vous voir, à me r'trouver parmi vous, je r'nonc'rais à l'instant même à tout l' bien que l' ciel m'envoie... N'est-c' pas, Madame... n'est-c' pas, ma mère, qu' vous m' permettrez d'aller tous les jours chez mon parrain? — Tant que tu voudras, chère enfant; et moi-même je t'y accompagnerai. Tu pourras, le soir, reprendre tes vêtements d'orpheline, pour aider la mère Michaud dans son travail... Je t'aiderai, s'il le faut, à battre le beurre et à faire des fromages, ajouta gaiement la baronne. J'ai fait de toi une demoiselle, eh bien! tu feras de moi une fermière; et, par ce moyen, nous serons toujours inséparables. »

Tout s'exécuta comme l'avait annoncé madame de Saint-Marc. Madelon, qui jamais ne voulut changer de nom, fut bientôt entièrement guérie par la langue salutaire de Pyrame. Cet excellent animal s'attachait chaque jour davantage à sa libératrice : il la suivait partout, couchait chaque nuit au pied de son lit, et le matin, dès qu'elle s'éveillait, il lui prodiguait les plus ten-

dres caresses, sautant de joie, et montant sur les meubles qui
pouvaient l'élever jusqu'à elle, afin de lui lécher le visage et de
lui exprimer toute sa reconnaissance. Aussi, chaque fois que la
nouvelle demoiselle remerciait la Providence des insignes faveurs dont elle était comblée, elle posait l'épagneul sur une table, appuyait doucement sur lui son bras qu'il avait guéri, et jetant un regard sur son vêtement de demoiselle, ainsi que sur la
longue tresse de ses cheveux noirs qui lui descendait sur l'épaule
jusqu'à ses genoux, elle pressait doucement Pyrame en répétant :
« C'est à toi que je dois tout cela. »

La fille adoptive de la baronne de Saint-Marc, profitant de ses
leçons, ne tarda pas à saisir le ton et les manières d'une jeune
personne distinguée. Son langage s'épura : son intelligence, dé-
veloppée par des lectures choisies, profitables, fit découvrir en
elle un esprit vif et naturel, un goût parfait, un bon sens inaltérable. Conduite à Paris par sa mère adoptive, et présentée dans
les cercles brillants qu'elle fréquentait, Madelon se fit remarquer
par son maintien digne et modeste, par sa pudeur timide, craignant d'attirer les regards, et surtout par cette justesse d'idées
et cette raison naturelle qu'on ne pouvait se lasser d'admirer.
On aimait, en elle, l'empressement qu'elle mettait à raconter la
cause de son élévation, et sa persistance à ne vouloir être appelée que Madelon par toutes les personnes qu'elle fréquentait, et
au milieu même des hommages dont elle était environnée.

Mais ni le prestige enivrant de la capitale, ni les ressource
sans nombre qu'y trouvait la fille adoptive de la baronne pour
mettre à profit les heureux dons qu'elle avait reçus de la nature
ne pouvaient lui faire oublier le village où elle était née, l'atelie
du charron Michaud, où s'était écoulée son enfance. Elle s'imaginait entendre Lolotte et Fanfan appeler leur chère Madelo

pour faire avec elle la prière du matin, recevoir de sa main la tartine de miel ou de beurre frais, les fruits de la saison et les hochets de leur âge. Elle songeait à cette vie agreste, à cette existence laborieuse, à ces mœurs de bonnes gens, au milieu desquels son âme franche et pure avait reçu les premières impressions. Aussi, dès que madame de Saint-Marc annonçait son départ pour sa terre, la brillante demoiselle reprenait sa gaieté naïve, ses habitudes villageoises, et redevenait Madelon. Ce qui surtout la ravissait lorsqu'elle revoyait le lieu de sa naissance, c'était de retrouver chez son parrain un air d'aisance et de prospérité.

Tous les dons en argent qu'elle recevait étaient remis régulièrement au charron, qui agrandit son atelier, fit des entreprises profitables, et finit par acheter la maison qu'il habitait. La baronne, instruite de l'usage que la jeune fille faisait de ses dons, en augmentait de temps en temps la valeur. Elle éprouvait une vive jouissance à voir, vers le déclin du jour, son enfant adoptif se revêtir avec ivresse de ses habits rustiques, traverser ainsi la majeure partie du village, et porter son offrande à l'honnête famille qui l'avait élevée, en répétant avec ivresse à l'épagneul qu'elle portait sous son bras, pour le préserver de l'atteinte des chiens de ferme : « Cher Pyrame!... c'est à toi que je dois tout cela. »

Pyrame, quoique devenu vieux, infirme, ne cessa pas d'être chéri, soigné par la bienfaitrice du village; et lorsqu'elle tenait sur ses genoux le vieil épagneul, au milieu des heureux qu'elle avait faits, elle répétait en le caressant encore : « C'est à toi que je dois tout cela. »

L'ÉCHOPPE

ou

LE VERRE DE COCO.

Ce qui nous paraît vulgaire et d'une modique valeur a souvent les résultats les plus heureux, les plus importants. Rien n'est à dédaigner dans tout ce qui compose la subsistance du peuple. Le plus chétif morceau de pain qu'on jette avec dédain, ou par satiété, à l'animal vorace qui le guette, apaiserait quelquefois la faim d'un vieillard indigent, calmerait la souffrance d'un enfant exténué de besoin.

Oh! combien de fois dans Paris, sur la place des Innocents, j'ai pris plaisir à voir ces anciennes cantinières de nos armées distribuer pour la modique somme de dix centimes une portion de potage composé des rognures que leur réservent les bouchers de la capitale, le tout assaisonné de légumes et de racines qui lui donnent le parfum le plus propre à exciter l'appétit! La jeune veuve qui venait se réconforter, portant son enfant, lui présentait alors avec ivresse son sein nourricier. Le pauvre infirme, appuyé sur le bras de la compagne de sa vie, retrouvait avec elle, moyennant deux sous, de quoi reprendre des forces pour le reste de la journée. L'orphelin sans asile prenait à son tour sa part de l'aliment populaire que lui présentait le premier assistant aisé qui se trouvait à ses côtés... Je ne pus résister un jour à l'envie si naturelle de goûter à cette manne du peuple; mais, au lieu d'une cuiller de bois, on m'honora d'une cuiller de fer, parfaitement étamée; et, à la place de la gamelle, on me servit une assiette de faïence, d'une propreté remarquable. Aussi je payai mon écot d'une pièce blanche, à condition qu'on donnerait la portion d'usage à deux pauvres petits Savoyards, dont les lè· vres altérées et les yeux avides semblaient annoncer qu'ils n'avaient pris de la journée aucune nourriture.

Le souvenir de ce repas populaire, si précieux aux yeux de l'observateur, me revenait souvent à la pensée, et tout ce qu'inventait l'industrie pour satisfaire aux besoins de l'humanité me faisait éprouver un intérêt mêlé d'une sorte d'admiration. C'est à ce sentiment que je dus une des aventures les plus gaies, les plus intéressantes de ma vie; et j'ose croire que mes jeunes lecteurs s'amuseront de tous les détails dans lesquels je vais entrer, et qu'ils partageront la jouissance que me fait éprouver le récit qu'ils vont parcourir.

Un beau jour du mois de juillet, je revenais des Champs-Elysées par le boulevard de la Madeleine, où je rencontrai le baron D***, conseiller d'État, avec lequel j'avais des relations littéraires. Il était accompagné de ses deux filles, Théonie et Anaïs, d'un extérieur agréable, mais dont les goûts et le caractère offraient un contraste frappant. Autant l'aînée était fière et réservée, craignant toujours de compromettre sa dignité, autant la cadette était simple, expansive, s'intéressant à tout ce qui frappait son esprit ou parlait à son cœur. Elles disputaient souvent ensemble, et chacune d'elles défendait son opinion; mais la tendresse mutuelle qu'elles se portaient empêchait toujours qu'il n'y eût rien d'amer dans leurs discussions. « Fais la demoiselle de qualité tout à ton aise! disait en riant Anaïs : cela m'amuse, et je ne t'en veux pas du tout. — Fais la plébéienne, répliquait Théonie, et contemple jusqu'à l'échoppe la plus obscure! je ne t'en aime pas moins, et suis toujours heureuse d'être ta sœur. »

Le baron, homme d'expérience et tendre père, avait souvent essayé de mettre ses deux charmantes filles d'accord ; mais doué lui-même d'une gaieté naïve et d'un esprit observateur, il donnait souvent gain de cause à sa chère Anaïs, sans toutefois jamais blesser l'amour-propre de sa bien-aimée Théonie... Au moment où nous nous abordions, presque en face de la Madeleine, nous sommes accostés par un garçon de bureau, qui annonce au baron que le ministre de la guerre l'attend pour une affaire imprévue et très-pressée. Le père, à ces mots, me prie de reconduire ses deux filles auprès de leur mère, rue du Mont-Blanc ; et nous prenons un des côtés du boulevard. A peine avions-nous fait quelques pas, qu'Anaïs, à qui je donnais le bras gauche, me dit en passant devant la modeste échoppe d'une marchande de tisane, établie sous un grand parasol de toile cirée : « Oh ! que j'aurais de plaisir à boire un verre de coco ! — Y songes-tu ! lui dit Théonie, te compromettre à ce point ! faire toucher à tes lèvres le même vase où se sont désaltérés les gens du bas peuple ! — Mais, lui répliquai-je, ces gobelets argentés sont de la plus scrupuleuse propreté. La marchande les rince avec soin devant vous et les essuie avec un linge blanc. J'ose vous assurer qu'il n'y a pas le moindre danger..... Voulez-vous que je vous régale, Anaïs ? — Oui ! je meurs de soif, et j'accepte. »

Nous abordons aussitôt la marchande, d'une figure ouverte et riante, aux manières enjôleuses ; elle présente à la jeune Anaïs son plus beau gobelet d'argent véritable, dont le dedans est en vermeil, et le remplit de tisane, la mousse au bord. La charmante espiègle l'avale à plusieurs reprises, en avouant que c'était un breuvage délicieux. Sa sœur hausse les épaules, et le dédain empreint sur sa bouche annonce à quel point elle est scandalisée. Elle me serre le bras droit, en me disant bas à l'oreille : « Payez vite, et éloignons-nous! Si nous étions aperçus par des personnes de connaissance, je crois que j'en mourrais de honte. » J'avais déjà tiré ma bourse, et n'y trouvant aucune pièce de petite monnaie, je remets à la marchande une pièce de vingt sous pour acquitter la dette de cinq centimes... Au moment où cette digne femme s'occupait à me rendre ce qui me revenait, accourt, toute haletante, une de ses petites voisines, en lui disant : « Venez vite, madame Frossard! vot' petit garçon est tombé dans l'escalier, et l'on craint qu'il n'ait l' bras cassé. » A ces mots, l'excellente mère pousse un cri perçant, et, s'éloignant, elle me dit avec un accent de confiance et de douleur qui me pénétra : « Mon bon Monsieur, j' vous en supplie, veillez à mon échoppe! »

Me voilà donc le gardien, le gérant d'une boutique en plein vent, mais parfaitement bien assortie. Là brillaient quatre grandes carafes remplies de tisane, auprès d'un vase d'eau, pour y laver les verres et les gobelets; ici, dans un serre-liqueurs, on apercevait plusieurs carafons d'eau-de-vie, et, tout à côté, une boîte remplie de cigares; enfin, plus loin, un ample panier de cerises de Montmorency était entouré de sept à huit douzaines de gâteaux de Nanterre. « Eh, quoi! me dit Théonie, vous vous abaisseriez jusqu'à débiter vous-même toutes ces drogues? — Il le faut bien, puisqu'on m'en a fait le dépositaire. — Moi, reprend gaiement Anaïs, je me charge de distribuer les cerises et les gâteaux de Nanterre. — Et moi, ajoutai-je, les verres d'eau-de-vie et les cigares. — Toi, ma sœur, reprend l'aimable espiègle en riant de son dépit et de sa confusion, tu rinceras les verres et les essuieras avec soin. » En achevant ces mots, elle lui jette sur les bras une serviette qu'elle découvre sous le comptoir.

Théonie rejette le linge avec dédain, et déclare qu'elle ne sera point la servante des petites gens qui se présenteront. En effet, deux ouvriers maçons, pratiques assidues de madame Frossard, viennent demander chacun un verre d'eau-de-vie, et témoignent leur surprise de nous trouver à sa place : je leur explique le mystère, et m'empresse de les servir en mettant grain sur bord. « C'est bien, me dit l'un d'eux, vous vous ferez des pratiques. — La mère Frossard a bien choisi son remplaçant, me dit l'autre; et je ne serais pas surpris que vous fissiez boutique nette. » En achevant ces paroles, il me compte quatre sous pour son camarade et pour lui, ce qui m'apprend que chaque verre d'eau-de-vie se vend dix centimes; j'ouvre le tiroir du comptoir pour y déposer le montant de ma première vente, et j'aperçois dans une corbeille à compartiments plusieurs pièces blanches et un plus grand nombre de monnaie de cuivre, dont je prends un compte exact pour le restituer fidèlement à celle que je représentais.

Arrivent à la fois plusieurs autres ouvriers occupés à l'édifice de la Madeleine et rejoignant leurs travaux, trois heures étant au moment de sonner. Même étonnement de leur part de me voir à la place de la mère Frossard, même explication de la mienne. « Oh! bon, puisqu'il est ainsi, disent les uns, nous doublerons la pitance. — Il y a plaisir, disent les autres, à voir de riches demoiselles nous servir, ni plus ni moins que si elles étaient nos semblables. » Anaïs redouble de zèle à ces mots; Théonie baisse les yeux et rougit, peut-être de regret de n'être pour rien dans un pareil éloge. Enfin nous distribuons, dans dix minutes de temps, quinze verres d'eau-de-vie et douze cigares, dont nous recevons le prix, que je remarquai parfaitement se monter à chacun quatre sous, car ces braves gens, voyant que nous nous en rapportions à eux, ne firent pas tort d'une obole à l'excellente madame Frossard : de sorte que nous réalisâmes une vente d'environ dix francs, ce qui nous donnait du cœur à l'ouvrage. Anaïs était dans une joie difficile à exprimer ; mais bientôt elle éprouva une émotion d'un autre genre.

Se présente à l'échoppe une jeune fille d'environ dix ans, d'une figure céleste, d'un regard pénétrant, et dont les vêtements annonçaient un état voisin de l'indigence. Elle tenait à la main deux pièces de deux sous, et venait acheter une livre de cerises. Elle s'arrêta stupéfaite à la vue d'Anaïs, qui déjà se munissait des balances pour la servir. Je m'empresse de l'instruire de l'événement qui a fait disparaître la marchande ; déjà ma première fille de boutique a mis le poids d'une livre dans un des plateaux de la balance et remplit l'autre de cerises ; mais, uniquement occupée des intérêts de celle que nous représentions, elle soulève la balance de manière qu'un plateau ne dépasse pas l'autre.

« C'est bien juste ! dit la pauvre petite avec une ingénuité ravissante : madame Frossard me fait meilleure mesure. » Je prends aussitôt une poignée de cerises que j'ajoute à la livre pesée, me promettant bien d'en remettre en secret le prix au comptoir. « Excusez, mon bon Monsieur ! reprend la jeune fille, de l'accent le plus naïf : c'est tout notre dîner à ma sœur ainsi qu'à moi. Le peu de bonne chère que nous pouvons nous procurer, c'est pour notre pauvre mère infirme, que nous soutenons toutes les deux du travail de nos mains. — Oh ! prêtez-moi cent sous, je vous en supplie ! me dit tout bas Anaïs en déposant les cerises dans un des sacs de papier qui se trouvaient auprès d'elle. » Je lui remets en cachette une pièce de cinq francs qu'elle glisse avec adresse parmi les cerises, et la petite se retire en nous re-

merciant bien de ce que nous lui avions donné en sus du poids
véritable, et nous faisant remarquer la pureté de son langage.

Une scène d'un autre genre vint varier nos plaisirs : c'était
un jeudi ; et, ce jour-là, tous les élèves du lycée Bourbon vont en
promenade, sous les auspices des surveillants qui les accompa-
gnent. Ils suivaient l'allée du boulevard, au nombre d'environ
soixante ; et parmi eux se trouvaient les deux fils d'un de mes
plus intimes amis ; ils me reconnaissent et ne peuvent s'empêcher de dire à leurs camarades : « Oh! regardez donc monsieur
Bouilly qui vend du coco ! — Est-il bien possible ? disent les
uns. — Il est avec deux jeunes personnes, disent les autres :
qu'est-ce que cela signifie ? — Serait-ce une gageure ? — Il reçoit l'argent avec une avidité ! — La joie est peinte sur sa figure.
— La demoiselle à sa gauche pèse des cerises avec une grâce,
une adresse ! — Il faut nous en régaler. »

Aussitôt ils entourent leurs surveillants, auxquels ils me nom-
ment, et, sans peine, obtiennent la permission de s'arrêter à notre échoppe. « Eh bien! notre cher conteur, vous voilà donc
marchand de tisane ? » me disent les deux enfants de mon ami
en me serrant la main avec une affection mêlée d'une vive curiosité. Dans un instant l'échoppe est entourée de tous leurs camarades et des surveillants, auxquels je raconte l'événement
qui m'a mis à la place de la marchande. « Ces deux demoiselles,
ajoutai-je avec intention, ont bien voulu me seconder dans l'exécution de mon mandat, et notre petit commerce surpasse nos
espérances. » Mille applaudissements se font entendre, et la
troupe joyeuse annonce qu'il sera fait emplette de tous les objets
composant notre fonds de boutique.

Pendant que j'achève de vider les carafes de tisane, qui furent
bientôt épuisées, et les flacons d'eau-de-vie, où toutefois il fut

convenu que je mêlerais une moitié d'eau pure, Anaïs pesait et distribuait les cerises de Montmorency par demi-livre. « Et vous, Mademoiselle? dit un des plus grands lycéens à Théonie, qui n'était pas insensible aux éloges dont on comblait sa sœur, est-ce que nous ne recevrons pas aussi quelque chose de votre main! — Il serait difficile de vous refuser, Messieurs, répond celle-ci en rougissant; et la voilà qui distribue elle-même tous les gâteaux de Nanterre, dont elle reçoit le prix, non à un sou la pièce, mais à trois et quatre fois la valeur; les pièces blanches remplaçaient les gros sous, et notre recette monta, par ce généreux hommage, à près de soixante francs.

Cette scène, à la fois si neuve et si gaie, attirait tous les passants; et la maréchale D*** qui passait sur le boulevard avec ses deux filles, m'ayant reconnu, fit arrêter sa voiture, se mêla parmi les nombreux spectateurs qui m'entouraient, et qui lui révélèrent la cause du débit que je faisais avec mes deux jeunes acolytes. Elle perce la foule et me prie d'offrir à chacune de ses filles un verre de coco, qui leur rappellera, disait-elle, que jamais une bonne action ne peut qu'honorer celui qui la fait. Ces paroles remarquables ravissent Théonie, qui s'empresse d'essuyer elle-même avec soin le gobelet dont le dedans est en vermeil. Je remplis, pendant ce temps, une des carafes qu'avaient vidées nos joyeux lycéens, avec un reste de tisane contenu dans une grande cruche de grès, placée sur le comptoir; et ma seconde fille de boutique sert une rasade de tisane à chacune des filles de la maréchale, qui lui dit, en lui remettant une pièce d'or : « Vous paraissez bien distinguée, Mademoiselle; mais, de votre vie, vous ne ferez rien qui vous honore plus à mes yeux. » Elle s'éloigne à ces mots et regagne sa voiture aux applaudissements des lycéens qui, ayant épuisé tout ce qui composait notre fonds de commerce, redoublèrent de félicitations et continuèrent leur promenade.

Bientôt vint nous rejoindre madame Frossard, se confondant en excuses de nous avoir retenus près d'une heure à son échoppe. Elle nous apprend que son enfant n'a que le bras démis, et que, grâce au ciel, il ne sera point estropié. « Eh! mon bon Dieu! ajoute-t-elle en regardant son comptoir où il ne restait plus que quelques cigares, i' m' paraît qu' vous avez tout vendu. — Oh! nous avons fait d'excellentes affaires, lui répond Anaïs avec l'expression de la joie la plus vive. — Voyez plutôt, ajoutai-je en lui remettant sa corbeille : notre recette monte à cent vingt francs trente-cinq centimes. — Que dites-vous là, mon bon Monsieur? Tout mon fonds, quand j' vous l'ai r'mis, n' montait pas à trente francs. — Eh bien! nous en avons quadruplé la valeur, et nous nous en félicitons. » Je lui raconte, à ces mots, toutes nos heureuses chances; et cette excellente femme, baisant les mains d'Anaïs et celles de Théonie, qui n'y était pas insensible, s'écrie avec enthousiasme : « Cent vingt francs dans une seule vente!... C'est décidé, je m' lance dans l' cassis et la prune à l'eau-de-vie. — Si vous aviez encore besoin de nous pour favoriser votre vente, lui dit Anaïs avec l'élan de la plus franche gaieté, vous n'aurez qu'à faire prévenir vos deux filles de boutique, rue du Mont-Blanc, n° 45. » Théonie, quoique à moitié convertie, tremblait déjà que la marchande ne prît sa sœur au mot; mais la digne femme refusa, prétendant que ce serait abuser de la bonté de ses deux charmantes bienfaitrices.

Nous nous disposions à suivre les boulevards et à nous éloigner de l'échoppe où nous venions d'éprouver tant de jouissances, lorsque nous voyons revenir à nous la petite fille à la livre de cerises, qu'elle rapporte dans le même sac, en nous disant avec cet accent de la vertu timide qui craint jusqu'au moindre soupçon, et présentant à Anaïs la pièce de cinq francs qu'elle m'avait empruntée : « Mademoiselle est trop bonne pour avoir voulu nous mettre à l'épreuve, ma mère, ma sœur et moi : nous ne sommes que de pauvres gens, mais nous ne recevons jamais rien que ce que nous produit notre travail... Reprenez votre argent, je vous en prie! et souvenez-vous que les filles d'un brave maréchal des logis, qui mourut au champ d'honneur, préfèrent passer les nuits à coudre plutôt que de recevoir la charité. — Cette noble fierté, lui répond Anaïs, ne vous rend que plus intéressante encore;... laissez-moi vous embrasser! — Vous me faites trop d'honneur, ma belle demoiselle. — Et moi donc! dit à son tour Théonie, pressant dans ses bras cette intéressante petite. — Comment vous nommez-vous, chère enfant! lui demandai-je. — Camille Durand, sœur de Joséphine, toutes les deux filles de madame veuve Durand, ouvrière en linge. — Et où demeure votre digne mère? — Rue Godot de Mauroi, n° 15, au cinquième, tout au fond de l'allée. — Remportez vos cerises, reprend Anaïs, elles vous appartiennent : vous les avez payées... Quant à la pièce de cinq francs que je reprends en ce moment, j'espère la faire accepter à madame votre mère, des mains de la mienne, dont le père est mort de même au champ d'honneur, et qui porte un vif intérêt aux veuves et aux enfants des braves. — Oh! oui, s'écrie Théonie, les secourir est notre occupation la plus chère. — Au revoir donc, noble et intéressante jeune fille! ajoutai-je en lui serrant la main. Continuez à prolonger par votre dévouement filial les jours de celle à qui vous devez la vie!... et croyez que vous en recevrez la juste récompense. »

Dès le lendemain, vers les trois heures, nous nous rendîmes, la baronne, ses deux filles et moi, chez la veuve Durand, à l'adresse que nous avait donnée la jeune fille; et nous fûmes émus du spectacle qui s'offrit à nos yeux. Dans un vieux fauteuil de tapisserie, était gisante une femme d'environ quarante-cinq ans, dont les traits, quoique altérés par la souffrance, avaient quelques restes de beauté. Trop faible encore pour nous faire les honneurs de sa modique retraite, elle nous fit offrir par ses filles des chaises à peine rempaillées, qui, avec deux escabeaux, un lit en bois de noyer pour la mère, un autre un peu plus large pour ses enfants, mais sans rideaux, composaient tout son ameublement.

« Vous voyez, nous dit madame Durand, une mère qui n'existe que du travail de ses enfants. Atteinte d'une maladie de langueur, causée par la mort de mon mari, je ne saurais aider mes filles à la couture; et les pauvres petites se privent de tout pour moi. — Et dans quel corps servait monsieur votre mari? lui demandai-je. — Dans le sixième de dragons, mon cher monsieur. — Et il est mort?... — A la bataille de Waterloo, après avoir chargé cinq fois l'ennemi. — Combien avait-il de service? — Trente ans moins quelques mois; c'est ce qui m'a privée de la pension des veuves. — Mais on a des égards pour celles des braves morts sur le champ de bataille... Avez-vous un récépissé de vos pièces déposées au ministère de la guerre? — Le voici, répond vivement Camille, le tirant d'un portefeuille de cuir, déposé dans une vieille commode. — Veuillez nous le confier, dit aussitôt la baronne, et peut-être parviendrons-nous à vous faire obtenir justice... Mais, en attendant, permettez-moi, respectable veuve, de vous faire participer aux secours offerts par une réunion de dames dont je fais partie, aux familles des militaires victimes de leur courage. Si vous regrettez un mari, moi je pleure tous les jours un père : que cette douloureuse affinité qui existe entre nous me donne le droit de vous faire une offrande...

on plutôt une avance sur la pension que je me propose de vous faire obtenir. — J'accepte, Madame, et même sans rougir : il est de ces dons qui honorent à la fois et la main qui les offre, et la main qui les reçoit... » Ces mots, prononcés avec dignité, nous prouvèrent que madame Durand avait reçu certaine éducation qu'elle communiquait à ses deux filles, dont le langage était aussi pur qu'expressif. La baronne lui remit une bourse contenant plusieurs pièces d'or; et l'heureuse Anaïs, pressant de nouveau la jeune Camille dans ses bras, lui dit en sortant : « Quand vous irez acheter quelque chose à l'échoppe de madame Frossard, souvenez-vous de ses deux filles de boutique. »

La prévision de la baronne ne tarda pas à s'accomplir : les fréquentes relations de son mari avec le ministre de la guerre firent obtenir à la veuve et aux enfants du maréchal des logis une pension de quatre cents francs, qui rendit à cette honnête famille l'aisance et le bonheur. Madame Durand recouvra la santé, et joignit le travail de ses mains à celui de ses filles. Elles furent placées chez une marchande lingère très-renommée dans Paris, où elles se perfectionnèrent dans leur état.

La baronne allait souvent la visiter avec Anaïs et Théonie, alors lancées dans le grand monde. L'aînée éprouvait un grand plaisir à raconter l'aventure de l'échoppe, en avouant toutefois combien il en avait coûté à sa vanité. La cadette répétait à qui voulait l'entendre l'anecdote historique de la livre de cerises, et surtout ces mots charmants de la petite Camille : « C'est bien juste!... » Puis, récapitulant tour à tour le bonheur d'avoir dompté l'égoïsme et la ridicule fierté de sa sœur, d'avoir mis la bonne madame Frossard en état de doubler son petit commerce, enfin d'avoir secouru dignement la veuve d'un brave mort pour son pays, et replacé dignement ses deux filles dans l'ordre social, elle me disait avec sa gaieté ravissante : « Voilà pourtant, vieux conteur, ce qu'a produit un *seul verre de coco!*... Vous qui parcourez le monde, en cherchant quelques traits dont le récit puisse intéresser, j'ose croire que vous n'oublierez pas celui-là. — Non, sans doute, lui répondis-je, et j'espère en faire mon profit. Je retracerai surtout les vives jouissances que vous a procurées cette aventure : je vous dépeindrai, vous, demoiselle d'un haut rang, m'escortant sous un parapluie de toile cirée, distribuant au peuple de la tisane, des gâteaux et des cerises, la serviette sous le bras, et rinçant les gobelets; je retracerai l'honneur que vous a fait dans le monde cet acte de dévouement, de bienfaisance; et, vous citant pour modèle, je répéterai ces belles paroles d'un de nos plus grands orateurs de la chaire : « Plus on s'abaisse pour secourir l'indigence, plus on s'élève aux yeux de Dieu. »

LA LEÇON MATERNELLE.

Si les enfants songeaient à tous les tourments, à toutes les privations qu'éprouvent leurs parents pour diriger leur première éducation, ils se livreraient à l'étude avec plus de zèle, et par cela même s'épargneraient bien des dégoûts, bien des ennuis. Le jardinier qui soigne un jeune arbrisseau destiné à devenir un arbre utile n'est contrarié dans ses soins que par quelques coups de vent qui nuisent momentanément à son ouvrage; mais une

tendre mère qui ose entreprendre d'instruire à la fois ses deux
jeunes fils d'un caractère impétueux et d'une espièglerie indomptable, ne saurait employer trop d'adresse, de dévouement et de
patience pour atteindre le but qu'elle s'est proposé.

J'éprouve donc un grand plaisir à décrire ici le moyen tout à
la fois ingénieux et touchant qu'employa une jeune dame de
mes parentes, pour dompter la pétulance et l'insubordination de
ses deux enfants, dont l'aîné comptait déjà neuf ans, et le cadet
huit environ. L'un et l'autre avaient la figure la plus expressive,
une force physique remarquable ; mais ils étaient d'une vivacité,
d'un entêtement et d'une insouciance que n'avaient pu comprimer ni la tendresse qu'ils portaient à leur mère, ni la crainte
même qu'essayait vainement de leur inspirer leur père, colonel
de cavalerie. Frédéric, beau petit gaillard à la chevelure noire,
savait à peine épeler ; et son frère, Arthur, faisait des contorsions
et des grimaces, aussitôt qu'on lui présentait un alphabet. Cet
étrange retard dans leur éducation n'eût point eu lieu, sans
doute, si leur père ne s'était pas souvent absenté de Paris, pour
remplir ses devoirs militaires ; et la mère, femme d'un esprit séduisant et d'un savoir remarquable, avait toujours été retenue,
dans ses projets de première instruction, par l'aïeule paternelle
des deux charmants espiègles, qui les aimait à l'idolâtrie, leurs
folies charmant la fin de sa carrière. La vieillesse et l'enfance
aiment à se rapprocher : l'une rajeunit près de l'autre, et celle-
ci jouit du bonheur qu'elle procure à la première, et surtout de
l'empire qu'elle exerce sur elle.

Déjà toutefois le colonel Darmincourt avait exprimé à ses
deux fils le mécontentement que lui faisait éprouver leur ignorance. « A neuf ans, disait-il à Frédéric, ne pas savoir lire!
ignorer les premiers principes de sa langue, de l'histoire, de la

géographie!... Et toi, maudit petit mauvais sujet, disait-il ensuite au pétulant Arthur, passer tout ton temps à jouer à la balle,
à la corde, au cerceau; employer tes matinées à préparer un
cerf-volant, et tes soirées à le lancer aux Champs-Élysées ou sur
la butte Montmartre!...... — Bah! bah! lui répondait la vieille
madame Darmincourt, laissez-les s'amuser tant qu'ils sont jeunes:
les occupations et les soucis n'arrivent que trop tôt. A leur âge,
mon fils, je vous laissais vos coudées franches; à dix ans, vous
n'étiez encore que l'enfant de la nature; et vous voyez ce que
vous êtes devenu. — Oui, ma mère, mais c'est par un travail
forcé, par des efforts opiniâtres qui faillirent me coûter la vie; et
c'est ce que je prétends éviter à mes enfants. » A ces mots, la
vieille dame, qui n'aimait pas à être contredite, murmurait,
s'emportait, tant était grande sa tendresse pour ses petits-enfants;
et le colonel, qui portait à sa mère un respect filial, une soumission sans bornes, s'éloignait et la laissait gâter tout à son aise
ses deux fils, qui redoublaient alors pour leur aïeule de dévouement et de caresses.

Cependant l'étrange ignorance des deux frères finit par être
remarquée dans le monde, et les exposa à des humiliations qui
blessèrent vivement l'amour-propre de leur mère. Cent fois, dans
les réunions des enfants de leur âge, ils furent en butte aux plus
mordantes plaisanteries sur leur défaut de première instruction;
et, comme ils n'étaient pas endurants, des plaisanteries on en
venait aux gourmades, dont plus d'une fois ils rapportèrent les
traces à la maison paternelle. Leur aïeule, altière et despote,
criait alors à l'insulte, et prétendait qu'il fallait en tirer vengeance; mais que faire à de jeunes étourdis qui n'avaient fait
que donner aux fils du colonel la leçon qu'ils méritaient? Lui-
même en faisait l'aveu, et prétendait que Frédéric et Arthur

devaient être privés de se mêler aux jeux de leurs petits camarades, tant qu'ils ne sauraient ni lire ni écrire.

Madame Darmincourt, dont le savoir égalait la raison, ne put,
de son côté, supporter plus longtemps la pénible pensée de voir
ses deux fils devenir, parmi les enfants de leur âge, l'objet de
querelles fréquentes qui pouvaient avoir de fâcheux résultats.
Elle conçut donc le projet, digne à la fois d'une tendre mère et
d'une femme d'esprit, de forcer Arthur et Frédéric à se livrer
d'eux-mêmes à l'étude, à connaître les préliminaires d'une instruction indispensable. Elle s'entendit, pour réussir dans cette
entreprise, avec son mari, qui ne désirait pas moins qu'elle soustraire ses deux fils à l'aveug.e tendresse de leur aïeule, et les
mettre à même d'être admis aux institutions qui devaient les
conduire à la position sociale où les appelait leur naissance.

La veille du jour où il devait rejoindre son régiment, au moment
où Frédéric et Arthur venaient offrir a leurs parents le salut du
matin, ils trouvèrent leur mère assise sur son ottomane, la figure
cachée dans ses mains, et paraissant accablée de douleur : le
colonel, marchant à grands pas et affectant une grande colère,
prononçait avec énergie ces mots effrayants : « Oui, Madame, je
vous le dis pour la dernière fois : si, dans trois mois, lorsque je
reviendrai de mon service, vos deux fils ne savent pas lire très-
couramment, je vous prive de leur présence, et les mets entre
les mains de maîtres qui les traiteront comme ils le méritent. »
A ces mots, il jette un regard plein de courroux sur les deux
espiègles, tremblants et stupéfaits de l'emportement de leur
père. C'était, en effet, la première fois que le colonel éclatait de
la sorte ; et, pour soutenir le ton de sévérité menaçante qu'il
avait pris, il sortit furtivement et partit le soir même sans embrasser ses enfants.

Ceux-ci témoignèrent à leur mère la vive et profonde impression qu'avaient produite sur eux les menaces du colonel; madame Darmincourt n'attendait que cet aveu pour exécuter le plan qu'elle avait formé; elle leur déclara que, voulant éviter les humiliations qu'ils lui faisaient subir dans le monde, elle avait pris la résolution de ne plus s'y montrer jusqu'à ce qu'ils fussent en état de lire couramment trois grandes pages, prises au hasard dans tel livre qu'on choisirait. « Je me condamne aux arrêts, ajoutait-elle avec l'expression la plus touchante, pour me punir de ma faiblesse envers vous. Rien ne pourra me distraire de la solitude à laquelle je me voue, jusqu'à ce que vous puissiez vous montrer en public sans me faire rougir..... C'est à vous seuls, Messieurs, qu'il appartient de faire cesser ou de prolonger ma captivité.

Frédéric et Arthur se regardaient l'un l'autre, en cherchant ce que chacun pensait d'une semblable résolution. « Bah! disait l'aîné, maman dit cela pour nous effrayer. — Ça c'est sûr, disait à son tour le cadet; mais quand une fois elle a résolu quelque chose... — Bon! grand'maman ne souffrira pas qu'elle s'emprisonne de la sorte, et saura bien la forcer à paraître au salon, à faire les honneurs de la table, quand nous aurons du monde à dîner. — Je pense comme toi, frère : allons jouer à la balle, et ne songeons qu'à nous divertir. »

Le lendemain, nos deux insubordonnés, au lieu de trouver leur mère occupée avec sa femme de chambre, de sa toilette pour le soir, ne furent pas peu surpris de l'entendre annoncer à ses gens qu'elle ne sortirait pas. Elle reçut le bonjour accoutumé de ses enfants avec affection, mais en les observant bien, et donna devant eux l'ordre qu'on lui apportât à déjeuner dans son cabinet.

Elle se vêtit d'un simple peignoir de mousseline, releva ses cheveux sous un réseau de gaze, et dit à ses deux fils avec un sourire affectueux, et la plus grande sécurité : « Vous, mes chers amis, vous déjeunerez avec votre grand'maman; vous aurez pour elle tous les égards qu'elle mérite; et si elle s'aperçoit de mon absence, vous lui ferez part de la résolution que j'ai prise, et qui, je vous le répète, est irrévocable. »

« Dis donc, Frédéric, cela devient sérieux, au moins. — C'est une épreuve qu'elle veut faire sur nous; mais il faut tenir ferme et ne pas céder. — Je ne demanderais pas mieux; mais cette idée que notre mère garde pour nous les arrêts... Oh! c'est bien dur à penser. — Et moi je te soutiens qu'elle n'y restera pas vingt-quatre heures sans que l'ennui s'empare d'elle. — Nous irons la voir tous les jours, et plutôt dix fois qu'une ! — Sans doute; mais nous ne lui parlerons de rien; il faut la voir venir : oh! moi, j'ai du caractère. — Pardine! je n'en manque pas non plus : cependant je t'avouerai que j'aime encore plus maman que je n'ai de fierté. — Je ne l'aime pas moins que toi; mais il faut savoir être homme. »

Telle fut la conversation des deux frères, en descendant au salon, où ils se livrèrent à leurs jeux accoutumés, jusqu'à ce que parût leur vénérable aïeule, qui leur prodigua les plus tendres caresses. « Eh bien! mon Frédéric, avons-nous bien joué ce matin sous les beaux arbres du jardin des Tuileries?..... Et toi, mon Arthur, avons-nous bien disputé le prix du ballon, du cerceau! J'avais recommandé à mon vieux valet de chambre de vous acheter des gâteaux, du sucre d'orge, et de vous faire boire à chacun une bonne limonade... Ces chers enfants! qui n'en raffolerait pas! ils sont si gentils! si charmants! si dociles. Ce sont de vrais petits anges. » Et là-dessus la grand'maman les couvrait

de mille baisers, en répétant avec un enthousiasme maternel :
« Oui, oui, ce sont de vrais petits anges ! »

Un laquais annonce que le déjeuner est servi. L'aïeule, qui
déjà s'est emparée de l'épaule de Frédéric et tient Arthur par la
main, gagne avec eux la salle à manger, où elle s'étonne de ne
pas trouver leur mère. Les deux enfants alors lui font part de la
détermination qu'elle avait prise; et la bonne vieille, riant aux
éclats, s'écrie : « Le tour est ingénieux, il faut en convenir ; mais
je la connais, et ne lui donne pas deux jours sans la voir redes-
cendre parmi nous. Demain justement il y a grande soirée chez
le commandant de la place de Paris, intime ami de mon fils ; et
bien certainement elle ne manquera pas d'y assister. — C'est ce
que je disais à mon frère, ajoute Frédéric : tenons ferme, et nous
la forcerons de céder. — Pour moi, réplique Arthur, je ne serais
pas surpris que maman persistât à garder les arrêts. — Si l'on
apprend cela dans le monde, reprend l'aïeule, on en rira beaucoup... mais je me charge de la faire revenir de cette folle idée,
et d'attendre que le temps de commencer votre éducation soit
venu. — Mon frère a neuf ans, moi j'en ai huit, bonne-maman;
et pourtant nous ne savons même pas lire. — Bah! bah! vous
en saurez toujours assez, mes petits amis : tranquillisez-vous, je
me charge d'arranger tout cela. »

Le déjeuner fini, la vieille douairière monte à l'appartement
de sa bru, qu'elle trouve seule dans son cabinet, occupée à peindre
des fleurs, son occupation chérie. Une vive conversation s'engage
entre elles : l'aïeule prend avec chaleur le parti de ses petits-
enfants, et soutient qu'il faut laisser se développer leurs forces
physiques, avant que de les fatiguer par l'étude et de leur faire
subir toutes les privations qu'elle impose. Madame Larmincourt
combat sa belle-mère avec toute la déférence qui lui est due.

Elle soutient à son tour que lorsqu'en laisse de jeunes plantes trop longtemps sans culture, elles se fanent et sont avortées, même avant de rien produire. S'armant ensuite des paroles expressives qu'avait proférées le colonel devant ses enfants, la veille de son départ, elle déclara de nouveau qu'elle ne quitterait sa retraite et ne reparaîtrait dans le monde que lorsque ses deux fils seraient en état de s'y montrer sans la faire rougir.

« Après tout, ajoutait madame Darmincourt, d'un ton digne et prononcé, l'ignorance étrange où se trouvent mes enfants et l'isolement où elle me condamne sont votre ouvrage; et permettez-moi de vous dire, avec tout le respect que je vous porte, qu'il est pénible et cruel pour une mère de famille connaissant toute l'importance de ses devoirs, d'être sans cesse arrêtée dans les efforts qu'elle fait pour les remplir, par la crainte de déplaire à de grands parents qui ne tiennent pas toujours compte des sacrifices qu'on leur fait. Vous êtes si heureuse des espiègleries de vos petits-fils, et vous répétez si souvent qu'ils vous rajeunissent, que j'ai négligé jusqu'à ce jour de remplir les obligations d'une mère. Laissez-moi donc, je vous en supplie, réparer ma faute. Il en est temps : mon fils aîné devrait être en état d'entrer dans un lycée; et le cadet, entraîné par l'exemple et l'insubordination de son frère, ne connaît pas même ses lettres. Mais j'espère beaucoup de sa sensibilité naturelle et du tendre attachement qu'il me porte. Comblez-les de hochets, de friandises, chaque fois qu'ils vous rendent leurs devoirs; gâtez-les tout à votre aise, j'y consens; mais daignez me promettre de ne vous mêler en rien de l'épreuve que je vais tenter, de les laisser se livrer à toutes les réflexions que ma conduite leur fera naître, de ne pas les autoriser à me résister... et je serais bien trompée si, d'ici à quelques mois, je ne leur faisais pas réparer le temps perdu, si

je ne les rendais pas, en un mot, tout-à-fait dignes de votre tendresse. Vous les idolâtrez pour l'expression de leurs figures,
pour la vivacité de leurs reparties; mais votre amour pour eux
doublerait, ma chère belle-mère, si vous les voyiez soumis sans
contrainte, instruits sans prétention, caressants sans calcul et
pourvus, par des lectures utiles, de ce qui forme à la fois et l'esprit et le cœur, fait aimer, rechercher dans le monde, et nous y
entoure d'une considération que seules peuvent nous procurer
une instruction véritable, une éducation suivie. »

L'aïeule ne put s'empêcher de reconnaître la vérité d'un pareil
langage, et déclara qu'elle ne se mêlerait en rien de l'entreprise
formée par sa bru. « Mais je suis sûre, ajouta-t-elle, que vous-
même, ma chère, vous ne pourrez résister à renoncer pendant
plusieurs mois aux attraits des cercles brillants dont vous faites
l'ornement. Je ne vous donne pas quinze jours, sans que vous
fassiez l'aveu qu'un pareil dévouement est au-dessus de vos
forces, et qu'à votre âge, répandue comme vous l'êtes dans le
grand monde, il n'est pas possible de s'enterrer vivante. — Eh
bien! je vous prouverai, je l'espère, de quels sacrifices peut être
capable une mère qui sent bien toute la dignité de son titre, et
les devoirs que lui prescrit la nature.

Madame Darmincourt continua donc à se tenir dans la solitude,
où ses deux enfants allaient chaque matin l'embrasser, mais auxquels jamais la tendre mère ne parlait de la résolution qu'elle
avait prise. Elle était la première à leur dire d'aller se livrer aux
jeux de leur âge, croquer les friandises que leur réservait leur
grand'mère, et la bien divertir par leurs joyeuses espiègleries :
ce qu'ils ne manquaient pas de faire ; et l'heureuse aïeule, s'imaginant l'emporter sur sa bru, redoublait de cajoleries pour ses
petits-enfants et ne cessait de répéter : « La recluse n'y résistera

pas ; et je gagerais que bientôt elle reconnaîtra sa romanesque extravagance. »

Cependant le bal avait eu lieu chez le commandant de la place de Paris, sans qu'on y vît paraître madame Darmincourt. Toutes les personnes qui se présentaient chez elle n'étaient reçues que par sa belle-mère s'égayant toujours à ses dépens, au point qu'on fut instruit, dans tous les cercles que fréquentait la femme du colonel, de l'étrange détermination qu'elle avait prise. Les uns la regardaient comme une singularité dont le principal motif était de se faire remarquer ; les autres prétendaient que c'était une idée noble, ingénieuse, un véritable héroïsme maternel. Enfin les gens plus sages, ou plus incrédules, disaient qu'il fallait attendre le résultat d'une semblable abnégation de soi-même, pour juger de l'influence qu'elle aurait sur les deux enfants.

Ceux-ci laissèrent quinze jours s'écouler, sans qu'ils parussent se ralentir de leurs jeux accoutumés. Ce qui surtout les maintenait dans leurs chères habitudes, c'était l'accueil gracieux que leur faisait leur mère, lorsqu'ils allaient la visiter. Jamais le moindre nuage sur son front, jamais le moindre reproche sur ses lèvres... Un soir cependant qu'elle était occupée à faire une lecture attachante, entre Arthur, l'air triste et la démarche incertaine. Il prend un tabouret, s'assied aux pieds de sa mère, et la regardant, les yeux mouillés de pleurs, il lui dit du ton le plus expressif : « Voilà pourtant quinze grands jours que tu es prisonnière, tandis que mon frère et moi nous nous livrons à tous les plaisirs dont nous sommes entourés !... mais je n'y tiens plus ; et cette pensée que notre mère est captive, tandis que nous parcourons toutes les promenades, et qu'elle souffre lorsque nous nous amusons !... Oh ! cela me déchire et m'accable. Il faut absolument que cela finisse : et, dès demain, je prétends prendre une première leçon de lecture. Vois-tu cet alphabet que notre bonne gouvernante a bien voulu m'acheter sur mes semaines? il ne me quittera pas que je ne sache lire tout couramment. » La mère, émue elle-même jusqu'aux larmes, prend son fils dans ses bras et le couvre de baisers, en s'écriant avec ivresse : « J'étais bien sûre que tu me reviendrais... Non, la nature ne perd jamais ses droits... Pourtant, je l'avouerai, j'ai trouvé la quinzaine un peu longue. « Et aussitôt la recluse s'empresse de donner la première leçon à son fils, qui ne cessait de répéter : « Oh! maman, que c'est difficile ! je crains bien que tu ne restes longtemps prisonnière. — Ton aptitude et ta patience, cher enfant, abrégeront ma captivité. »

Le lendemain matin, Arthur retourna prendre sa seconde leçon, qui lui parut moins effrayante; et comme il descendait de chez sa mère, son alphabet à la main, il rencontre Frédéric dans l'escalier, qui lui dit : « Eh! d'où viens-tu donc? je t'ai cherché partout. — Je viens de chez maman prendre ma leçon de lecture. — Comment, sans m'en prévenir? — Dame, tu répétais sans cesse : « Il faut tenir ferme... il faut la voir venir... » moi, j'ai cru que c'était un fils qui devait aller au-devant de sa mère, et je suis allé me jeter dans les bras de la mienne. — Elle t'aura sans doute bien recommandé de m'amener avec toi? — Elle ne m'a pas dit un mot de cela : elle est bonne, maman; mais elle est fière, et je suis de son avis, ce n'est pas à une mère à faire les avances. — C'est juste... ainsi me voilà, moi, délaissé, oublié, réduit à ne rien savoir, tandis que toi tu seras un docteur. — Il ne tient qu'à toi de le devenir à ton tour : achète un alphabet sur tes semaines, et viens avec moi chez notre prisonnière... Je puis bien la nommer de la sorte, puisqu'elle a promis de ne pas reparaître dans le monde que nous ne sachions lire. — Ainsi donc, s'écrie Frédéric avec une expression remarquable, c'est moi seul qui prolongerais sa captivité !... Oh ! non, non, j'en serais trop honteux, trop repentant... c'est fini, je suis vaincu : dès ce soir je l'accompagne, et nous verrons qui de nous deux fera le plus de progrès pour faire cesser la réclusion de notre chère institutrice. »

Je ne dépeindrai pas quels furent le triomphe et la joie de madame Darmincourt, en voyant Frédéric accompagner son frère. Rien n'était à la fois plus curieux et plus intéressant que ces deux enfants disputant entre eux de zèle et d'intelligence pour vaincre les fastidieux éléments de la lecture. Mais au lieu de deux leçons par jour, ils en prirent jusqu'à six, et furent bientôt en état d'épeler. Oh ! combien l'intérêt qu'ils éprouvaient leur donnait de force et de courage pour surmonter les difficultés qu'ils avaient à vaincre ; mais aussi quelle jouissance éprouvait leur tendre mère, en les voyant quitter leurs jeux accoutumés, abréger même leurs promenades, pour revenir, haletants de joie, auprès de la prisonnière, qui trouvait alors sa captivité délicieuse et la plus ravissante époque de sa vie ! Chaque matin les deux frères renouvelaient les fleurs les plus rares contenues dans un vase placé sur la table où ils recevaient leur leçon ; et tandis que l'heureuse mère, un bras posé sur les épaules d'Arthur, lui faisait lire *le Petit Poucet* ou *Cendrillon*, Frédéric, debout auprès d'eux, s'habituait à parcourir *la Petite Glaneuse* ou *le Petit Joueur de violon*. Avec quelle ivresse l'excellente mère donnait alors sa leçon ! Avec quelle ardeur s'appliquaient les deux charmants enfants !

Au bout de trois mois, les deux frères, non-seulement lisaient couramment, mais possédaient les premières notions de ce qui compose une instruction véritable.

A cette époque, le colonel Darmincourt revint de son régiment,

et retrouva sa femme dans la même solitude où elle avait promis
de rester jusqu'à ce que ses deux fils fussent en état de lire à
livre ouvert. Elle convoqua donc, dès le lendemain de l'arrivée
de son mari, un grand nombre de leurs amis, propres à former
un comité d'examen, et fit paraître devant eux ses deux élèves,
dont les manières avaient déjà quelque chose de plus posé, et
dont le langage offrait des expressions mieux choisies. Frédéric
parut le premier dans la lice : on lui présente un grand in-8°
qu'il ouvre au hasard et dans lequel il lit, sans se tromper,
deux pages du *Télémaque* de Fénelon; il est couvert d'applaudissements.

Arthur ensuite s'avance ; il lit avec non moins d'assurance
que son frère, et surtout avec une expression ravissante, le joli
conte de madame d'Aulnoy, intitulé *Gracieuse et Percinet*, pris
au hasard dans son charmant recueil, et qui prouve le pouvoir et
le charme que possède une tendre mère pour instruire ses enfants
tout en les amusant. Cet heureux à-propos fait redoubler l'assemblée d'applaudissements, qui vont droit au cœur de madame
Darmincourt. Elle prie alors les examinateurs de ne pas se borner
à la simple lecture, et de faire à ses chers élèves des questions
préliminaires sur la Bible et l'histoire de France. Ils y répondent
avec une lucidité qui annonce une heureuse mémoire et une
rare intelligence. Enfin il est reconnu par l'aréopage que Frédéric
et Arthur ont, en quelque sorte, réparé le temps perdu, et que
bientôt ils seront en état d'entrer au lycée. Le colonel ne peut
contenir toute sa joie, et pressant dans ses bras sa femme et
ses enfants, il avoue qu'il ne fut jamais plus heureux d'être
époux et père.

La vieille madame Darmincourt, reconnaissant alors toute la
force d'âme et la noble persévérance de sa bru, ne peut s'empê-

cher de lui adresser les plus honorables félicitations. Chacun, en un mot, reconnaît de quelle énergie, de quelle admirable patience est capable une tendre mère pour assurer le bonheur de ses enfants : et celle qui en offrait la preuve, profitant de cette importante circonstance pour donner aux grands parents un avis salutaire, dit à ses deux fils qu'elle pressait sur son sein, en jetant un regard expressif sur leur vénérable aïeule : « Ceux qui nous caressent le plus ne sont pas toujours ceux qui nous aiment le mieux... J'espère que vous n'oublierez jamais la leçon maternelle. »

LA JEUNESSE DE RAPHAËL.

Vous, jeunes gens, que vos goûts et les inspirations de l'âme destinent dès l'enfance à la culture des arts, écoutez le récit historique d'un trait de l'adolescence du plus grand peintre qu'ait produit l'Italie ; et vous aurez, je n'en doute pas, cette heureuse conviction que plus les obstacles semblent se multiplier à l'entrée d'une illustre carrière, plus il faut redoubler de courage et de résignation pour les surmonter, et suivre l'impulsion naturelle qu'on a reçue des cieux.

Raphaël Sanzio, né à Urbin, dans les États du Saint-Siége, vers la fin du xv° siècle, était le fils d'un peintre obscur qui consacrait principalement ses pinceaux à décorer la faïence, et qui voulut que son enfant n'eût pas d'autre profession que la sienne. Tout petit, il fut donc habitué, par son père, à peindre sur des vases de toute espèce et de toutes grandeurs, des fleurs, des oiseaux, des animaux et, par suite, des figures de différentes expressions. L'enfant montrait dans ses premiers essais une intelligence précoce, une grande flexibilité de couleur, et surtout une correction de dessin qui annonçaient de rares dispositions. C'était à qui, des manufacturiers de la ville et du duché d'Urbin, emploierait le vieux Sanzio à orner les nombreux objets qu'ils débitaient dans une grande partie de l'Italie. Le peintre sur faïence, en un mot, acquit une espèce de célébrité, tout en se créant une honnête existence. Toutefois il préférait la quantité du débit de ses ouvrages à leur qualité ; et lorsque le petit Raphaël, entraîné par le véritable génie qui l'inspirait déjà sans qu'il s'en doutât, donnait aux divers sujets qu'il était chargé de représenter une perfection dont on ne tenait pas compte à son père dans les manufactures, il subissait de celui-ci les reproches les plus sévères

Mais le ressort tout neuf que l'on comprime ne se détend qu'avec plus de violence. Tel est l'essor du génie naissant. Raphaël, alors âgé de douze ans, sentait en lui se développer un élan de pensée, un remuement de cœur qu'il cachait à son père, et dont ce dernier ne soupçonnait pas l'irrésistible puissance. N'ayant dans toute la journée que deux heures de repos, le pauvre enfant ne pouvait se livrer au développement de ses facultés naissantes que le matin, dès l'aube du jour, tandis que son père sommeillait encore. Seul alors dans une espèce de grenier en mansarde qu'il habitait, il attendait avec impatience les premiers rayons de l'aurore, pour se livrer aux inspirations qu'il éprouvait. Mais sur quoi pouvait-il exercer ses pinceaux ? Aucun cadre, aucune toile n'était à sa disposition ; ce n'était que sur les murs de sa chambre que le pauvre enfant pouvait tracer au crayon noir quelques esquisses, improviser quelques sujets qu'il lui fallait effacer aussitôt, de peur d'être surpris par son père, qui l'eût puni de perdre ainsi son temps à ce qu'il appelait des niaiseries.

Cependant cet invincible besoin de produire, cette voix secrète qui répète sans cesse : « Élance-toi ! la gloire t'attend ! » en un mot, cet instinct créateur qui poursuit, enflamme, transporte, tout se réunissait pour exalter l'imagination du jeune Raphaël. La Providence, qui tôt ou tard vient au secours des âmes dignes de la comprendre, voulut que le vieux Sanzio fût atteint d'un accès de goutte qui l'obligeait à garder le lit. Raphaël alors devint plus libre de se livrer à ses inspirations; et, dans les entrevues qu'il eut avec plusieurs manufacturiers, il se fit connaître comme l'auteur des nouvelles peintures que leur avait livrées son père, et qui, chaque jour, avaient tant de débit dans leurs magasins.

Un jour, il fut conduit dans un atelier de porcelaines, et fit, sans qu'on s'en aperçût, une étude profitable des moyens qu'on employait pour y peindre les divers objets qui en faisaient l'ornement. Peu de temps après, il rapporta au manufacturier qui lui avait confié un vase de porcelaine, l'image frappante d'une Vierge très-honorée et très en vogue dans la cathédrale d'Urbin. La figure de la reine des anges était d'une expression ravissante et toute céleste. Raphaël reçut pour prix de cet essai une somme assez forte qu'il s'empressa de remettre à son père, à peine convalescent de la forte secousse qu'il avait éprouvée. Sanzio, qui tenait avant tout à l'argent, permit alors à son fils de se livrer à la peinture sur porcelaine, se réservant à lui la faïence, qui seule convenait à ses habitudes.

Voilà donc notre gentil Raphaël, à peine adolescent, livré sans contrainte à toute la fougue de ses inspirations.

D'abord il peignit des fleurs de toute espèce, les fruits les plus beaux, les oiseaux du plus riche plumage, et se hasarda plusieurs fois à représenter des figures, des personnages historiques, avec un succès qui passa ses espérances, et lui valut une somme assez forte qu'il eut encore la jouissance de remettre à son vieux père, convaincu, malgré lui, que son enfant pourrait avoir un jour quelque talent.

Une heureuse circonstance vint encore procurer au jeune artiste l'avantage de se faire connaître et de commencer sa célébrité. Le duc d'Urbin, dont le faste égalait l'opulence, était proche parent du pape Alexandre VI. Il conçut le projet de lui offrir un service en porcelaine, dont les douze principales pièces représenteraient la vie de la très-sainte Vierge, depuis sa naissance jusqu'à son assomption. Le directeur de la manufacture, qui connaissait les diverses peintures du jeune Raphaël, lui confia cette importante entreprise.

Surpris, enthousiasmé du choix qu'on avait fait de lui, notre adolescent se livra plus que jamais à ses heureuses inspirations, et chercha les modèles dont il avait besoin pour remplir l'honorable mission dont il était chargé. Puis il revenait dans son humble atelier remettre sur la porcelaine ce qu'il avait saisi d'après nature.

Le duc d'Urbin, après s'être assuré par lui-même que le jeune artiste remplirait ses intentions, lui avait donné les plus honorables encouragements... Mais quand il fallut peindre la Vierge au moment de l'Annonciation, Raphaël ne trouva plus de modèle digne de l'inspirer. C'est en vain qu'il esquissait des figures d'une correction idéale, d'une expression céleste; il ne découvrait point encore le chef-d'œuvre divin qu'avait rêvé son imagination. Il effaçait à mesure qu'il composait : il parcourait ensuite tous les tableaux, toutes les statues qui représentaient la Vierge, dans les principales églises de la ville et de ses environs.

Enfin, au bout de quelques mois, les douze portraits de la Vierge furent terminés, et bientôt envoyés au souverain Pontife. Celui-ci demanda le nom de l'artiste dont les pinceaux avaient retracé sous des traits si divins la reine des anges, et que son talent devait classer bientôt parmi les peintres les plus renommés de l'Italie. Le duc d'Urbin s'empresse de nommer Raphaël; et, peu de temps après, celui-ci reçut un ordre d'Alexandre VI de se rendre auprès de lui.

Le vieux Sanzio venait de mourir, et son fils, encore jeune, se trouvait orphelin, sans appui que ses pinceaux et la protection du duc d'Urbin, qui lui remit une recommandation particulière pour le pape, dont il reçut l'accueil le plus encourageant. Alexandre avait fait voir les portraits de la Vierge sur porcelaine aux peintres les plus célèbres qui décoraient alors le Vatican de leurs admirables productions; et le Pérugin offrit d'admettre le jeune Sanzio au nombre de ses élèves. Raphaël ne tarda pas à s'y faire distinguer : introduit dans la chapelle que peignait à cette époque Michel-Ange, il devint bientôt l'égal du Pérugin.

Raphaël, à cette époque, comptait à peine dix-huit ans. Il avait déjà parcouru la majeure partie de l'Italie et s'était arrêté principalement à Florence, où il ne pouvait se lasser d'étudier les admirables cartons de Léonard de Vinci, et se pénétrait de la belle méthode de ce grand maître. Il enrichit son imagination dévorante du choix heureux dans les compositions, de la correction dans le dessin, de la grâce et de la noblesse dans les figures, et surtout du naturel et de l'expression dans les attitudes. Il devint, en un mot, un peintre du premier ordre.

Jules II venait de succéder au pape Alexandre. Bramante,

célèbre architecte, lui désigna Raphaël comme l'artiste le plus digne d'embellir le Vatican de ses riches productions. Le pape le fit introduire auprès de lui, et frappé de cette figure expressive, ravissante, de ce regard d'où le génie s'élançait en traits de flamme, il lui demanda son premier grand tableau, dont il laissait le sujet à son choix. Raphaël, qui faisait alors une étude particulière des personnages les plus célèbres de l'antiquité, conçut le vaste projet de peindre à fresque l'*École d'Athènes*, grande et majestueuse composition qui représente à la fois, sous les traits que nous retrace l'histoire, Platon, Aristote, Socrate, Pythagore, Diogène, Archimède et Zoroastre. Ce chef-d'œuvre, d'une conception si hardie et d'une exécution si parfaite, acheva de le placer au premier rang de l'école romaine, et le fit surnommer l'Homère de la peinture.

A partir de cette époque, Raphaël remplit l'Europe entière de sa renommée. Ce fut à qui des souverains enrichirait son palais de ses immortels ouvrages. François Ier voulut l'attirer en France, en lui faisant remettre une somme considérable pour un *saint Michel* qu'il lui avait demandé ; mais l'artiste voulut prouver qu'il était aussi généreux qu'un monarque ; il fit hommage à celui-ci de la *sainte Famille*, qu'il composa pour lui, et dont la valeur était inappréciable.

Le roi de France, grand protecteur des arts, força l'auteur de ce chef-d'œuvre d'accepter un présent digne à la fois de la main qui l'offrait et de celle qui l'acceptait. Il fit à Raphaël de nouvelles instances pour venir s'établir au Louvre, où le plus bel atelier lui serait préparé. Mais le pape Léon X venait de charger son peintre chéri de diriger la construction de la basilique de Saint-Pierre, et le retint à Rome en lui accordant une pension qui le mit à même de tenir le rang qui lui appartenait.

Raphaël ne voulut pas toutefois rester le débiteur du roi de France, et commença pour lui la *Transfiguration* de Jésus-Christ sur le mont Thabor, admirable et sublime production, regardée comme le chef-d'œuvre de la peinture. Mais les forces de son immortel auteur s'affaiblissaient chaque jour, et ce chef-d'œuvre fut le chant du cygne. Raphaël, à peine âgé de trente-six ans dévoré par l'amour de son art et l'excès du travail, n'avait plus qu'à retoucher la *Transfiguration*, lorsqu'il fut atteint d'un épuisement total qui le conduisit au tombeau. Il expira dans les bras de Léon X, les regards attachés sur son dernier tableau, qu'il avait fait exposer au pied de son lit, et regrettant de n'avoir plus assez de force pour y porter la dernière main.

Sa mort fut un deuil général pour Rome et les Etats du pape. Les honneurs funèbres qui lui furent rendus égalèrent ceux qu'on n'accorde qu'aux têtes couronnées : il laissa des amis qui le pleurèrent, des admirateurs partout où l'on cultive les beaux-arts.

O vous, jeunes artistes, pour qui j'ai tracé cette faible esquisse; adolescents, qui tenez d'une main timide, incertaine, vos premiers pinceaux, armez-vous de courage et de persévérance! Rappelez-vous que l'auteur de l'*Ecole d'Athènes*, de la *sainte Famille* et de la *Taansfiguration* fut un petit barbouilleur sur faïence, réduit à faire au crayon ses premières études sur les murs de l'humble réduit qu'il habitait, s'élançant de son propre mouvement et par sa seule volonté vers la perfection de l'art..... Et n'oubliez jamais cette vérité proclamée par un homme sévère et prouvée par l'expérience : « Une haute renommée est presque toujours en proportion des obstacles qu'il faut vaincre pour y parvenir. »

LES TROIS ÉTAGES.

Le fond du récit que je vais faire est historique : cette anecdote intéressante a eu lieu dans mon voisinage, et je m'en suis emparé pour la joindre à ces traits populaires, attachants, que je vais ramassant sur la scène du monde, comme le botaniste qu'on voit errer dans les vallons, sur les montagnes, cueillant les plantes salutaires propres à calmer, à prévenir tous les maux de l'humanité.

Estelle Aubert était l'unique enfant d'un ouvrier imprimeur qu'un travail forcé, opiniâtre, avait réduit à vivre dans un fauteuil, privé de l'usage de ses jambes et de ses mains : position cruelle pour un homme de cœur qui se voyait à la charge de sa femme et de sa fille ! Celles-ci n'avaient pour toute ressource que leur modique profession de blanchisseuses en linge fin, à laquelle, depuis quelques mois seulement, Estelle avait ajouté celle de raccommodeuse de blondes et de dentelles, afin d'augmenter le gain de la journée.

Cette honnête et pauvre famille habitait deux chambres en mansarde, ou plutôt une partie d'un sixième étage, rue Chabanais, en face d'un hôtel dont le premier était occupé par un spéculateur en terrains devenu grand capitaliste; le second par le vicomte de Saluces, écuyer cavalcadour; et le troisième par un commissaire-priseur.

Chacun de ces divers habitants de l'hôtel avait une fille : celle du riche capitaliste Saint-Omer, nommée Léonie, était d'une figure ouverte et de la plus joyeuse humeur, mais distraite, étourdie, insouciante ; son institutrice, femme d'un mérite distingué, ne pouvait parvenir à mettre dans la tête de son élève deux idées de suite, à graver dans sa mémoire les moindres notions de grammaire, d'histoire et de géographie. C'était, en un mot, une folle, gâtée par ses parents, qui s'imaginaient que leur fille unique aurait bien assez de l'opulence pour briller dans le monde.

La fille du vicomte de Saluces offrait un contraste frappant avec celle du capitaliste. Clorinde était froide et réservée : son regard imposant, ses lèvres dédaigneuses exprimaient la fierté. Sa gouvernante la maintenait dans cette haute idée de naissance, dans cette roideur gourmée de caste nobiliaire, et lui faisait mesurer, à chaque instant, l'énorme différence qui existait entre elle et la fille d'un de ces nouveaux enrichis qui s'imaginent pouvoir marcher de pair avec les grands seigneurs.

Quant à la jeune Emma, fille de monsieur Dumont, commissaire-priseur, elle n'avait ni la morgue de Clorinde, ni la folle insouciance de Léonie. Placée dans cette moyenne région de la société où l'on ne connaît ni l'ennui du rang et de l'étiquette, ni les besoins de l'indigence ; où l'on est, comme nous le dit un ancien sage, à l'abri des coups de soleil qui frappent la cime des grands arbres et des inondations qui noient les petites herbes rampant sur la terre, Emma, élevée par sa mère, excellente femme, occupée à maintenir dans sa maison l'ordre et l'aisance, à faire le bonheur de tout ce qui l'entourait, Emma, habituée dès son enfance à vaquer aux soins domestiques, bonne par instinct, instruite sans prétention, charmante enfin, sans presque s'en douter... Emma n'était qu'une simple bourgeoise.

Estelle Aubert était souvent en relation avec ses trois jeunes voisines, dont sa mère était la blanchisseuse de fin. Sa réputation d'honnête petite fille, ses tendres soins pour son père infirme, et le renom d'habile ouvrière qu'elle s'était acquis dans tout le quartier, lui donnaient déjà, pour ainsi dire, une espèce de vogue. Il ne se passait point de semaine qu'elle ne fût appelée tantôt chez le riche capitaliste Saint-Omer, pour raccommoder un voile de dentelle; tantôt chez le vicomte de Saluces, pour réparer un accroc fait à ses manchettes de malines brodées, ou bien une déchirure, que la vicomtesse avait faite à ses barbes en point de Bruxelles; tantôt enfin chez le commissaire-priseur, pour reblanchir et mettre à neuf les collerettes en tulle de madame Dumont, ou bien les pèlerines en simple jaconas qui composaient la parure ordinaire de sa fille.

Mais l'accueil que recevait Estelle Aubert aux divers étages de l'hôtel variait suivant la condition des familles qui l'occupaient. Au premier, son ouvrage était toujours bien reçu, apprécié à sa juste valeur; et chaque fois elle en recevait le prix, en proportion des soins et du travail qu'il avait exigés. Léonie l'appelait ordinairement ma bonne Estelle, et ne prenait avec elle aucun ton de hauteur ni d'arrogance.

. Il n'en était pas de même au second étage : la vicomtesse de Saluces, fière et dédaigneuse, ne paraissait jamais satisfaite de ce qu'avait fait la jeune ouvrière, qu'elle nommait tantôt *ma petite*, tantôt *mon cœur*, avec ce sourire insolent qui semble mesurer les distances. Clorinde se montrait encore plus difficile, plus exigeante que sa mère. Elle faisait souvent recommencer à la timide, à la complaisante Estelle le travail qu'elle avait fait; et plus d'une fois la pauvre petite se retira sans avoir reçu son salaire.

Quant au troisième étage, elle s'y présentait comme dans sa propre famille. Monsieur et madame Dumont la comblaient de caresses, de félicitations sur sa conduite. Emma surtout, la bonne Emma ne pouvait se lasser d'admirer la perfection du travail de sa jeune voisine : elle lui serrait les mains et l'eût volontiers embrassée, si la jeune blanchisseuse elle-même ne se fût tenue par modestie à la distance qu'elle croyait exister entre elles.

Bientôt Estelle se fit une réputation parmi les dames les plus élégantes du quartier : c'était à qui vanterait son talent, son exactitude ; c'était à qui lui confierait ses chiffons les plus précieux ; enfin mademoiselle Aubert, car c'est ainsi qu'alors on la nommait, ne pouvant plus suffire avec sa mère à tout l'ouvrage qu'on leur confiait, fut contrainte de prendre plusieurs ouvrières, de faire des apprenties dans son état, et pour cela il lui fallut quitter ses deux chambres en mansarde où il faisait si froid l'hiver et si chaud l'été. Elle loua donc un joli petit appartement au troisième étage de la maison où elle demeurait, dont une pièce donnait au couchant sur la rue, et qu'habita son vieux père infirme, qu'elle roulait elle-même dans un grand fauteuil vers la croisée, pour lui faire respirer le grand air, et le réchauffer aux rayons du soleil.

Placée alors en face des appartements qu'occupaient ses trois voisines, Estelle les suivait assez souvent dans leurs occupations journalières. Tantôt elle remarquait Léonie se pâmant de rire en faisant faire mille tours, mille gambades au singe chéri de sa mère, attaché par une longue chaîne à l'un des balcons du premier ; tantôt elle apercevait Clorinde faisant de la tapisserie auprès de la vicomtesse, qui s'était endormie au milieu d'une lecture édifiante ; tantôt enfin elle recevait un salut gracieux, un aimable sourire d'Emma, qui vaquait aux soins du ménage. Bien-

13

tôt son jeune frère Léon venait la rejoindre à la croisée, et, remarquant les tendres soins dont Estelle s'empressait d'entourer
son vieux père, il la saluait à son tour avec une vive émotion, et
restait les regards attachés sur elle jusqu'à ce qu'elle se fût retirée au fond de son habitation pour reprendre son travail, et diriger celui de ses ouvrières.

L'hiver bientôt succéda aux beaux jours ; il donna de nouveau
à la jeune ouvrière en dentelles une juste idée de l'orgueil des
rangs et des prérogatives de la naissance : ce qui l'affermit dans
la résolution qu'elle avait prise de n'avoir avec les gens titrés
et les opulents du jour que les communications nécessaires à son
état, ou bien aux besoins qu'on pouvait avoir d'elle. L'époque
du carnaval approchait, et chaque classe de la population se
livrait aux plaisirs que procurent les réunions de danse et de
musique.

Il y eut un grand bal chez le capitaliste Saint-Omer. Le ban et
l'arrière-ban de la Chaussée-d'Antin avaient été invités : les préparatifs les plus splendides étaient dirigés par un habile tapissier; le glacier le plus en vogue avait été mis en réquisition, en
un mot rien n'avait été épargné pour étaler tout le luxe, toute
la somptuosité de l'opulence. Estelle, qui, dès le matin de ce
grand jour, avait reporté à madame Saint-Omer une garniture
de robe en point d'Angleterre, s'enhardit jusqu'à demander à la
femme de charge la permission de se mêler, le soir, parmi les
gens de l'hôtel, pour voir défiler dans l'antichambre les toilettes
riches, élégantes, et de prendre une juste idée des modes du
jour. Un valet de chambre annonçait à haute voix toutes les
personnes qui se présentaient.

Dès le lendemain, Estelle Aubert ne manqua pas d'aller donner à la famille Dumont, qu'on n'avait point invitée, les détails

de cette fête magnifique, et de lui nommer les dames qui avaient étalé les plus beaux diamants, les plus riches parures. Mais sa surprise fut grande lorsqu'elle apprit de l'honnête monsieur Dumont, qu'en sa qualité de commissaire-priseur il avait fait la vente des meubles d'une de ces dames les plus brillantes, pour apaiser les créanciers de son mari, qui le poursuivaient comme banqueroutier frauduleux.

Peu de jours après, la famille Dumont reçut à son tour ses parents, ses amis, ses affidés. Il n'y eut à cette réunion ni le luxe éblouissant de l'opulence, ni la tenue imposante des gens de cour : c'était le rassemblement joyeux des bons bourgeois du quartier ; on n'y rencontrait que des cœurs épanouis de joie et de franche amitié. On s'accostait sans cérémonie ; on se prenait le bras avec confiance, on se dégantait pour se serrer la main ; c'était, en un mot, la fête des bonnes gens : aussi monsieur Dumont se promenait-il avec ivresse dans son salon proprement décoré, et ne cessait-il de répéter, au milieu des danses qui se formaient et des jolis groupes dont il était entouré, que le moyen le plus sûr d'être heureux, c'est de l'être du bonheur des autres.

Estelle avait été invitée à cette modeste réunion par le commissaire-priseur lui-même. Il lui dit, avec cet accent d'un homme de bien qui sait distinguer et apprécier le vrai mérite : « Personne assurément ne pourrait mieux embellir notre petite fête, que celle dont le travail soutient ses parents, adoucit les souffrances de son père infirme, celle enfin qui s'est acquis la considération de tout le voisinage. — Il nous tardait, ajoute madame Dumont, de vous donner cette preuve publique de notre attachement et de notre profonde estime. »

Oh ! que ces paroles pénétrèrent avant dans le cœur de la jeune ouvrière! Qu'il est flatteur, le premier hommage que l'on reçoit et dont on s'avoue être digne! Estelle fut si vivement saisie de joie, qu'elle ne put proférer la moindre parole : un serrement de main, qu'elle reçut en ce moment d'Emma, lui prouva qu'elle s'unissait à l'invitation de ses parents. Elle fut accueillie avec tous les égards que l'on doit à la fille de bien, traitée par toutes les jeunes personnes comme une égale, comme une amie : chacun lui adressa les hommages les plus flatteurs, et lui prouva que la véritable vertu ne connaît ni les rangs ni les distances.

Trois ans s'écoulèrent : mademoiselle Aubert, devenue chef d'un atelier considérable, avait fait des gains légitimes fort au-delà de ses espérances. Elle avait augmenté son petit mobilier, orné l'intérieur de son modeste appartement. Sa mère, d'une faible santé, ne faisait plus le gros du ménage; il était confié à la veuve d'un soldat invalide; le vieux fauteuil en bois du père Aubert était remplacé par une dormeuse en velours d'Utrecht : il ne paraissait plus à la croisée de sa chambre qu'en bonne redingote d'espagnolette grise et en casquette de drap bleu. Estelle elle-même, sans rien changer à son habillement ordinaire, porta des étoffes un peu plus recherchées, couvrit ses épaules d'un ample châle de mérinos, hasarda même la petite montre en or, pour être à l'heure précise chez ses pratiques; mais elle la cachait avec soin sous sa collerette; elle ne craignait rien tant que de se faire remarquer, et se serait imposé les plus grandes privations plutôt que d'exciter l'envie.

La première moitié de l'année 1830 venait de s'écouler : chérie, honorée de ses ouvrières et de ses apprenties, récompensée de ses tendres soins pour ses parents par le bonheur dont ils jouissaient auprès d'elle, notre jeune ouvrière comparait souvent sa position sociale avec celle de ses trois voisines qu'elle étudiait sans cesse, et se trouvait tout aussi heureusement placée dans le monde, puisqu'elle y était utile, estimée... lorsque tout-à-coup l'orage le plus terrible s'éleva dans la capitale, et retentit dans la France entière. Le pacte social fut brisé, Paris fut en proie au choc des partis et de toutes les passions qui fermentent en pareil cas.

Dans ce bouleversement général, on vit les plus hauts rangs anéantis, les plus belles positions sociales renversées et détruites. Le vicomte de Saluces fut dépouillé de ses pensions, de ses prérogatives : il suivit dans leur exil ses anciens maîtres, laissant sa femme et sa fille dans une gêne qui les contraignit de vendre leurs bijoux, leur mobilier; et bientôt, ne pouvant plus subvenir à leurs besoins, elles se retirèrent chez une vieille parente égoïste, qui habitait le faubourg Saint-Germain.

La grande secousse politique se fit sentir dans le cours des effets publics : elle causa la ruine d'un grand nombre de gens de finance, et principalement de ceux qui avaient spéculé sur les terrains et les établissements publics. Saint-Omer fut de ce nombre : après avoir vainement épuisé toutes ses ressources, tous les moyens d'échapper au désastre, il mourut dans la misère.

La malheureuse madame Saint-Omer se réfugia dans un hôtel garni. Elle eut la douleur d'apprendre que tout ce qui composait le mobilier serait vendu, sans qu'elle pût faire la moindre réclamation, parce qu'elle avait été en communauté de biens avec son mari. Elle ne sut, ainsi que sa fille, quelle ressource employer pour subvenir aux premiers besoins de la vie. Elles essayèrent en vain de recourir à la commisération de plusieurs grands capitalistes qui avaient eu de fréquentes communications avec le malheureux Saint-Omer; elles en furent accueillies avec indifférence, éconduites avec adresse. Elles éprouvèrent alors que la plus grande souffrance des infortunés, c'est d'implorer les opulents.

Toutes les deux abattues par la douleur, en proie au dénûment le plus absolu, se voyaient réduites à implorer l'assistance d'un bureau de charité, lorsque Léonie, se rappelant avec quel zèle et quelle ivresse la jeune ouvrière en dentelles soutenait par son travail ses honnêtes parents, sentit se ranimer son courage et résolut d'aller un matin, rue Chabanais, confier à Estelle Aubert le désir qu'elle éprouvait et l'espoir qu'elle avait conçu de procurer à sa mère, sinon l'aisance, du moins le pain de la journée et un abri contre la misère. Elle reçut de son ancienne voisine l'accueil le plus touchant. « Venez, lui dit Estelle en la pressant dans ses bras, venez avec madame votre mère : je vous occuperai toutes les deux dans mon atelier; et s'il vous répugne de vous mêler parmi mes ouvrières, je vous fournirai de l'ouvrage dans votre appartement. Les deux chambres en mansarde que j'habitais sont à louer en ce moment; venez vous y établir. Je vous avancerai les trois mois de loyer et vous prêterai une partie de mes meubles. Ma bonne veuve fera votre ménage; enfin nous partagerons tout ce que je possède. Venez, mademoiselle Léonie, vous qui me reçûtes toujours avec tant de bonté lorsque vous étiez dans l'opulence, vous qui jamais ne m'avez fait éprouver la moindre humiliation. Vous ne dédaignâtes point votre blanchisseuse : il est bien juste qu'elle ait son tour, et je vous remercie d'avoir compté sur Estelle Aubert. — Ah! dites mon amie, s'écria mademoiselle Saint-Omer : hélas! vous êtes la seule que je retrouve dans notre cruel désastre, et je vous avais bien jugée. »

Dès le lendemain, la mère et la fille, leur petit bagage sous le

bras, vinrent s'établir à deux étages au-dessus de celui qu'occupait Estelle, qui, d'avance, avait garni les deux mansardes des
objets les plus nécessaires. Madame Saint-Omer occupa celle
donnant sur la cour, afin de n'avoir pas sans cesse devant les
yeux les croisées du somptueux appartement qu'elle occupait en
face, et dont justement on vendait le mobilier. Léonie ne pouvait
s'empêcher de laisser tomber de sa lucarne des regards attendris
sur cette belle habitation, où elle avait passé des jours si heureux; où, bercée par les prestiges de l'opulence, elle était loin de
croire qu'elle irait un jour se réfugier dans l'humble réduit de la
pauvre ouvrière... Oh! que de réflexions elle faisait alors sur les
caprices du sort, et combien elle s'applaudissait de n'avoir jamais
humilié ses inférieurs! Léonie ne rougit point de s'établir dans
l'atelier de mademoiselle Aubert, où elle ne tarda pas à prendre
rang parmi les plus habiles apprenties.

Sa mère, atteinte de quelques infirmités causées par le chagrin, travaillait dans sa chambre, et secondait sa fille à se procurer les objets nécessaires à leur existence. Ce qu'elles avaient
le plus à cœur, c'était de pouvoir remettre à l'obligeante Estelle
les différents meubles dont elle s'était privée, se réduisant elle-
même à coucher sur un lit de sangle pour offrir à madame Saint-
Omer une retraite qui lui fût plus commode et l'humiliât moins
dans son malheur. Déjà la mère et la fille, par leurs travaux et
leurs veilles, se disposaient à traiter avec un tapissier du voisinage, pour avoir l'ameublement le plus modique, mais indispensable à leurs besoins, lorsqu'un événement étrange vint tirer
madame et mademoiselle Saint-Omer de la position pénible où
elles se trouvaient.

Un jour qu'elles étaient allées à l'office divin, et que, selon
leur usage, elles avaient remis la clef de leurs chambres au por-

tier de la maison, elles éprouvèrent en rentrant une surprise mêlée d'une émotion bien naturelle, en voyant une partie des meubles qui garnissaient leurs appartements respectifs dans l'hôtel qu'elles avaient habité. Madame Saint-Omer reconnut son lit d'acajou, orné d'une draperie de pékin bleu de ciel, avec son somno, sa longue bergère en maroquin vert et son grand chiffonnier. Elle s'empresse de l'ouvrir, et le trouve rempli d'une partie de son linge de corps et de ses vêtements. Léonie s'élance dans sa mansarde, et reconnaît son lit de demoiselle, surmonté d'une flèche dorée portant des rideaux de mousseline, plusieurs petits meubles à son usage, sa causeuse de drap bleu lapis, son piano, tous ses recueils de musique, et, au-dessus, un grand cadre couvert d'une toile verte. Elle l'enlève avec empressement et retrouve le portrait de son père, au bas duquel on avait écrit ces mots : « Courage, ma fille! celle qui nourrit sa mère du travail de ses mains, tient toujours un rang honorable dans la société. » Le cri perçant que jette Léonie à l'aspect de cette âme si chère, de cette touchante inscription, attire madame Saint-Omer, qui, saisie elle-même de surprise, et pressant sa fille sur son sein, avoue qu'on n'a pas tout perdu lorsqu'on est encore mère, et que les trésors les plus vrais, les plus impérissables, ce sont ceux de l'âme.

Léonie descend aussitôt chez Estelle Aubert, et lui raconte cette aventure, dont celle-ci la félicite avec l'élan de la tendre amitié. Leurs soupçons alors se portent sur telle ou telle personne opulente et capable d'un aussi beau trait de générosité. Pour mieux parvenir à la découvrir, elles descendent toutes les deux chez le portier, lui font mille questions sur les porteurs de ces différents meubles. Il leur répond que c'est monsieur Jamart, le tapissier de ces dames, qui, lui-même, a mis tout en place.

« Il est venu, de là, remonter chez moi le lit que j'avais eu le bonheur de prêter à madame votre mère, dit Estelle ; allons l'interroger ! » Elles se rendent sur-le-champ auprès de ce digne homme, qui demeurait au bout de la rue, et le sollicitent de leur faire connaître la main bienfaisante habituée sans doute à consoler, à secourir l'honorable indigence, Celui-ci avoue qu'en effet il a été chargé d'acheter, à la vente qu'on venait de faire, les divers objets qu'il a remis chez ces dames ; mais qu'il ne peut nommer la personne qui l'a chargé de cette commission, parce qu'elle a exigé sa promesse de ne jamais prononcer son nom.

Plusieurs mois s'écoulèrent : Léonie avait fait de rapides progrès dans l'état de raccommodeuse de dentelles, et, devenue par son adresse et son zèle la première ouvrière de l'atelier de mademoiselle Aubert, elle gagnait amplement de quoi subvenir à la dépense de son modeste ménage. Mais si elle reçut d'Estelle des preuves d'une franche cordialité, l'occasion se présenta de lui prouver toute sa gratitude. Le vieux père Aubert, accablé d'infirmités, fut enlevé presque subitement à sa fille chérie; et peu de temps après, sa femme le suivit au tombeau. Cette double perte frappa si vivement le cœur d'Estelle, qu'il fallut tous les soins, toutes les consolations dont Léonie était capable, pour empêcher son intime amie de succomber à sa douleur. Estelle ne reçut pas moins de condoléance de la famille Dumont. Emma passa plusieurs journées de suite auprès de sa chère voisine.

Celle-ci, toutefois, se trouvant orpheline, à peine âgée de vingt ans, voulut se donner une égide. Elle pria donc madame Saint-Omer de lui servir de mère, lui proposa de venir avec sa fille habiter auprès d'elle, et de confondre ensemble leurs travaux et leurs profits. Cette proposition fut acceptée avec transport. Léonie éprouvait une secrète jouissance à faire descendre sa mère de sa mansarde, à l'établir au troisième étage, où elle pourrait, avec les meubles qu'elle tenait d'une main généreuse et toujours inconnue, retrouver quelques illusions de son ancienne position dans le monde. L'orgueil ressemble à l'espérance : il naît en nous, il y meurt le dernier.

Cette association fut approuvée de tout le voisinage ; on reconnut là toute la pureté de mœurs qu'avait observée mademoiselle Aubert. Elle initia tout-à-fait Léonie aux détails de sa profession. et la présenta chez ses pratiques comme sa compagne chérie, comme sa sœur adoptive. Mademoiselle Saint-Omer, abandonnée de tous les anciens affidés de feu son père tant que ceux-ci craignirent qu'elle n'eût besoin d'eux, leur parut alors estimable, intéressante. Les plus riches familles du quartier s'empressèrent de seconder ses nobles efforts, louèrent tout haut son dévouement filial, et lui procurèrent les moyens de contribuer à la prospérité de l'atelier commun, qui devint un des plus renommés et des mieux achalandés de la capitale.

Un jour que les deux associées s'entretenaient de leurs succès, de leur bonheur mutuel, entre chez elles une personne mesquinement vêtue, portant un vieux chapeau de paille noir, couvert d'un voile épais. C'était Clorinde de Saluces, qui n'avait pas voulu se faire reconnaître dans le quartier, et dont les traits, tout en exprimant encore la fierté, semblaient être altérés par les larmes. Elle avait su que sa voisine, la fille du riche capitaliste, était parvenue à se faire une existence indépendante par son travail et sa persévérance. Elle avait appris tout ce que l'ouvrière en dentelles avait fait pour l'aider à consoler sa mère, à lui rendre une vie douce et paisible : certaine de leur inspirer quelque intérêt par le récit de ses malheurs, elle venait les supplier de la seconder dans le projet qu'elle avait conçu.

Elle leur apprend alors que le vicomte de Saluces est mort en Écosse, et n'a laissé que des dettes ; que sa veuve et sa fille s'étant réfugiées chez une vieille parente, au faubourg Saint-Germain, s'y trouvaient en butte à des humiliations qu'il ne leur était plus possible de supporter ; qu'enfin privées des secours de tous les gens de qualité qui, presque tous, avaient quitté Paris, elles se décidaient à vivre aussi du travail de leurs mains, dussent-elles se réduire à la plus dure existence ; et qu'elle venait supplier ses deux anciennes voisines de leur procurer de l'ouvrage. « Soyez la bienvenue, Mademoiselle ! lui répond Estelle Aubert : ma compagne et moi nous vous mettrons bientôt en état de nous seconder ; et, puisque vous daignez descendre jusqu'à nous, vous y trouverez une honnête indépendance que vous ne devrez qu'à vous seule. — Et cela vaut bien le rang et l'opulence, ajoute Léonie avec joie ; je ne fus jamais plus heureuse. » Dès le jour même, Clorinde loua les deux chambres en mansarde qu'avaient occupées tour à tour les deux jeunes associées ; et, le lendemain, elle vint s'y établir avec sa mère, qui prit le simple nom de madame Dupré, veuve d'un militaire mort au champ d'honneur. Estelle fit faire par sa bonne gouvernante toutes les provisions dont ces dames avaient besoin, afin qu'elles ne fussent pas reconnues dans le quartier ; et bientôt, sans toutefois jamais paraître à l'atelier, la mère et la fille, par le travail de la journée, qui se prolongeait souvent dans la nuit, parvinrent à gagner de quoi subvenir à tous leurs besoins, et à s'éviter le supplice de fatiguer la pitié des personnes dont peut-être elles avaient le droit d'attendre une honorable hospitalité.

L'honnête commissaire-priseur venait de marier Emma au jeune successeur d'un avoué. Estelle Aubert avait été invitée à la noce, ainsi que son associée, dont la gaieté naturelle et l'heu-

reux caractère lui conciliaient tous les cœurs. Une seule chose
manquait au bonheur de Léonie : c'était de connaître l'anonyme
qui lui avait fait retrouver, ainsi qu'à sa mère, une partie des
meubles à leur usage, et surtout le portrait de son père, avec
cette inscription qui ne sortait pas de sa pensée : « Celle qui
nourrit sa mère du travail de ses mains, tient toujours un rang
honorable dans la société. » Léonie et sa mère étaient parvenues,
à force de privations, à réunir les quinze cents francs environ
qu'avait dû dépenser l'inconnu pour ce trait de bienfaisance et
de délicatesse : chaque fois qu'elles rencontraient le tapissier
Jamart, elles le suppliaient de leur accorder du moins la satisfaction d'acquitter une dette aussi sacrée. Celui-ci, jouissant d'une
honnête fortune et de l'estime générale, avait été invité avec sa
famille chez le commissaire-priseur avec lequel il était en relation d'affaires. Léonie le sollicita de nouveau de lui nommer le
généreux anonyme. Ses instances furent si vives, si générale-
ment approuvées par les nombreux assistants, que cet excellent
homme, ému lui-même, porte inopinément ses regards sur Estelle Aubert, qui rougit et baisse les yeux.

Léonie s'en aperçoit, presse de questions le tapissier, qui, ne
pouvant résister aux sollicitations dont il est environné, hésite encore un instant, et finit par désigner l'ouvrière en dentelles.
Léonie la presse aussitôt dans ses bras, et, ainsi que sa mère, la
couvre des larmes de la reconnaissance. « C'étaient mes premières épargnes, dit Estelle, pouvais-je en faire un meilleur
usage ? »

Et vous, jeunes filles, qui daignerez parcourir ce récit historique, conservez-en le souvenir ! Vous, demoiselles d'une haute
naissance, n'abaissez point des regards dédaigneux sur les bonnes gens qui vous entourent ! ne vous élevez pas au-dessus des

autres avec trop de fierté : il ne faut, hélas ! qu'un seul coup de
vent pour vous faire ramper sur la terre... Vous, fastueuses hé-
ritières des opulents du jour, qui vous croyez si bien cramponn-
nées au char de la fortune, écoutez Léonie Saint-Omer : elle
vous dira qu'un seul cahot suffit pour en descendre..... Vous,
jeunes et modestes bourgeoises, imitez Emma Dumont : restez
comme elle au milieu de l'échelle sociale ; et par cela même que
vous ne chercherez point à monter, vous ne craindrez pas de
descendre..... Vous enfin, jeunes ouvrières, pauvres filles qui
composez la plus grande partie de la population, visitez Estelle
Aubert dans son humble mansarde, prolongeant, par ses soins,
les jours de son vieux père, se conciliant l'estime de tous les
gens de bien ; et vous apprendrez d'elle ce que produisent tôt ou
tard le courage, la gaieté, la patience, l'amour du travail, en un
mot la véritable piété.

LE BATEAU A VAPEUR.

Il est de ces distances sociales qu'il nous faut souvent oublier,
surtout lorsque le hasard se plaît à mettre à notre niveau ceux
que nous regardons comme nos inférieurs. Au champ d'honneur
et sous la mitraille, tout jeune conscrit, pauvre et d'une obscure
naissance, est l'égal du fils de famille qui combat à ses côtés.
Les jeunes aspirants de la marine, sur un vaisseau de ligne, ne
se font distinguer que par leur bravoure et leur adresse à la ma-

nœuvre. Tous les élèves d'un lycée jouissent des mêmes prérogatives, et dans leurs jeux, comme dans leurs exercices scolastiques, ce sont les plus intelligents et les plus laborieux qui seuls occupent les premiers rangs. Mais c'est surtout dans les endroits publics, où chacun paye un prix égal, c'est à l'église où l'on prie, aux promenades publiques où l'on se presse, enfin c'est sur les bateaux à vapeur où nulle place n'est réservée, où tout voyageur essuie également les éclats de l'orage qui survient et les atteintes des flots agités, qu'on acquiert cette conviction que chaque être tient son coin sur la terre.

Une anecdote assez remarquable dont je fus le témoin, il y a quelques mois, sur le bateau à vapeur de Paris à Melun, prouvera la vérité de ce que j'avance, et pourra servir de leçon aux jeunes présomptueux qui s'imaginent que, partout où ils se trouvent, on doit rendre hommage soit au nom dont ils ont hérité de leurs ancêtres, soit à l'opulence qu'ont acquise leurs parents dans le commerce ou dans la banque.

J'étais parti de Paris par une belle matinée du mois d'août, dans une de ces embarcations nouvelles qui franchissent, même en remontant le cours du fleuve, de longues distances en peu de temps, et vous font parcourir les belles rives de la Seine avec une rapidité qui vous laisse à peine le loisir d'examiner les sites ravissants et les belles habitations qui passent devant vos yeux comme les figures d'une lanterne magique. Les vacances venaient de s'ouvrir dans les lycées de Paris; et plusieurs jeunes élèves, qui voguaient avec moi sur le fleuve, exprimaient par leur hilarité le bonheur qu'ils éprouvaient d'aller revoir le foyer paternel et tout ce qui devait leur rappeler les jeux de leur enfance. De mon côté, je prenais un grand plaisir à faire une étude particulière de ces jeunes lauréats: et bientôt reconnu par un des voyageurs, qui me nomma, j'eus l'inexprimable jouissance d'être salué par ces lycéens, comme un des auteurs dont ils aimaient à parcourir les écrits.

J'eus pour approbateurs tous les lycéens dont j'étais entouré, à l'exception d'un seul, que j'entendis nommer Alfred, petit-fils d'un pair de France, et l'unique enfant de la comtesse de Fierville, qui possédait une terre considérable dans les environs de Melun. Il avait quitté son uniforme du lycée pour endosser un élégant costume de fantaisie, sous lequel il se gourmait et semblait faire bande à part. Il était escorté d'un bon vieux valet de chambre, et ne se soumettait guère à cette égalité parfaite entre amis de collège. « Voilà, me dis-je en moi-même, un jeune présomptueux qui, tôt ou tard, se repentira de faire le grand seigneur... » Ma prédiction ne tarda pas à se réaliser. Un vent contraire, assez violent, s'étant élevé tout-à-coup, la marche du bateau fut ralentie au point qu'il faisait à peine une lieue et demie par heure. Il fallait tuer le temps à quelque chose, et l'on proposa de petits jeux. Après ceux qui exercent l'esprit, l'imagination, et dans lesquels brilla le jeune Bertrand, fils d'un tonnelier, on proposa la main chaude, et je fus prié de servir de giron : ce que j'acceptai avec empressement.

Le brillant Alfred refusa de se mêler à ce jeu parmi ses condisciples. « Pourquoi donc, lui dit l'un d'eux, refuses-tu de prendre part à nos folies? — Je gage, dit Bertrand, que le comte de Fierville rougirait de me toucher la main. » Alfred rougit et baissa les yeux.

Cette mordante plaisanterie, qui fit rire tous les assistants, produisit son effet.

La jeune comte éprouva ce jour-là même à quel point ce lien fraternel peut influer sur notre existence, et reconnut que l'amitié franche et dévouée est un des trésors les plus précieux qu'on puisse trouver sur la terre. J'ai déjà dit qu'un temps orageux avait obligé nos lycéens d'entrer dans la salle intérieure du bateau retardé dans sa marche ; une rencontre funeste, imprévue, avec un long train de bois flotté, brisa tout-à-coup une des ailes à ramer du *Parisien*, et le fit sombrer sur le côté droit.

L'épouvante s'empara tout-à-coup des voyageurs : les cris des femmes effrayées augmentaient encore la stupeur générale ; enfin le capitaine lui-même s'écria, peut-être imprudemment : « Sauve qui peut ! » A ces mots, le comte de Fierville, pour qui l'avenir était si brillant et qui tenait plus que tout autre à la vie, s'élance, égaré par la frayeur, au milieu du fleuve, en appelant à son secours ; mais sa voix est confondue avec celle des personnes entraînées, comme lui, par le cours rapide des eaux sous lesquelles il disparaît et reparaît tour à tour : Bertrand l'aperçoit, s'élance de dessus le pont, et, nageant avec la vigueur et l'adresse d'un enfant du peuple élevé sur les bords de la Seine, il atteint son camarade épuisé par les vains efforts qu'il avait faits, et presque sans connaissance, le saisit et l'amène sur le rivage, en face du joli village de Saint-Port, où tous les deux ils font sécher leurs vêtements et savourent, pressés dans les bras l'un de l'autre, les deux élans de l'amitié : « Sans toi j'étais mort, dit Alfred, et quelques efforts que je fasse pour m'acquitter, je resterai toujours ton débiteur. — Je te devrai bien plus, moi, répond Bertrand, puisque, tant que nous vivrons, je ne pourrai jeter un regard sur toi sans tressaillir de joie : crois-moi, l'obligé n'est pas le plus heureux. »

Ils furent bientôt rejoints par leurs camarades, à l'auberge où ils s'étaient réfugiés. On conçoit les félicitations et les serrements de main que reçut Bertrand : ce trait de dévouement le rendit

plus cher encore à ses jeunes amis; et chacun, parvenu le lendemain à sa destination sur un autre bateau à vapeur, répandit
dans tout l'arrondissement de Melun le généreux dévouement du
jeune Bertrand, dont le père, ancien grenadier de la vieille garde,
disait à qui voulait l'entendre :

— C'est bien ! c'est très-bien !..... mon fils n'a fait que son
devoir.

La comtesse de Fierville, à qui son cher Alfred fit le récit fidèle
du danger qu'il avait couru et de l'héroïque secours de son jeune
camarade, voulut elle-même lui en témoigner sa reconnaissance;
elle se rendit donc à Melun chez le tonnelier Bertrand, qu'elle
félicita d'avoir un pareil fils, et voulut remettre à ce dernier une
bourse contenant un assez grand nombre de napoléons. « Ce
n'est point avec de l'or, lui dit le jeune lycéen, que j'ai sauvé
mon camarade, mais avec mes bras, et ce n'est que dans les siens
que je puis trouver ma récompense. — Bien, Marcel ! lui dit son
père, en lui serrant la main, c'est très-bien ! »

La comtesse, convaincue qu'elle ne pourrait s'acquitter avec
de l'or, eut recours à de pressantes invitations qu'elle fit au jeune
Bertrand, de venir passer une partie de ses vacances à sa terre,
où il pourrait jouir des plaisirs de la chasse, de la pêche, et
trouver tous les amusements d'une société nombreuse et choisie.
« Du tout, du tout! répond le père Bertrand : vous lui feriez accroire qu'il est un grand personnage; et j'en ai besoin, moi, pour
expédier mes mémoires de l'année. Tout ce que je puis faire
Madame, ajouta-t-il avec un malin sourire, c'est de vous le pré
senter la première fois que j'irai mettre vos vins en bouteilles. »
La comtesse, femme d'esprit, sentit toute la portée de cette plaisanterie, et se promit d'en profiter pour convaincre ces dignes
gens que, parmi les personnes de qualité, il en est qui savent ho-

norer toutes les professions utiles, et rendre aux vertus person-
nelles l'hommage qui leur est dû.

Peu de temps après, en effet, le père Bertrand et son fils se
rendirent au château de la comtesse de Fierville. Marcel, d'après
les ordres de son père, avait pris, ainsi que lui, le modeste costume de tonnelier, c'est-à-dire la veste et le pantalon de velours
de coton vert pâle, la casquette de coutil et le tablier de cuir. Ils
étaient curieux l'un et l'autre de voir quel accueil on leur ferait.
Dès qu'Alfred aperçut son jeune camarade, il courut à sa rencontre, et lui prouva tout le bonheur que lui faisait éprouver sa
présence; il serra très-cordialement la main du père, qu'il appelait monsieur Bertrand, et les présenta tout de suite à sa mère,
qui jugea sans peine l'épreuve que voulait faire sur elle le malin
tonnelier. Celui-ci fut touché, confondu de la gracieuse urbanité
de la comtesse. Elle embrassa Marcel comme le sauveur de son
Alfred, et lui déclara que, partout où le hasard le lui ferait rencontrer, il recevrait d'elle l'accolade de la reconnaissance. « Bien,
se disait tout bas le père Bertrand, c'est très-bien !..... » Ils demandent à remplir les devoirs de leur profession, et le plus ancien
des serviteurs du château les conduit dans les caves, où tous les
deux ils mirent en bouteilles une pièce de vin. Marcel, qui depuis plusieurs années avait perdu l'usage du métier, se frappait
quelquefois sur les doigts en enfonçant les bouchons; son vieux
père ne pouvait s'empêcher de sourire; mais, ravi de la respectueuse obéissance de son fils, il répétait toujours entre ses dents :
« Bien !... c'est très-bien ! »

Cependant l'horloge du château vient de sonner cinq heures,
et notre lycéen-tonnelier éprouvait une faim dévorante; aussi
fut-il agréablement surpris lorsque le même valet de chambre
qui les avait conduits dans les caves reparait, une serviette sur

le bras, en leur annonçant qu'ils sont servis. Ils s'attendent à trouver dans un coin de l'office un repas frugal qu'on leur a préparé. « Alfred n'aura pas voulu nous faire manger avec ses gens, dit Marcel à son père; et c'est une attention dont je lui sais gré. » Ils suivent donc le vieux serviteur, qui leur fait traverser la salle à manger, où ils remarquent un couvert mis pour douze ou quinze personnes : ils ne savent ce que cela signifie; mais leur surprise est au comble lorsqu'ils entendent leur introducteur, ouvrant la porte du grand salon, annoncer à haute voix : « Messieurs Bertrand père et fils! » Ils se regardent tous les deux avec stupéfaction, et s'imaginent d'abord qu'on veut les mystifier; mais le jeune comte, accourant à leur rencontre, leur annonce que leur place est aux deux côtés de la comtesse, dont il a reçu les ordres précis. « Tu suis trop bien ceux de ton père, dit-il à Marcel en souriant, pour être surpris que je n'obéisse pas de même à mon excellente mère. — Bien! c'est très-bien! répète alors tout haut le père Bertrand, mais vous nous accorderez au moins le temps de quitter nos tabliers de cuir. »

Ils s'empressent donc de les dégrafer, rajustent le mieux qu'ils le peuvent leur costume plébéien, et sont introduits par Alfred au milieu d'une douzaine de personnes notables du pays, parmi lesquelles se trouve le général D***, qui s'écrie à l'aspect du père Bertrand : « C'est toi, mon camarade! oh! que je suis aise de te revoir!..... Je vous présente, ajoute-t-il aussitôt en lui serrant la main, un vieux grognard de la garde impériale, qui m'a sauvé la vie. — En ce cas, s'écrie à son tour Alfred avec ivresse, nous ferons partie carrée; car si vous devez la vie au père, je la dois de même à son fils. » Cette double rencontre produisit l'intérêt le plus vif parmi les assistants, et le dîner fut d'une gaieté ravissante. Le père Bertrand, placé à droite de la

comtesse, s'y tint, quoique sous son costume d'homme du peuple, avec cet aplomb, avec cette dignité d'un ancien brave. Marcel, sous le sien, fit briller la vivacité de son esprit, la richesse
de son imagination.

« J'espère, dit la comtesse, que le camarade d'Alfred, malgré
la rédaction des nombreux mémoires de son père, viendra passer
une semaine entière au château. — C'est bien long, répond brusquement le vieux grognard. — J'ai besoin de tout ce temps-là,
répond madame Fierville, pour exécuter un projet que j'ai formé.
Depuis quinze ans je cultive la peinture avec quelque succès, et
je vous demande la permission de faire le portrait de votre cher
Marcel, que je prétends placer dans ma galerie, et sur lequel il
me sera doux d'arrêter souvent mes regards. J'offre en échange
à votre fils le portrait d'Alfred, sur lequel il ne pourra lui-même
jeter les yeux sans éprouver un honorable souvenir. — C'est dit,
réplique vivement le père Bertrand; dimanche matin je vous le
ramène. »

Le jour convenu, Bertrand et son fils se rendent en effet auprès
de la comtesse; mais le costume de tonnelier avait été remplacé
par un uniforme de l'ancienne garde que portait le père, et Marcel avait repris son costume de lycéen. « Puisqu'on nous a reçus,
disaient-ils, aussi gracieusement sous la veste de bure, il faut
prouver que nous savons respecter les convenances. Quand les
grands daignent nous traiter comme leurs égaux, c'est alors qu'il
est de notre devoir de les remettre à leur rang. » La comtesse et
son fils ne purent s'empêcher de faire sentir à leurs deux invités
qu'ils étaient sensibles à leur déférence. Le dîner fut encore plus
gai, plus expansif que le premier; et, dès le lendemain, Marcel
posa pour son portrait, que la comtesse fit d'une ressemblance
frappante et au bas duquel elle fit écrire ces mots : *Il a sauvé*

mon fils ! Peu de temps après, le père Bertrand reçut une copie
de ce beau portrait avec un billet ainsi conçu : « Vous ne m'avez
laissé que ce seul moyen de vous prouver ma reconnaissance. »
Mais ce qui surtout mouilla les yeux du vieux grognard, ce fut
cette inscription que la comtesse avait fait tracer au bas du cadre : *Il illustrera son nom...* Cette prédiction s'est accomplie : j'ai
su par des renseignements que j'ai pris au lycée où Marcel a terminé ses études, qu'après y avoir mérité le prix d'honneur, le
ministre de l'instruction publique l'avait honorablement placé
dans le monde savant, où sa célébrité s'accroît de jour en jour.
Le jeune comte de Fierville est plus que jamais fier de le nommer son ami, et se fait remarquer de son côté par cette urbanité
franche qui soumet tous les cœurs. Je les ai rencontrés tous les
deux il y a peu de temps, et nous avons eu grand plaisir à réca-
pituler ensemble tout ce qu'avait produit d'heureux notre rencontre sur le bateau à vapeur.

LES VOISINES DE CAMPAGNE.

Les liaisons formées par le cœur et surtout par les convenances
de rang, de fortune, sont la plupart fructueuses et durables :
elles offrent un échange utile de services, d'agréments, qui in-
fluent sur le bonheur de la vie. Les liens, au contraire, qui semblent unir des personnes entre lesquelles il existe des distances
sociales, ces liens-là peuvent bien flatter l'amour-propre, remplir

le vide de l'âme, ou écarter l'ennui par d'agréables distractions, mais elles ne durent pas longtemps; la vanité les néglige ou les oublie sitôt que la scène change, et que, dans le monde, les pré-jugés remettent chacun à sa place.

Célestine et Nisa Dorsan, filles d'un officier d'artillerie, mort au champ d'honneur, passaient ordinairement les beaux jours avec leur digne mère, dans une jolie et modeste habitation, fai-sant partie d'un village situé sur les rives de la Seine, à douze lieues de Paris. Toutes les deux élèves de l'honorable maison de Saint-Denis, joignaient à l'habitude du travail des talents remar-quables. L'aînée exécutait au piano les compositions de nos plus grands maîtres; et la cadette peignait à l'aquarelle divers sujets avec une rare perfection. Leur modique revenu suffisait à peine pour les mettre à l'abri de la gêne; et ce n'était que par leurs ouvrages qu'elles pouvaient se procurer l'aisance. Célestine composait des romances très-recherchées par les éditeurs de musique. Nisa copiait la nature sur la toile avec une admirable fidélité. Ses tableaux étaient remarqués aux expositions du musée.

Ce concours de talents divers, cette mise en commun de deux sœurs contribuant à la douce et honnête existence dont jouissait leur excellente mère, tout semblait resserrer le nœud sacré de la nature. Rien n'était à la fois plus admirable et plus touchant que la tendresse dont ces deux sœurs ne cessaient de se donner des preuves; et pourtant elles étaient d'un caractère bien différent. Autant Célestine était posée, réfléchie et mélancolique, autant Nisa se montrait vive, distraite, étourdie. Ce contraste, loin d'élever entre elles le moindre nuage, les amusait beaucoup, et jetait sur leur existence mutuelle une variété qui semblait en doubler le charme. Célestine, dont les traits étaient nobles et réguliers, n'ouvrait la bouche que pour proférer des paroles pleines de douceur et de bonté ; son regard pénétrant annonçait la sérénité de son âme. Nisa, tout au contraire, portait sur sa figure piquante et son malin sourire l'indice d'un esprit vif et caustique, d'une fierté indomptable et de la plus énergique indépendance... C'était, en un mot, l'image vivante de feu son père. Mais ce caractère très-prononcé se trouvait modéré par l'éducation austère de Saint-Denis, et surtout par cet usage du monde qu'elle prenait chaque jour.

Leur habitation touchait aux rives de la Seine, et se trouvait placée au bas d'une riche colline au haut de laquelle s'élevait un ancien et vaste château, entouré d'un parc immense. Il avait appartenu longtemps à un maréchal de France, dont il faisait la retraite chérie. A la mort de cet illustre guerrier, cette belle terre fut vendue, et le comte D***, pair de France, ex-ambassadeur à la cour de Vienne, en devint acquéreur. Autant le feu maréchal était simple et sans faste, ne s'occupant qu'à répandre des aumônes parmi les indigents et des secours à tous les vieux militaires, autant le pair de France était gourmé, fastueux, et ne faisant que le bien indispensable pour soutenir la splendeur de son rang.

Il n'avait pour enfants que deux filles qui, dès l'âge le plus tendre, avaient pris l'habitude de la grandeur et de l'étiquette. Leur mère, encore plus vaine que ne l'était son époux, les avait emmenées avec elle dans les différentes cours où le comte avait eu l'honneur de représenter le gouvernement français ; et là, sans cesse initiées aux usages, aux prérogatives de la haute diplomatie, elles en avaient rapporté cette morgue et cette roideur des princesses souveraines auprès desquelles le titre dont leur père était revêtu leur donnait souvent accès. L'aînée, nommée

Clotilde, ne parlait que des bontés encourageantes dont l'avait comblée la reine de Saxe, que des preuves d'un véritable attachement dont l'honorait la nièce du landgrave de Hesse. Sa sœur cadette, qu'on appelait Isabelle, désignait tour à tour un riche collier que lui avait donné l'électrice de Brandebourg, un anneau garni de rubis qu'elle avait reçu des mains de la fille du roi de Bavière. L'une et l'autre enfin ne parlaient que des faveurs qu'elles avaient obtenues dans presque toutes les principautés de l'Allemagne, et se targuaient d'en avoir pris les manières et le langage. Le comte et la comtesse D*** se félicitaient à leur tour de retrouver dans Clotilde et dans Isabelle cette imposante dignité, ce maintien noble et ces expressions des augustes personnages dont elles avaient eu l'honneur d'approcher.

La fête patronale du village allait être célébrée; et ce beau jour, si cher à tous les agriculteurs des environs, rappelait aux jeunes filles l'usage d'orner de fleurs à l'église la statue de la sainte Vierge, et de renouveler les riches habits dont la reine des anges était revêtue. A cet effet, une députation de jeunes villageoises parcourait, une bourse à la main, les principales habitations du canton, et faisait une quête pour leur patronne. Elles se présentèrent d'abord au château, où, après avoir attendu plus d'une heure dans l'antichambre, elles virent venir à elles les superbes Clotilde et Isabelle, dont l'une déposa dans la bourse une pièce de cinq francs. Mais elles reçurent en revanche des protestations d'intérêt et de protection avec ce ton de distance et de supériorité qu'eût mis une souveraine envers ses humbles sujettes.

Nos jeunes vierges se présentèrent ensuite chez mesdames Dorsan, et reçurent d'elles un accueil tout différent. Il leur fallut entrer au salon, s'asseoir, accepter des rafraîchissements; et la charmante Nisa leur offrit une tunique brodée pour la sainte Vierge, semblable à celle dont on couvre les madones à Rome, et dont elle avait dessiné la forme d'après un tableau d'Horace Vernet. Célestine leur remit à son tour deux beaux vases de fleurs artificielles, ouvrage de ses mains, pour mettre de chaque côté de la Mère de Dieu, et leur annonça que, le jour de la fête, elle exécuterait sur le piano un *Ave Maria*. Cette annonce fut répandue dans tout le canton, et l'on conçoit aisément à quel point elle excita la curiosité.

Le jour de la fête, en effet, tout s'accomplit comme l'avait annoncé Célestine Dorsan : elle accompagna sur le piano organisé les célèbres chanteurs, qui parurent se surpasser. Toutefois le zèle remarquable des exécutants n'étonna plus, lorsqu'on apprit que l'*Ave Maria* qu'on venait de faire entendre était le coup d'essai de Célestine Dorsan, qui se livrait à la composition. Le comte D*** et toute sa famille étaient dans le banc seigneurial; et, au moment où Nisa, qui s'était chargée de quêter, se présenta devant l'ex-ambassadeur, elle reçut d'honorables félicitations sur le double talent de sa sœur. « Si jeune encore! disait la comtesse : cela promet beaucoup. — C'est vraiment tout-à-fait bien, ajoutait Clotilde du bout des lèvres. — On se croirait à la chapelle Sixtine, » laissait échapper Isabelle, avec un léger sourire de satisfaction.

Pendant qu'elle faisait applaudir son chant mélodieux et sa brillante méthode, Nisa, qui ne cessait d'étudier les hauts personnages dont elle était entourée, et de prêter une oreille attentive aux diverses conversations qu'ils formaient entre eux, entendit l'ambassadeur de Saxe demander à la fière et brillante Clotilde quelles étaient ces deux demoiselles qui, sous des dehors modestes, réunissaient des talents si distingués. « Ce sont de jeunes voisines, répondit la fille du pair de France; bonnes petites personnes, tout-à-fait... à la campagne on prend ce qu'on trouve. » Ces paroles produisirent sur Nisa l'effet d'un coup de vent qui tout-à-coup renverse une fleur sur sa tige; mais reprenant sa force et sa couleur, elle se relève bientôt et se ranime aux rayons du soleil. Nisa feignit donc de n'avoir rien entendu, et traita les filles du comte avec son affabilité naturelle. Toutefois un sourire malin apparaissait sur ses lèvres, lorsqu'elle leur adressait la parole. La jeune artiste préparait avec adresse sa vengeance, et se disposait à donner aux deux superbes sœurs la leçon qu'elles méritaient. Il est dans la vie de ces moments où l'âme s'élève à toute sa hauteur, et ne néglige rien pour se montrer dans toute sa dignité

« Clotilde et Isabelle, se disait Nisa, sont les filles d'un homme titré, opulent; mais nous, ma sœur et moi, nous sommes issues du sang d'un officier d'artillerie, et qui peut-être serait devenu général s'il n'eût pas été victime de son courage. Prouvons donc aux filles du pair de France que nous ne sommes pas de pauvres voisines de campagne qu'on cultive faute de mieux dans une terre isolée, et qu'on relègue avec dédain sitôt que les beaux jours disparaissent : c'est à Paris que je les attends; oui, c'est dans la capitale, où chacun reprend son rang, que je prétends étudier nos deux superbes demoiselles

La fin de l'automne ramena bientôt en effet le comte D*** et sa famille dans l'hôtel qui leur appartenait, rue Caumartin. Madame Dorsan et ses deux filles se rendirent de leur côté à l'appartement qu'elles occupaient rue du Helder, au troisième sur le derrière. Cette riante habitation donnait sur des jardins, ce qui procurait à Nisa un jour favorable pour peindre ses aquarelles; et tout au bout d'un corridor se trouvait la chambre d'étude de

Célestine, qui s'y livrait sur le piano à toutes ses inspirations mu-
sicales. Plusieurs semaines s'écoulèrent sans que madame Dorsan et ses filles entendissent parler de la famille du pair de
France. Au village où elles avaient passé la belle saison, il ne se
passait pas un seul jour sans que les filles du comte descendis-
sent la colline au bas de laquelle habitaient Célestine et Nisa.
On était avide d'entendre la nouvelle romance que l'aînée avait
composée, de voir et d'admirer l'aquarelle que terminait la cadette. Oh ! comme on savourait avec délices un si charmant voisinage ! c'était au point que les doux noms de *ma chère*, de *bonne
amie* étaient donnés, avec une véritable effusion de cœur, par
les filles du pair de France aux deux sœurs artistes. Célestine,
bonne et confiante, se livrait à cette intimité apparente, avec
l'abandon d'une âme pure et naïve ; mais Nisa, plus observatrice,
et surtout d'après les paroles humiliantes qu'elle avait entendues
de la bouche de la fière Clotilde, ne se fiait pas à toutes ces
protestations d'amitié, de dévouement, et ne cessait de se dire :
« On a besoin de nous pour se distraire : attendons le temps des
épreuves, et ne perdons pas de vue mon projet de vengeance. »

Cependant, un soir que madame Dorsan et ses deux filles faisaient ensemble une lecture intéressante, elles entendent frapper
à la porte de leur appartement. C'était le chasseur du comte D***
qui venait demander si ces dames voulaient recevoir la visite
de madame la comtesse et de ses deux demoiselles. Il était neuf
heures environ, et nos deux jeunes artistes étaient, ainsi que
leur mère, dans un négligé qui fit hésiter madame Dorsan à recevoir la visite annoncée. « Chacun a le costume de sa profession, dit Nisa : veuillez prier ces dames de monter ! » ajoute-t-
elle au chasseur, qui s'éloigne aussitôt. Madame Dorsan, toutefois, se couvre d'un beau châle de mérinos, et fait allumer à la

hâte du feu dans son salon. Célestine rajuste les tresses de ses cheveux, met devant elle un joli tablier écossais, et sur ses épaules une collerette richement brodée. Quant à Nisa, elle ne fait aucun apprêt, pas la moindre toilette. Elle conserve ses cheveux relevés avec un peigne d'écaille, son tablier de serge verte et sa vieille douillette de taffetas reteinte, en répétant avec un sang-froid observateur : « Chacun a le costume de sa profession. »

Entrent dans ce moment la comtesse et ses deux filles, toutes les trois en riche costume d'étiquette. Elles allaient au cercle du ministre des relations extérieures, et n'avaient point voulu, disaient-elles, passer devant la porte de leurs chères voisines de campagne, sans s'informer elles-mêmes de leur santé. « Il y a vraiment un siècle que nous ne nous sommes vues, dit la comtesse, et depuis notre retour à Paris nous n'avons pas entendu parler de vous : c'est fort mal. » Madame Dorsan s'excusa sur les occupations incessantes de ses enfants, et sur les soins multipliés d'une maîtresse de maison qui n'a qu'une seule gouvernante. Célestine, avec sa douceur angélique, donna pour prétexte une commande très-pressée que lui avait faite un des premiers éditeurs de musique; et Nisa, étudiant plus que jamais le langage et les manières des filles du pair de France, reconnut aisément que ce n'était plus le même accent, la même communication. A ces gracieuses expressions si souvent employées au village, et qui peignaient si bien le bonheur de se trouver ensemble, succédaient ces phrases qui font sentir les distances : « Mademoiselle Célestine compte-t-elle toujours dédier son nouveau recueil de romances à l'ambassadrice de Prusse? Nous nous chargeons de lui faire accepter. — Mademoiselle Nisa aurait-elle encore l'intention de faire à l'aquarelle un groupe des trois jolis enfants de la duchesse de Clermont? Nous aurions un vrai plaisir à lui procurer cet honneur. — Le plus bel attribut des personnes de qualité, répond la fière Clotilde en se gourmant, c'est de protéger les arts. — Et ces demoiselles peuvent compter sur nous, ajoute la superbe Isabelle, toutes les fois que l'occasion se présentera de leur être utiles.

— La protection est malheureusement nécessaire, pour réussir dans le monde, répliqua Nisa conservant une noble attitude ; mais l'appui le plus sûr, le protecteur le plus puissant, ah ! c'est le vrai talent : aussi je travaille sans relâche à me procurer celui-là, afin de me passer des autres. »

Après un petit quart d'heure de conversation, la comtesse et ses filles se retirèrent, en renouvelant à la famille Dorsan mille protestations de dévouement et d'intérêt : on alla même jusqu'au serrement de main, mais avec ce ton qui semble dire : « Avec un pareil soutien, votre réputation est assurée. » Dès qu'elles furent sorties, Nisa fit observer à sa mère et à sa sœur l'étrange changement qui s'était opéré dans leurs voisines de campagne. « Avez-vous remarqué, disait-elle, ce ton de protection, ces regards qui s'efforçaient de descendre jusqu'à nous ? Cette Clotilde surtout est d'une morgue insupportable, et je ne respirerai bien à mon aise que lorsqu'elle aura reçu de moi la leçon qu'elle mérite. — Une leçon ! lui dit sa mère ; et que t'a-t-elle donc fait ? — Oh ! j'ai sur le cœur certaines paroles qui m'oppressent depuis quelque temps..... je ne puis m'expliquer davantage ; mais reposez-vous sur moi. »

Arriva bientôt la fête de naissance de madame Dorsan, anniversaire qu'on célèbre ordinairement parmi les artistes. Célestine et Nisa, de qui les ouvrages étaient recherchés dans Paris, voulurent réunir ce jour-là chez elles les premières réputations dans la musique et la peinture. Elles organisèrent un concert brillant qui devait être suivi d'un bal où paraîtraient les femmes de talent les plus renommées de la capitale. Tout fut donc, à cet effet, préparé par les deux sœurs, avec ce goût remarquable et cette élégance sans faste qui distinguent les réunions de tous ceux qui cultivent les arts. On crut devoir inviter le pair de France et sa famille. Nisa surtout mit dans cette invitation un empressement qui semblait annoncer une secrète intention. On eût dit qu'elle avait sur le cœur un fardeau pesant dont elle voulait s'alléger.

L'appartement fut disposé pour une fête de famille; tout était jonché de fleurs : on avait mis à nu la jolie petite serre de la maison de campagne. On ne remarquait point, dans ce local d'artiste, ces riches draperies à franges d'or, ces lustres à cinquante bougies, ni ces caisses nombreuses d'arbustes rares, odoriférants, placées sur chaque marche de l'escalier : d'abord, parce que ces dames demeurant au troisième étage au-dessus de l'entre-sol, il eût fallu dégarnir à la fois plusieurs serres chaudes; en second lieu, parce qu'une pareille dépense était au-dessus des moyens de l'honorable famille dont le travail était la principale ressource. Mais, en revanche, on remarquait dans chaque pièce de ce modeste asile ce qui, tout à la fois, charmait les yeux et parlait à l'imagination.

Le salon surtout était orné d'aquarelles de la composition de Nisa, représentant différentes scènes de la société. On en remarquait deux entre autres qui paraissaient nouvellement peintes et faisaient pendant. L'une représentait le réduit d'une famille modeste : la mère assise dans un grand fauteuil, tenait un livre à la main. Sa fille aînée à son piano, paraissait se livrer à d'heureuses inspirations, tandis que la cadette, devant son chevalet, était occupée à peindre. Elles venaient d'être interrompues dans leurs occupations respectives par l'arrivée de deux jeunes personnes, en costume de campagne, qui s'avançaient vers les deux sœurs avec ce vif empressement, avec cette démonstration d'une franche amitié, et même d'une égalité parfaite.

Dans le tableau qui faisait pendant, la scène avait changé. La mère et ses deux filles, dans un local plus soigné, offrant toutefois les attributs de la musique et de la peinture, recevaient une dame d'un très-haut rang, accompagnée de ses deux filles, toutes les trois en costume de cour. La mère de ces deux jeunes artistes paraissait, ainsi que sa fille aînée, surprise et confuse du ton sérieux et gourmé de ces trois brillants personnages, tandis que la sœur cadette en souriait secrètement, et semblait faire sur la toile l'esquisse de ce groupe fier et protecteur. « Quel est donc le sujet que vous avez voulu traiter? lui dit un de nos peintres les plus célèbres. — Ce sont, répondit Nisa, *les Voisines de campagne.* Dans le premier tableau, j'ai représenté cet abandon simulé, ce faux épanchement du cœur de jeunes demoiselles d'un haut rang, heureuses de rencontrer aux champs deux artistes qui charment leurs loisirs, et qu'alors elles comblent de prévenances..... Dans le second tableau, j'ai essayé de peindre ce qui n'arrive, hélas ! que trop souvent dans le monde. Ces mêmes demoiselles, élevées par une mère habituée à l'éclat des cours, en ont pris la vanité, le calcul des bienséances. Elles viennent visiter, à Paris, nos jeunes artistes, et leur font sentir toute la distance qui existe entre elles. — C'est parfaitement exécuté, disent à Nisa plusieurs personnes d'un talent distingué. — C'est une leçon de mœurs très-utile, dit un vieux littérateur qui se trouvait parmi les invités. — Vous devez placer avantageusement cette nouvelle production, dit un de nos premiers peintres à la sémillante Nisa, dont il se plaisait souvent à diriger les ouvrages;

et je vous félicite devant tous vos amis des progrès étonnants que vous montrez à chaque exposition du musée. Continuez, charmante créature, et vous arriverez à la célébrité. »

Entrèrent en ce moment l'ex-ambassadeur, sa femme et ses deux filles, non dans une toilette d'étiquette, mais dans un costume convenable à des artistes. Le comte D***, qui devait son élévation à la haute pratique des convenances, et qui, de plus, était un homme d'esprit, n'avait pas voulu que ces dames vinssent étaler leurs diamants et leurs parures dans une réunion où la prééminence n'appartenait qu'au vrai talent. Il parcourut à son tour les différentes productions de Nisa, et s'arrêta, ainsi que sa famille, devant les deux tableaux en question. Il admire la distribution des personnages, la vérité des poses et surtout l'expression remarquable de chaque figure. La comtesse elle-même, loin de se douter du sujet, en fait le plus grand éloge, et prétend que c'est la nature prise sur le fait. Enfin elle demande à plusieurs artistes qui l'entourent ce qu'a voulu représenter la charmante Nisa. « Ce sont *les Voisines de campagne !* répond le vieil homme de lettres : dans l'un, la douce familiarité, le bonheur de se rencontrer au village; dans l'autre, la morgue insolente et la dure nécessité de se revoir dans la capitale. » La superbe Clotilde baissa les yeux : une subite rougeur colora son beau front; et se rappelant alors les paroles humiliantes qui lui étaient échappées au château de***, elle soupçonna que la malicieuse Nisa l'avait entendue et s'en était vengée. Ce soupçon pénible ne tarda pas à devenir une certitude.

Dans un de ces intervalles de danse et de musique où les conversations se raniment dans un cercle, un de nos plus illustres compositeurs, se trouvant auprès de la comtesse D*** et de ses deux filles étalées avec prétention sur un divan, demande à Nisa qui venait de leur parler, quelles étaient ces trois dames si huppées qui semblaient honorer la fête de leur présence. « Ce sont, répondit la maligne espiègle, de jeunes voisines de village, bonnes petites personnes tout-à-fait ;..... à la campagne on prend ce qu'on trouve. » Ces paroles répétées textuellement, comme les avait proférées Clotilde à l'ambassadeur de Saxe, produisirent sur elle l'effet de la foudre. Elles furent entendues de même du comte et de la comtesse qui, justement blessés des expressions de la jeune artiste, se retirèrent quelques instants après, enjoignant à leurs filles de n'avoir plus la moindre communication avec de jeunes impertinentes qui savaient aussi peu respecter les convenances... « Hélas ! dit Clotilde avec l'expression d'un repentir tardif, c'est moi qui suis la cause de cette étrange sortie de la jeune Nisa : elle n'a fait que répéter ce qui m'était échappé l'été dernier, et ce qui, je n'en doute plus, lui aura fait naître l'idée de ses deux derniers ouvrages. — Je ne m'étonne plus, reprit alors le comte, de la verve et de la vérité qu'elle a montrées dans ses aquarelles représentant des voisines de campagne. Cela me donne une haute idée du caractère de cette jeune artiste ; et je n'entends pas, Mesdemoiselles, que vous rompiez avec une personne aussi distinguée. A notre première réunion à l'hôtel, j'irai moi-même inviter la famille Dorsan à nous faire l'honneur d'y assister ; vous me seconderez, j'espère, et nous lui prouverons qu'on est trop heureux de trouver à la campagne des voisines qui leur ressemblent, pour ne pas s'en glorifier.

Quelque temps après, Nisa reçut un marchand de tableaux fort connu, qui acheta d'elle, à un prix très-avantageux, plusieurs aquarelles, parmi lesquelles furent comprises *les Voisines de campagne*. « Si cela continue de la sorte, se dit l'heureuse artiste, dans dix ans ma fortune sera faite, et je pourrai plus que jamais narguer les pairs de France et les ambassadeurs qui essayeraient de m'humilier. » Célestine, de son côté, venait de publier un album musical qui lui produisait fort au-delà de ses espérances : et les deux sœurs, entourant plus que jamais leur digne mère d'égards et de tendres soins, éprouvaient que le plus grand avantage que nous accorde la Providence, c'est de rendre, par notre travail, à celle qui nous fit naître, tout ce que nous avons reçu d'elle dans notre enfance... si toutefois on peut jamais s'acquitter envers sa mère.

Un matin que les deux sœurs artistes savouraient le bonheur d'embellir mutuellement leur existence, se présente chez elles, du ton le plus respectueux, l'ex-ambassadeur, qui venait les inviter, avec de vives instances, à honorer à leur tour de leur présence la fête de la comtesse, à laquelle on voulait procurer une surprise agréable. « Nous aurons, ajoute le pair de France, presque tous les artistes célèbres qui composaient, il y a quelque temps, la réunion que vous aviez formée pour fêter madame votre mère, et cette belle réunion serait incomplète si vous ne nous accordiez pas la jouissance et l'honneur de vous recevoir... Vous surtout, Mademoiselle, dit-il à Nisa, qui déjà faisait signe à sa mère de refuser, vous qui vous attachez principalement à retracer les scènes du monde, vous trouverez chez moi, j'ose le croire, des modèles à prendre, des groupes heureux à saisir; et peut-être vous offriront-ils l'occasion d'exercer vos pinceaux d'un esprit si piquant et d'une expression si ravissante. » Ces paroles de l'ex-ambassadeur, accompagnées de cette grâce familière aux gens de cour, ne permirent pas à madame Dorsan et à ses demoiselles de refuser une si flatteuse invitation : il fut donc convenu qu'elles y répondraient.

Déjà Célestine se disposait à se montrer aux salons du pair de

France dans la toilette la plus élégante, la plus recherchée; mais Nisa prétendit que c'était, au contraire, l'occasion de prouver que les artistes n'ont pas besoin d'une riche parure pour briller dans un cercle, et que leur nom suffit pour les y faire distinguer et leur attirer tous les égards. « Veux-tu m'en croire, dit-elle à sa sœur, si confiante et si bonne, paraissons l'une et l'autre sous les mêmes, sous les simples vêtements qui, l'été dernier, nous attiraient des filles du comte ces paroles qui ne sortiront jamais de mon souvenir : *A la campagne, on prend ce qu'on trouve.* Présentons-nous, en un mot, comme de jeunes voisines de village, bonnes petites personnes tout-à-fait. » En prononçant ces mots, la malicieuse Nisa exprimait par un sourire sardonique la nouvelle intention qu'elle avait de s'égayer aux dépens des filles de l'ex-ambassadeur.

Elles se rendirent avec leur mère à l'hôtel de ce dernier, et pénétrèrent, non sans peine, dans une humble voiture de place, jusqu'au perron, montèrent un vaste escalier jonché d'arbustes et de fleurs, et, au milieu des noms les plus anciens et des personnes titrées, entendirent annoncer : « Madame et mesdemoiselles Dorsan. » Célestine et Nisa furent bientôt remarquées dans la foule des beautés couvertes de pierreries, par la simplicité de leur toilette, composée d'une robe blanche de linon-gaze, ornée pour ceinture d'un modeste ruban bleu de ciel : leurs beaux cheveux, tressés autour de leur tête, ne portaient aucune fleur, mais ils donnaient un attrait inexprimable à leurs charmantes figures.

Nisa surtout promenait avec assurance et dignité ses regards scrutateurs sur tous les personnages qu'elle rencontrait, et se disposait à saisir quelques bonnes caricatures dont elle enrichirait ses aquarelles... Mais quelle est sa surprise, en apercevant, parmi plusieurs tableaux de genre qui décoraient le grand salon, ses deux jolis originaux des *Voisines de campagne*, que l'ex-ambassadeur avait fait richement encadrer, et au bas desquels il avait fait écrire et le sujet et le nom de l'auteur. « Je me suis empressé, dit alors le pair de France, avec une expression remarquable, je me suis fait un devoir d'acquérir ces deux charmantes productions, afin de rappeler à mes filles que ce qu'on trouve à la campagne vaut souvent mieux que ce qu'on rencontre dans la capitale ; la jeune artiste qui, par son travail et sa réputation, contribue au soutien, au bonheur de sa famille, a des droits à l'estime, aux égards des personnes du rang le plus élevé ; il n'est pas une fille bien née qui ne fût heureuse et fière de la nommer son amie. » A ces mots, il prend une main de Nisa, qu'il presse sur son cœur avec celle de Clotilde, en ajoutant avec la plus touchante expression : « Un père n'implorera pas en vain le pardon de sa fille. — Tout est oublié, » répond Nisa, vivement émue d'une aussi noble réparation ; et aussitôt elle presse dans ses bras la fille du pair de France, qui lui dit tout bas en l'embrassant : « Combien je vous avais méconnue ! »

Quelque temps après Clotilde reçut de l'ingénieuse artiste un troisième tableau de la même grandeur et du même genre que les deux premiers, représentant une réunion brillante et nombreuse au milieu de laquelle on remarquait un groupe composé d'un vieillard honorable enlaçant sur sa poitrine les mains de deux jeunes personnes, et au bas du cadre était écrit : *la Réconciliation*. Elle fut en effet sincère et durable. L'été suivant, les deux familles se visitèrent souvent à la campagne : on descendait tous les jours du château à la modeste retraite des beaux-arts, où les épanchements du cœur étaient sans morgue et ne mesuraient plus les distances.

Clotilde et Isabelle, se plaçant ainsi sous le niveau du vrai mérite, n'en devinrent que plus parfaites et plus aimables.

Leur excellent père alors jouissait de son ouvrage, et redoublait d'attachement pour la famille Dorsan. Il fut le patron, le prôneur de Célestine et de Nisa auprès des hauts personnages qu'il fréquentait sans cesse, et contribua beaucoup à fonder leur réputation, à assurer leur fortune : car le talent double d'éclat par les protecteurs qu'il se procure. Les quatre jeunes filles, en un mot, devinrent, pour ainsi dire, inséparables. Toutefois, la clairvoyante, la fière Nisa, tout en s'épanchant avec les filles de l'ex-ambassadeur, disait tout bas à sa chère Célestine : « Elles sont charmantes et méritent vraiment qu'on les aime : répondons avec franchise à leurs prévenances, à leurs caresses;..... mais crois-moi, chère sœur, ce n'est jamais qu'avec ses égaux qu'on doit former les liaisons du cœur. »

LES TABLETTES DE FLORIAN.

Monsieur Naze, l'un des plus fameux libraires de Paris, et dont l'opulence égalait la probité, fut père d'une nombreuse famille. Plus elle croissait, plus il redoublait de zèle dans son commerce; et, ce qui arrive toujours dans une maison où l'industrie et l'activité ne permettent pas au vice de pénétrer, tous les enfants de ce digne homme se portaient au bien, et l'entouraient de ce bonheur inaltérable auquel on voudrait en vain comparer toutes les jouissances de la terre.

Cet excellent chef de famille n'était pas seulement chéri de ses enfants : les gens de lettres lui portaient une affection particulière, une estime profonde, qui, tout en contribuant à sa haute réputation, étaient sa plus douce récompense. Il ne se regardait que comme l'agent des hommes de lettres, non comme leur spoliateur et leur tyran : aussi était-il l'éditeur de presque tout ce qui paraissait de nouveau dans la littérature française, à laquelle il donnait chaque jour une splendeur nouvelle, et qu'il propageait dans tout le monde éclairé.

Sa maison était le rendez-vous des littérateurs les plus distingués ; souvent ces réunions, libres et dégagées de tout esprit de système et de coterie, furent recherchées par les princes, les grands de l'État, et surtout par les étrangers, qui, là plus qu'ailleurs, étudiaient notre esprit, nos mœurs, nos usages, et pouvaient apprécier notre nation à sa juste valeur. Le jeune auteur qui s'y présentait trouvait toujours des modèles à suivre, l'écrivain célèbre y jouissait de sa réputation ; le grand seigneur, s'y dépouillant de sa dignité, apprenait à juger le vrai mérite ; et le bon, le respectable monsieur Naze, toujours prêt à fournir telle ou telle note, à donner les citations les plus utiles, avait acquis insensiblement des connaissances en tout genre, et s'était fait distinguer par une érudition profonde, qu'il communiquait à tous ceux qui venaient le consulter.

Monsieur Naze avait eu le bonheur d'établir huit enfants, qui formaient autour de lui le spectacle attendrissant de huit bons ménages. Il ne lui restait que la plus jeune de ses filles, nommée Camille, âgée de dix-sept ans, d'un caractère aimable, et réunissant toutes les qualités que donne une éducation soignée. Mais, accoutumée dès l'enfance à n'entendre parler chez son père que science et littérature, séduite par les éloges qu'on faisait chaque

jour devant elle des Sapho, des Deshoulières, des Dacier, des Du-
Locage, et voulant imiter les femmes modernes qui marchent
aujourd'hui sur les traces de ces illustres faverites d'Apollon,
Camille se livrait à la poésie et lui consacrait tous les moments
qu'elle pouvait dérober aux travaux du magasin et aux soins du
ménage. La facilité qu'elle avait à se procurer les bons modèles
en ce genre, et les réunions littéraires qui se formaient si fré-
quemment chez monsieur Naze, n'avaient fait qu'augmenter
cette métromanie, qu'elle tint secrète assez longtemps, mais à
laquelle son aveugle prévention ne tarda pas à donner l'essor.
Elle commença donc par consulter, de la part d'un modeste anonyme, des gens éclairés sur quelques poésies qu'il lui avait con-
fiées, disait-elle, pour les soumettre à leur jugement. Ces premiers essais, n'offrant rien de remarquable, et se trouvant même
quelquefois dénués des règles de la versification, ne firent qu'exciter la plaisanterie des poètes auxquels Camille les présentait.
Cette muse novice, quoique piquée au vif, ne fut point découra-
gée par ce premier échec : elle se livra plus que jamais à l'étude
des principes, et parvint à connaître la construction et les différentes espèces de vers dont se compose la poésie française. Rien
n'est impossible à l'imagination qu'entraîne un goût dominant,
qu'aiguillonne l'amour-propre offensé. Notre apprentie Sapho
remit donc sur le métier ce qu'elle n'avait fait qu'effleurer encore,
et présenta de nouveau, toujours au nom du timide inconnu, ses
nouvelles productions au comité redoutable. Elle eut cette fois la
jouissance d'entendre prononcer que rien n'était défectueux,
quant à la versification ; mais on ne put s'empêcher d'avouer en
même temps que cette versification, toute correcte qu'elle fût,
était lâche, sans harmonie et dénuée d'imagination. On prétendit
enfin que l'anonyme semblait n'être point appelé par la nature au

commerce des muses, et qu'on devait lui appliquer ce vers d'un grand poète, dont l'arrêt est irréfragable :

Pour lui Phœbus est sourd et Pégase est rétif.

Camille ne fut point encore intimidée par cet anathème, qui sans doute eût effrayé toute autre qu'elle ; et, voulant à quelque prix que ce fût passer pour femme bel esprit, elle résolut d'employer un moyen dont se servent quelques soi-disant poètes qui, pressés de produire, ne se font aucun scrupule de s'approprier le talent des autres. Notre jeune muse fut occupée nuit et jour à parcourir tous les anciens recueils, toutes les vieilles chroniques qui se trouvaient dans le riche magasin de son père, et, lorsqu'elle y découvrait une idée neuve et brillante, elle la retournait à sa manière, la rafraîchissait, ou plutôt la défigurait par un style moderne, et l'offrait ensuite à ses juges inflexibles, toujours au nom de l'auteur inconnu.

Ceux-ci, frappés des idées originales et des expressions piquantes qui se trouvaient dans les ouvrages soumis à leur décision, s'empressèrent de revenir sur l'injuste arrêt qu'ils avaient prononcé. Ils déclarèrent à l'unanimité que les dernières productions de l'anonyme annonçaient un talent véritable, une inspiration émanée de Phœbus lui-même. En vain le bon monsieur Naze affirmait-il que ces idées ne lui semblaient pas neuves, et qu'il croyait les avoir vues quelque part : l'aréopage littéraire, ne s'attachant qu'à ce qui le frappait et ne présumant pas qu'on pût aussi facilement donner une couleur moderne à de vieilles poésies, proclama l'auteur trop modeste fils légitime d'Apollon, et chargea Camille de lui transmettre les plus honorables félicitations. Cette dernière éprouva une jouissance si vive, qu'elle ne put y résister, et finit par se trahir. Tous les habitués du comité l'entourèrent aussitôt, louèrent sa modestie, sa persévérance, et l'admirent ensuite dans leurs différentes réunions. Bientôt on ne parla plus que du talent poétique de Camille Naze, et quoique sa réputation fût usurpée, elle se vit prônée dans les journaux, citée comme une dixième muse, en un mot proclamée l'émule des Houdetot, des Salm, des Hautpoul et des Dufresncy, qui prouvent avec succès que les Grâces peuvent s'unir aux Muses, et se montrer avec elles sur le Parnasse.

Camille, éblouie par un triomphe aussi flatteur, n'osait néanmoins faire un retour sur elle-même sans s'avouer qu'elle n'en était pas digne. On peut fasciner les yeux d'un aréopage indulgent et crédule, mais il n'est pas possible d'échapper à sa propre conscience. « Cependant, se disait-elle, on a vu les plus grands génies emprunter des idées originales à leurs prédécesseurs. Corneille lui-même a puisé le *Cid* dans Guilhem de Castro ; Molière a trouvé son *Amphitryon* dans Plaute, et l'on assure que madame Deshoulières n'est pas tout-à-fait l'auteur de la charmante idylle adressée à ses moutons. Bannissons donc tout scrupule, et disons comme l'un de ces grands hommes à qui l'on reprochait quelques réminiscences : « Je reprends mon bien où je le trouve. »

Monsieur Naze avait au village de Sceaux une maison délicieuse, où chaque dimanche il réunissait tous ses enfants et ses nombreux amis. Elle touchait au parc immense appartenant alors au duc de Penthièvre, si connu par sa bienfaisance et sa simplicité. Le chevalier de Florian, secrétaire des commandements de ce prince, avait pour l'estimable monsieur Naze un attachement particulier ; il l'avait fait l'éditeur d'une partie de ses ouvrages. Souvent il allait le matin causer avec son libraire, dont il savait plus que personne apprécier le mérite, et qui plus d'une fois lui donna d'utiles conseils.

Camille, qui trouvait dans Florian le genre de talent qu'elle désirait cultiver, éprouvait un plaisir inexprimable à le consulter sur ses nouvelles productions. Celui-ci, qui joignait à cette entraînante suavité répandue dans ses ouvrages une causticité souvent enjouée dans la conversation, voulut cent fois détourner Camille de la manie qu'elle avait de passer pour bel esprit.

Camille fut loin de se rendre à ses sages avis. Son amour-propre et son enthousiasme l'égarèrent même jusqu'à lui faire croire que Florian, qu'on lisait partout avec tant d'empressement, était jaloux des hautes espérances qu'elle donnait, et craignait de la voir un jour le devancer sur le Parnasse. Elle se livra donc plus que jamais à ses études chéries, saisit toutes les occasions de se faire citer comme une femme célèbre, et s'occupa sans relâche à mériter ce beau titre.

Une circonstance favorable se présenta. La fête de naissance du respectable monsieur Naze approchait : on avait coutume, ce jour-là, de jouer à sa campagne quelque petite pièce analogue, tribut d'amitié des hommes de lettres qui fréquentaient le plus sa société. Camille annonça que cette fois elle se chargeait du divertissement. En conséquence, elle se mit à composer une pastorale dont les rôles devaient être remplis par les petits-enfants de monsieur Naze, parmi lesquels il s'en trouvait de huit à dix ans, qui paraissaient doués de beaucoup d'intelligence.

Mais ce genre de poésie, qui souvent n'est pas apprécié à sa juste valeur, exige un talent vrai, une âme expansive, et surtout une naïveté que dédaignent la plupart des jeunes poètes, qui s'imaginent du premier vol s'élever jusqu'aux cieux. Aussi Camille éprouva-t-elle les plus grandes difficultés à composer sa pastorale, et n'en fût jamais venue à bout sans les ressources qu'elle avait dans la bibliothèque qu'elle s'était formée. Munie de matériaux suffisants, parmi lesquels il ne s'agissait plus que de faire un choix pour les lier ensemble et les adapter à la circonstance, elle allait souvent rêver à cette importante production dans les belles campagnes qui environnent le village de Sceaux. Un jour, c'était environ une huitaine avant la fête de monsieur Naze, Camille parcourait avec une partie de sa famille les allées d'un bois spacieux situé à une demi-lieue de leur habitation : restée seule derrière tout le monde, elle s'occupait de sa pastorale, annoncée avec éclat dans le pays et attendue avec impatience. Chacun, la voyant ainsi livrée à ses vastes conceptions, n'osait la troubler et s'éloignait d'elle pour laisser un champ plus libre à sa verve poétique. Elle cherchait, dans la compilation qu'elle avait faite, à former une romance bien naïve pour l'aînée de ses petites nièces chargée dans la pastorale, du principal rôle. C'était le seul morceau qui lui manquait pour compléter son ouvrage ; mais il fallait allier ensemble candeur et gaieté, grâce et simplesse : il fallait entre autres trouver ce tour heureux qui va droit au cœur sans frapper trop fort, et n'employer que ces expressions où l'esprit se cache sous le sourire de l'innocence. Camille cherchait, se tourmentait, se désolait : rien de plus difficile que d'exprimer fidèlement la simple nature... En traversant une allée séparée de celle où l'attendait sa famille, elle aperçoit au pied d'un platane de simples tablettes qui paraissent entr'ouvertes, le crayon qui les fermait ne s'y trouvait plus. Elle les ramasse, cherche au premier feuillet à qui elles peuvent appartenir : aucun nom, pas le moindre indice. Elle parcourt plusieurs pages de ce recueil anonyme, et lit d'abord quelques phrases détachées, telles que celle-ci :

« Heureuse l'âme sensible pour qui l'aspect d'une campagne riante et le bruit d'une source d'eau vive sont des plaisirs presque aussi touchants que celui de faire une bonne action ! »

« C'est n'avoir rien que n'avoir que pour soi ! »

Enfin, parmi un grand nombre de pensées de ce genre, Camille aperçoit sur les derniers feuillets des tablettes trois quatrains charmants.

« Quelle grâce! et quelle touchante simplicité! s'écrie Camille. Oh! si j'osais employer ces trois jolis quatrains dans ma pastorale, comme ils me feraient honneur!..... Pourquoi non? ces tablettes n'indiquent point à qui elles appartiennent; la main qui a tracé ces vers m'est absolument inconnue; peut-être les a-t-on pris dans un de ces vieux recueils devenus propriété publique : c'est un diamant que je trouve, il faut m'en emparer. » A ces mots, Camille serre les tablettes dans sa poche; et, rejoignant sa famille qui l'attendait, elle annonce qu'elle a terminé sa pastorale, et qu'il ne reste plus qu'à faire un air pour la romance nouvelle qu'elle vient de composer.

Dès le lendemain, on se mit donc à répéter le chef-d'œuvre de la Muse de Sceaux : on contruisit un charmant théâtre dans les bosquets, qui devaient être illuminés en verres de couleur. Enfin la société la plus nombreuse, et dans laquelle on distinguait beaucoup de gens de lettres, s'y réunit le dimanche suivant, à l'heure indiquée. Les petits-enfants de l'heureux monsieur Naze, à qui Camille avait tant de fois fait répéter leurs rôles, produisirent le plus grand effet; tous firent valoir par leurs grâces ingénues jusqu'aux moindres détails de la pastorale. Chacun était surpris, extasié; chacun applaudissait avec transport les aimables petits acteurs, et portait ensuite des regards satisfaits sur Camille, qui n'avait éprouvé de sa vie un moment aussi délicieux. Arrive enfin la romance trouvée sur les tablettes. La petite fille, à qui sa tante l'avait recommandée comme le morceau le

plus marquant, chante d'abord le premier couplet avec une expression ravissante; mais au second, l'excès de zèle lui faisant
perdre la mémoire, elle s'arête après ce vers :

Je dors toute la nuit : quand l'aube va paraître...

et, répétant plusieurs fois : *Quand l'aube va paraître...* elle allait
rester court, lorsque Florian, impatienté sans doute de ce que
l'aube ne paraissait pas, et se trouvant placé près du théâtre,
réprime un grand éclat de rire, et souffle tout bonnement à la
pastourelle ce second vers :

Sans crainte et sans désir je vois venir le jour.

La petite actrice continue. Chaque spectateur s'imagine alors
que le souffleur, consulté par Camille, avait retenu ce couplet;
mais celle-ci, ne doutant plus que la romance ne fût de Florian
lui-même, et qu'il était le propriétaire des tablettes qu'elle avait
trouvées, éprouva une confusion qu'elle eut de la peine à dissimuler. Plus elle était accablée d'éloges et de félicitations, plus
son supplice redoublait et lui faisait reconnaître la vérité de ce
que Florian lui avait répété tant de fois.

Cependant ce littérateur aussi généreux que délicat ne voulut
point ajouter aux tourments de Camille en divulguant le larcin
qu'elle avait fait; il s'empressa même de la rassurer en disant à
tout le monde, après la représentation du divertissement, qu'il
était à la vérité pour quelque chose dans la romance de la petite
pastourelle; « mais, ajouta-t-il, c'est d'honneur le seul morceau
que je connusse; tout le reste m'est absolument étranger, et la
gloire en est tout entière à son charmant auteur. » Les applaudissements redoublèrent; et Camille, plus confuse encore de
l'adresse et de la bonté de Florian, ne put se défendre d'un trou-

ble, d'une rougeur que chacun prit pour de la modestie, et qu'on approuva par de nouvelles acclamations.

Florian voulut néanmoins s'assurer si la leçon qu'il venait de donner à Camille produisait sur elle tout l'effet qu'il en attendait ; se mêlant donc à la conversation générale, il annonça qu'il avait perdu depuis quelque temps, en se promenant dans la campagne, des tablettes qu'il regrettait beaucoup, parce qu'elles contenaient plusieurs fragments du poème pastoral de *Galatée*, auquel il travaillait depuis plusieurs mois : « Ces fragments, ajouta-t-il, ne peuvent être d'aucune utilité pour la personne qui les a trouvés, et je m'engage à donner une récompense importante à quiconque me les remettra. » En achevant ces derniers mots, il laissa tomber un regard sur Camille, qui le comprit et se promit bien de lui restituer les notes qu'il désirait. Retirée dans son appartement, elle ne put s'empêcher de relire avec un nouvel intérêt, mêlé de la plus vive reconnaissance, toutes ces pensées remplies d'une si douce morale, et qui se trouvent en effet dans le poème de *Galatée*. Quand elle fut à ce joli vers de la romance où s'était arrêtée la petite pastourelle, et que Florian avait soufflé si naturellement, elle ne put retenir un mouvement de dépit ; mais, songeant avec quelle amabilité le *Gessner* français avait su ménager son amour-propre et lui éviter l'affront qu'elle méritait, elle réfléchit, s'arma de résolution, et, dès le lendemain matin, elle chargea secrètement un émissaire de reporter à Florian ses tablettes, après avoir écrit au crayon ces mots sur le premier feuillet :

« Je vous envoie votre trésor, que j'ai eu la sotte vanité de vouloir m'approprier : le succès que j'ai obtenu est votre ouvrage ; c'est la dernière usurpation que je ferai. La leçon que vous m'avez donnée ne sortira jamais de ma mémoire ni de mon cœur.

Je renonce pour toujours à la manie des vers..... Me faudra-t-il renoncer de même à votre estime et à votre amitié?

» CAMILLE NAZE. »

Florian ne put se défendre d'une vive émotion en lisant cette amende honorable d'une jeune tête exaltée qu'il ramenait à la raison. Ce succès lui donna la conviction que ce n'est point en heurtant l'amour-propre, mais en le ménageant, qu'on peut lui faire connaître ses erreurs. Il voulut féliciter lui-même Camille sur la résolution qu'elle avait eu le courage de prendre, et la rassurer sur les craintes qu'elle lui témoignait. Il profita donc du discret émissaire qu'elle lui avait dépêché pour lui faire cette réponse :

« Je vous dois, Mademoiselle, la plus douce jouissance que puisse éprouver un homme de lettres, celle de sauver du ridicule toutes les vertus réunies. Jugez, d'après cela, si vous devez craindre de perdre mon attachement et mon estime!... Ne l'oubliez jamais, les Muses ne se plaisent qu'avec les hommes : jalouses de toutes les femmes, elles ne font semblant de leur accorder quelques faveurs que pour les tourmenter. Aussi furent-elles assez souvent brouillées avec les Grâces, qui leur préfèrent la Vérité, toute nue qu'elle soit, et leur font répéter cet adage que je vous offre ici pour la récompense promise à qui me rendrait mes tablettes :

«Sans esprit, femme belle et bonne
» Vaut mieux que femme bel esprit.

» Le chevalier de FLORIAN. »

FIN

TABLE

—

FIN DE LA TABLE.

Limoges. — Imp. E. ARDANT et Cie.

BRILLANTES ÉPOQUES

DE

L'HISTOIRE DE FRANCE

PAR

ALBERT GUILLEMOT

Ancien Élève de l'École normale, ex-Professeur d'Histoire au Lycée de
Limoges, Officier d'Académie.

LIMOGES
EUGÈNE ARDANT ET Cⁱᵉ, ÉDITEURS.
—

RÉD. : 25

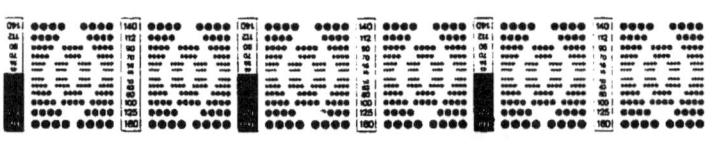

graphicom 338.57.70

MIRE ISO N° 1
NF Z 43-007
AFNOR
Cedex 7 · 92080 PARIS-LA-DÉFENSE

cm 0 1 2 3 4 5 6 7 8 9 10 11 12 13 14 15 16 17 18 19 20

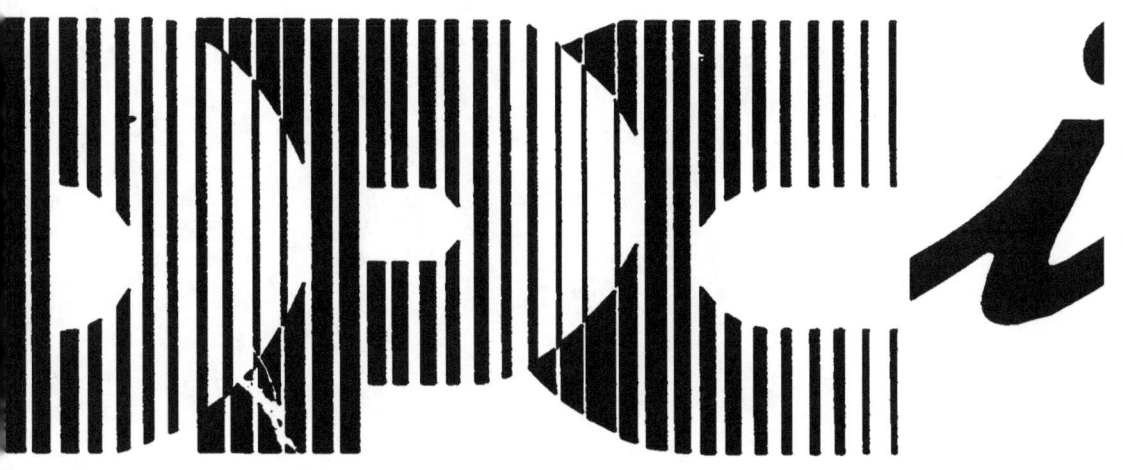

rue Jean-Baptiste Colbe

Caen Nord - BP 604

14062 CAEN CEDEX

Tél. 31.46.15.00

RCS Caen B 352491922

Film exécuté en 1992

www.ingramcontent.com/pod-product-compliance
Lightning Source LLC
Chambersburg PA
CBHW061438030726

47503CB00005B/1472